Diane Amber

Nachspiel
Antonella Braccos zweiter Fall

Kriminalroman

Impressum

Bibliografische Information der Deutschen Nationalbibliothek:

Die Deutsche Nationalbibliothek verzeichnet diese Publikation in der Deutschen Nationalbibliografie; detaillierte bibliografische Daten sind im Internet über http://dnb.dnb.de abrufbar.

© 2025 Diane Amber

Lektorat: Lilian R. Franke

Korrektorat: Youndercover

Coverdesign: Phantasmal-Image

Verlag: BoD · Books on Demand GmbH, In de Tarpen 42, 22848 Norderstedt, bod@bod.de

Druck: Libri Plureos GmbH, Friedensallee 273, 22763 Hamburg

ISBN: 978-3-7693-1793-0

Schuld ist eine Geisteshaltung, Herr Avrenberg

Viktoria Selig

Diese Frau hat §1 immer recht.

Anonym

*

Torsten hatte es geschafft, auf dem Weg in sein Büro keinem Kollegen zu begegnen. Die Fahrt von Köln zur Dienststelle hatte im manischen Stadtverkehr fast zwei Stunden gedauert. Typisch für einen Montag. Die meiste Zeit hatte er geflucht, und am Ziel war die glückselige Stimmung vom Wochenende verpufft gewesen.

Er registrierte, dass er immer weniger Lust zum Arbeiten hatte. Dabei hatte er es in den vielen Jahren im Dienst nie an Pflichteifer missen lassen. Er war höflich, gepflegt und konnte den Anschein, seine Arbeit gewissenhaft zu erledigen, auf eine Art erwecken, die ihm etliche Beförderungen beschert hatte. Die Zeiterfassung nutzte er nur, wenn er anwesend war, achtete aber stets darauf, *vor* dem Dienstende in ein längeres Gespräch verwickelt zu werden. Während der Dienstzeit erledigte er keinerlei Privatangelegenheiten, sondern delegierte sie an Untergebene, nachdem er ihnen eine gehörige Portion Bedeutung verliehen hatte. Er versuchte, die Gesetze zu verstehen, die er bearbeitete. Er ging stets ans Telefon, wenn es läutete, und versäumte es nie, die Zuständigkeit zu prüfen.

Gereizt hängte er seine Jacke in den Garderobenschrank und sank in den Stuhl, in den er sich zurücklehnte. Mit geschlossenen Augen versuchte er, die Stimmung vom Wochenende heraufzubeschwören. Wie gewöhnlich hatte er mit Bea die freien Tage in ihrem Hausboot verbracht, das an der Havel einen festen Liegeplatz hatte. Die Preise hier am Rhein konnte sich keine Sau leisten. Mit der Zeit hatten sie sich in die Gegend verliebt, zumal man dort schwimmen konnte, ohne gleich von einem Strudel mitgerissen zu werden. Richtung Havelberg war es traumhaft, die Ufer geringfügig bebaut, sodass sie es beide nicht als Zumutung empfanden, jeden Freitag nach Dienstschluss zuerst mal gen Osten zu gurken, bevor sie ihre Freiheit genießen konnten.

Am Samstag hatten sie das erste funkelnagelneue Hausboot in Empfang genommen, das sie Monate zuvor bestellt hatten, nachdem sie die ersten Jahre in einem verwohnten, gebraucht gekauften Boot verbracht hatten. Es hatte ein kleines Vermögen verschlungen, aber es war zu verkraften. Das Haus war abbezahlt, und sie leisteten sich sonst keine Extravaganzen, sah man von Beas neuem Kinn ab. Er schätzte sich glücklich, dass sie es bei der Entfernung ihres zweiten und dritten Kinns belassen hatte. Silke, ihre beste Freundin, laberte ihr so häufig die neuesten kosmetischen Eingriffe ans Ohr, dass er schon die Behauptung aufgestellt hatte, sie bekäme von dem Schönheitschirurgen eine Provision.

Leicht lächelte er vor sich hin. Die Möglichkeiten, etwas in Empfang zu nehmen, was sich ein Paar lang ersehnt hatte, waren vielfältig und hallten nun in ihm nach. Jetzt noch glaubte er, das Schaukeln auf dem Wasser zu spüren. Das tat zwar gut, erleichterte den Einstieg in die Arbeitswoche aber wenig. Er registrierte unwillig, wie es auf dem Flur immer lauter wurde. Geräusche des Arbeitsalltags, Schritte und Begrüßungen auf dem Gang, die ihn in die Banalität des Alltags zurückschleuderten.

Es half nichts – er öffnete die Lider. Seufzend rollte er sich mit dem Stuhl näher an den Schreibtisch heran, fuhr den Rechner hoch und legte eine Hand auf den Aktenstapel. Als die Tür aufflog, zuckte er zusammen. Er schaute auf. Im Rahmen stand ein Fremder.

„Schon mal was von Klopfen gehört?", blaffte er den Besucher an.

„Ich habe geklopft."

Der Mann, ein bürstenhaarschnittbewehrter Bursche mit der beeindruckenden Statur eines Möbelpackers, lächelte entschuldigend.

Leider beeindruckte das Torsten überhaupt nicht. „Habe ich Sie reingebeten?"

„Ich denke ja."

Torsten gab auf. „Was kann ich denn für Sie tun?"

„Ich bin gar nicht sicher, ob Sie mir helfen können. Ich suche die Wohngeldstelle."

Unten an der Rezeption hättest du danach fragen können, du Pfeife. Statt zu sagen, was er dachte, kramte Torsten in der Schublade seines Rollcontainers nach der Wegweisermappe. Beim Suchen schaute er einmal auf. Der Fremde hatte die Hände in die Taschen seiner praktischen Funktionsjacke versenkt und beguckte die gerahmten Fotos des alten Hausbootes, die Torsten vor Monaten an der verfärbten Raufasertapete befestigt hatte. Darauf die Havel bei Sonnenuntergang. Haubentaucher und Schwanenfamilien. Bea in einem der von ihr bevorzugten, wallenden Gewändern, oben auf dem Sonnendeck. Der Mann kommentierte die Bilder nicht, fragte nichts.

Mit dem Finger auf dem gesuchten Eintrag in der Mappe nuschelte Torsten: „Dritte Etage. Zimmer 2 bis 5. Wo Sie hinmüssen, hängt von Ihrem Namen ab."

Mit ernster Miene wiederholte der Fremde die Auskunft. „Können sie mir das aufschreiben?" Er nahm eine Hand aus der Jackentasche und gestikulierte zu dem gelben Post-it- Block neben dem Telefon.

„Machen Sie es selbst." Aus dem Stiftebehälter zog Torsten einen Kuli und schob beides, Block und Stift, von sich fort, dem Besucher entgegen.

Der Mann machte sich Notizen. „Ich danke Ihnen" murmelte er dabei. „Es ist nicht leicht, sich in Ämtern zurechtzufinden."

Auch das interessierte Torsten einen Scheiß. Mit gespannten Lippen griff er sich die oberste Akte vom Stapel auf dem Tisch und schlug sie wahllos auf. Dabei registrierte er nur im Augenwinkel, wie das Post-it abgerissen wurde. Dass der Besucher einen länglichen Gegenstand aus seiner Jackentasche gezogen hatte, bemerkte er zu spät. Es ging zu schnell. Eine Hand zerrte Torsten am Kragen seines Karo-Hemdes über den Tisch. „W-was…?"

Etwas klatschte ihm gegen die Stirn. Er zappelte, versuchte, sich zu befreien. Kam nicht raus, sah nichts. Und spürte einen heißen Schmerz. *Das Hausboot,* dachte er. Dann hörte sein Herz zu schlagen auf.´

Antonella Bracco

Ohne von den Vorfällen am Ende des Korridors zu ahnen, saß ich an einem Schreibtisch und bearbeitete Akten. Ich war Polizistin. Davor – vor dem Dienstunfall, einem Schuss ins linke Bein, der Muskelfasern und Nerven zerrissen und mich mit chronischen Schmerzen und humpelnd zurückgelassen hatte – war ich eine Frau gewesen, die in ihrem Job aufging. Nichts tat ich lieber, als Verbrecher zu jagen, selbst wenn die sich oft genug als Kleinkriminelle entpuppten. Ich war dynamisch und mutig gewesen.

Jetzt war ich eine Polizistin, deren Dienstfähigkeit man prüfte, obwohl die vorgesetzte Dienststelle mich am liebsten in den vorgezogenen Ruhestand geschickt hätte. Dagegen hatte ich mich gewehrt, doch die endgültige Entscheidung war noch nicht gefällt worden. Bis dahin parkten sie mich als Sachbearbeiterin in einer Behörde, wo ich Spinnweben angesetzt hätte, wäre mir nicht letzten Sommer der Zufall in Form eines echten Falles rund um das gestohlene Auto meines Bruders Lorenzo zur Hilfe gekommen. Zuerst hatte ich nur herausfinden wollen, ob Lorenzo etwas Kriminelles am Start hatte, und falls ja, was. Auf alles gefasst hatte ich mich in die Ermittlungen eingemischt.

Im Zuge der Aufklärung des Falles hatten wir einem Kölner Staatsanwalt aus einer delikaten Klemme geholfen, der sich seither vehement für mich einsetzte. Um ihn zu überhören, müssten sie im Ministerium schon taub sein.

Die Aussicht auf das Ende der öden Verwaltungsarbeit sorgte aktuell dafür, dass ich meist gut gelaunt zum Dienst auftauchte, bis irgendeine blödsinnige Arbeitsvorschrift, inkompetente Vorgesetzte oder wahlweise begriffsstutzige Antragsteller mir die Stimmung vermiesten.

Es war Montag und noch früh. Bisher war nichts dergleichen passiert. Fröhlich zupfte ich ein Schreiben aus dem Drucker, unterschrieb es, tütete es ein, warf es ins Postausgangskörbchen und schlug die nächste Akte auf. Der lose darin liegende Posteingang bestand aus einem handgeschriebenen Brief. Beim Lesen des Schreibens ging mir die Gesichtsfarbe verloren. Mit hängenden Armen sank ich mit der Stirn auf die Schreibtischplatte.

„Was ist?" Das Gesicht meiner mir gegenübersitzenden Kollegin Andrea tauchte neben deren Monitorrückseite auf.

„Nichts." Ich seufzte.

„Nelly", bat sie. „Es sieht nicht nach nichts aus."

Ich atmete tief ein und richtete ich mich auf. „Marlon", ächzte ich. „So heißt das Kind, für das die Eltern einen Zuschuss zur Mittagsverpflegung in der Schule beantragt haben."

„Und?" Andrea griff sich in den schwarzen Stufenhaarschnitt.

„Vor Wochen haben sie mir mit dem Antrag einen Flyer der Schule geschickt. Darin steht, dass es dreimal oder fünfmal die Woche Mahlzeiten gibt. Beide Optionen verursachen unterschiedlich hohe Kosten."

„Sie haben dir nicht geschrieben, welches Angebot ihr Sohn wahrnimmt, und deshalb kannst du den Zuschuss nicht berechnen", führte sie mein Problem ausdruckslos aus. „So weit so normal. Du hast sie gefragt?"

„Dreimal", stöhnte ich.

„Uns sie haben immer noch nicht geantwortet?"

Demnächst würde eine Beschwerde der Eltern eintrudeln, in der sie mokierten, dass die Bearbeitung so lange dauerte, obwohl sie dem Amt alle nötigen Papiere geschickt hätten. Das wusste ich.

„Sie antworten mir immer", sagte ich genervt. „Jedes Mal schicken sie den Flyer der Schule. Sie malen mit Textmarker einen Kreis um *alle* Optionen. Sie schreiben nichts dazu, nicht mal handschriftlich auf einem Fetzen Papier. Sie teilen mir nie mit, wie hoch die Kosten der Mittagsverpflegung tatsächlich sind."

„Und jetzt?"

Und jetzt müsste ich eine Ablehnung wegen fehlender Mitwirkung schreiben, was garantiert Protest nach sich ziehen würde. Beschwerden hatten, in Fällen wie diesen, nie Konsequenzen, die darüber hinausgingen, dass sie einen von der richtigen Arbeit abhielten. Sie waren nicht nur deshalb lästig, weil ich Menschen gern half, die einen Anspruch auf eine solche Leistung hatten. Doch im Falle von Marlons Eltern war ich ratlos. Weshalb begriffen sie nicht, was ich von ihnen wollte? Ich schrieb nicht mal Behördendeutsch, nutzte verteufelt simple Sprache.

„Zuerst habe ich gefragt, wie oft Marlon in der Schule isst. Dreimal oder fünfmal. Sie haben geantwortet, dass er jeden Tag in der Schule ist. Sie waren entrüstet, dass ich etwas anderes auch nur erwäge. Ich habe mir den Kopf zerbrochen, wie ich das Verb *essen* so konjugieren soll, dass es auch Deutsche verstehen." Ich stöhnte. Andreas Blick war auf das Schreiben gewandert. Ich hielt es kurz in die Höhe. „Jetzt schreibt mir die Schulsozialarbeiterin, warum es aus pädagogischer und psychologischer Hinsicht wichtig ist, dass Marlon mittags in der Schule isst."

„Kein Hinweis auf die Kosten?" Andrea lehnte sich in den Stuhl zurück.

Resigniert schüttelte ich den Kopf.

„Verstehe", murmelte sie. „Und wenn du in der Schule anrufst?"

„Sie sagen einem aus Datenschutzgründen nichts", erregte ich mich. „Als ob es den Verfassungsschutz interessieren würde, wann und wie oft Marlon in der Schule Nahrung zu sich nimmt."

Ich rief die Akte im PC auf, ohne zu wissen, was ich den Leuten schreiben sollte. Meine Finger schwebten über der Tastatur, als an die Tür geklopft wurde und gleich darauf der Schopf unserer Kollegin Marion herein lugte. „Nelly", sagte sie. „Der Chef würde dich gern sprechen."

Sofort in der Defensive verschränkte ich die Arme vor der Brust. Um meinen Chef, Herrn Schlenker, machte ich am liebsten einen Bogen. „Was will er denn?"

„Das hat er mir nicht gesagt." Sie zuckte die Schulter. „Aber er wirkte nicht so, als würde es Ärger geben."

„Okay?" Ich stemmte mich aus dem Stuhl. „Dann will ich mal hin."

Wenn es nicht nach Ärger ausgesehen hatte, würde es womöglich mit meiner Dienstfähigkeitsprüfung zusammenhängen. Ungeachtet der Nervenschmerzen im verletzten Bein lief ich schnell. An Schlenkers Tür klopfte ich energisch und lauschte.

Nichts tat sich. Ich hämmerte ein zweites Mal, drückte aber probeweise die Klinke herunter und fand die Tür versperrt. Grundsätzlich passte es zu ihm, jemanden einzubestellen, und dann selbst auf Tour zu sein. Dabei hätte ich nie geglaubt, dass er sich trauen würde, mich dumm vor seiner Tür herumstehen zu lassen. Seit Herr Schlenker meinen Bruder Lorenzo kennengelernt hatte, fasste er mich normalerweise mit Samthandschuhen an. Letztlich lag das bloß an Klischees und Vorurteilen, denn in seinen Maßanzügen sah Lorenzo nun mal so aus, wie sich Einfaltspinsel wie Schlenker, die zu viele Filme mit Robert de Niro gesehen hatten, einen organisierten Verbrecher vorstellten. Ich hätte ihm sagen können, dass die Markenjogginganzüge trugen. Ich hatte es nicht getan, weil es nützlich war.

Ich sah mich um. Mein Blick blieb auf dem Namenschildchen des Abteilungsleiters fürs Schwerbehindertengesetz hängen. Torsten Knüller? Was für ein Name. Der Name meines Chefs, Schlenker, setzte ja schon Assoziationen frei, die man auslöschen wollte. Doch vielleicht wusste der Knüller, wo sich der Schlenker rumtrieb. Weil vernünftiges Gehen inzwischen unmöglich war, stieß ich mich von der Wand ab, federte rüber und fiel förmlich auf die andere Seite des Ganges. Dabei drückte ich die Klinke und schob die Tür auf.

„Entschuldigung!", rief ich. „Es ging grad nicht anders! Ich …!"

Ich erstarrte. Vor mir lag der Knüller in den Schreibtischstuhl zurückgelehnt. Breitbeinig, blutbesudelt und mit einem derart pathetischen Gesichtsausdruck, als hätte er eine Marienerscheinung gehabt. Der Eindruck wurde einzig von dem beschriebenen Post-it zunichtegemacht, das mittig auf seiner hohen Stirn pappte. Aus seiner Brust ragte ein Messergriff.

„Himmel", wisperte ich. Obwohl er mausetot aussah, hastete ich zum Schreibtisch, um zu schauen, ob noch ein Hauch Leben in ihm war. Jemand klopfte und schob die nur angelehnte Tür weiter auf. Ich schaute in das geliftete Gesicht einer äußerst dünnen Frau Mitte fünfzig. „Olivia", sagte ich gedämpft. „Ruf einen RTW. Und die Polizei."

Die gebotoxte Miene der Kollegin antwortete nicht. Das konnte sie gar nicht. Deshalb zuckte ich zusammen, als sie los schrillte wie eine Sirene.

„Bitte!", rief ich. Beschwichtigend streckte ich die Arme nach ihr aus. Sie schnellte herum, düste auf den Gang und raste davon, so schnell sie es auf ihren immens hohen Pfennigabsätzen konnte. Aus Knüllers Arsch schoss ein gewaltiger Furz.

*

Die halbe Behörde war außer sich. Die andere Hälfte verweilte im Normalzustand und bekam nichts mit. Die hinzugerufenen Kollegen vom Kriminaldauerdienst verwandten eine Menge Energie darauf, die wachsende Menschenmenge im Flur zu zerstreuen.

Im Gang, an die Wand gelehnt, die Arme vor der Brust verschränkt, wartete ich auf meine Befragung, schließlich hatte ich die Leiche gefunden. Leute gingen und kamen. Auch mein Abteilungsleiter, Herr Heinz Schlenker, hastete zuerst zu dem Grüppchen, das beim Büro des Toten beisammenstand und tuschelte. Die schwammige Miene vor Entsetzen verzerrt, wie immer in Jeans, Jackett und Bugattischuhen, marschierte er dann an der Seite des Sozialdezernenten und eines uniformierten Polizisten in Knüllers Büro und verunreinigte den Tatort. Herrgott!

Wahrscheinlich hatte auch ich eine Reihe Spuren vernichtet, aber ich hatte ja noch geglaubt, dem Knüller helfen zu können. Das hier hingegen war unentschuldbar, sie nahmen sogar das Post-it von der Stirn des Opfers und legten es achtlos auf den Tisch. Wenn jemand ermordet wurde, hatte er zwar selten das Motiv auf der Stirn stehen, doch ein Hinweis wäre das Post-it alle Mal.

Dass das Trüppchen im Büro aufgeregt tuschelte, war nicht verblüffend. Dass ich meinen Namen hörte, auch nicht. Immer noch wartete ich darauf, meine Aussage zu Protokoll zu geben, hätte mich aber lieber hingesetzt, weil meine ramponierte Haxe zu schmerzen anfing. Derweil ich diskret probierte, wie ich das Bein entlasten konnte und wie ein Flamingo auf einem Bein dastand, spürte ich einen Schatten über mir. Ich schaute auf. Der Sozialdezernent? Was wollte der denn?

„Äh, Frau Bracco." Hilfesuchend sah er sich um. Niemand half ihm. „Die Kollegin, die … äh … sie gesehen …"

„Ja?"

Wie immer trug er einen dieser Anzüge, an denen man Juristen erkannte. An seinen gewaltigen Bauch presste er eine olivgrüne Aktenmappe, als hielte er sich daran fest. „Also, die Kollegin …"

„Olivia", kürzte ich ab, ohne darüber nachzudenken, dass es nur ein Spitzname war. Er guckte verwirrt, nickte aber. „Ich muss Sie das fragen", gab er sich einen Ruck. „Sie hat einen Mann auf dem Gang gesehen, von dem sie behauptet, er hätte italienisch ausgesehen. Wissen Sie was darüber?"

Ärger klumpte sich in meinem Bauch zusammen. „Was ist das für eine beknackte Frage?"

„Ich dachte nur, dass …"

„Ja, sicher!" Ich hob den rechten Zeigefinger. „Das war bestimmt der Cousin dritten Grades der vierten Nebenfrau meines Vaters. Oder nein! Der Schwippschwager meines zweitältesten Bruders aus Lasagne Al Forno. Das liegt bei Bolognese im Bruschetta-Tal." Ich schöpfte Atem. „Nein!", blaffte ich. „Natürlich weiß ich nichts darüber! Wie sieht ein Italiener denn aus? Wären Sie überrascht, wenn ich Ihnen sage, dass mein Zwillingsbruder blond ist?"

Er starrte meine schwarzen Locken an. Ich winkte ab. „Zweieiig. Aber blond ist er."

„Frau Bracco, bitte beruhigen Sie sich. Ich sehe ein, dass es ein gewaltiger Schock sein muss, eine Leiche …"

„Ich bin Polizistin." Ich verlagerte das Gewicht wieder auf beide Beine.

„Wenn Sie möchten, können Sie gern nach Hause gehen."

„Und was ist mit Fingerabdrücken?", zischte ich.

Seine Hängebacken schwabbelten, als er den Kopf schüttelte. „Niemand nimmt an, dass Sie ..."

Mit der Hand hackte ich in die Luft und schnitt ihm das Wort ab. „Selbst, wenn ich nicht verdächtig bin, war ich im Büro." Erregt deutete ich mit einer Hand gen Tür. „Sie brauchen meine Abdrücke, um sie identifizieren zu können. Um mich auszuschließen."

Sein Blick sagte mir, dass ich das ebenso gut einem Eimer Grütze erklären könnte. „Öh, also, ich weiß nicht", stammelte er. „Niemand möchte Ihnen das zumuten. Es wäre besser ..."

„Verstehe." Ich schob mir die verschwitzten Locken aus der Stirn. Über den Flur kamen mehr Polizisten in Uniform, doch die Kollegen von der KTU waren bisher nicht aufgetaucht. Ich linste in Knüllers Büro, in dem sich inzwischen sechs Personen knubbelten. „Was machen Sie denn da?", rief ich rein.

Alle starrten mich an. „Wir tüten die Waffen ein", gab die Fistelstimme eines Polizisten zurück.

„Zu sechst?" Ich war nicht befugt, die Kommandogewalt an mich zu reißen, doch die Polizistin in mir weigerte sich, die geballte Inkompetenz hinzunehmen. Aus der Hosentasche angelte ich das Smartphone und versuchte, Sebastian zu erreichen, der als leitender Hauptkommissar in Köln womöglich zuständig wäre. Angespannt lauschte ich dem Freizeichen und humpelte dabei aufgeregt über die hellgraue, verhunzte Auslegeware auf dem Boden des Ganges.

Endlich ging er dran. „Nelly. Ich habe ..."

„Du musst schnell kommen! Im Amt ist jemand ermordet worden!"

„Ich weiß, Nelly, ich ..."

„Hier sind nur hirntote Uniformierte, die alle verwertbaren Spuren niedertrampeln."

„Nell, ich …"

„Und dann nehmen sie nicht mal meine Fingerabdrücke! Was sind das für …"

„Nell!" Seine Stimme klang eine Spur zu scharf.

„Was?"

„Du kannst das Handy ausmachen. Ich verstehe dich auch so."

„Sehr lustig, Sebastian. Der Witz ist so alt, dass er 'nen Bart hat." Ich kam am Fenster mit Blick auf den Parkplatz an, wirbelte herum und sah Sebastian den Korridor entlangkommen. Dass er ein recht großer, schlanker Mann war, der sich königlich kleidete, war nicht ausschlaggebend dafür, dass ich mich beruhigte. Dass wir seit wenigen Monaten ein Paar waren, hingegen schon. Es war brüchig. Ich traute ihm zu, der erste Mann in meinem Leben zu sein, der mich nicht ändern wollte. Allerdings war er auch der erste, bei dem ich schrecklich eifersüchtig reagierte, wenn ich das Gefühl hatte, eine andere Frau könnte sich für ihn interessieren.

Auf dem Gang hinter Sebastian tauchten die in hellblaue, knisternde Anzüge gehüllten Kollegen von der KTU auf, in Händen die silbernen Koffer mit ihrem Equipment. Meine Erleichterung verpuffte, als ich hinter ihnen unsere Kollegin Katharina ausmachte. Freundinnen waren wir nie gewesen, aber mittlerweile war die Luft zwischen uns äußerst frostig.

„Wenn sie in deinem Team ist", fuhr ich Sebastian an, „ist die Aufklärung des Falls zum Scheitern verurteilt."

Er zog mich zum Flurfenster. „Sei nicht unfair."

An seiner Schulter vorbei sah ich dabei zu, wie die KTU den Tatort aufräumte. Söntgen, deren Leiter, stauchte die herumlungernden Figuren im Büro zusammen. Kurz darauf schlichen die KDD-Kollegen, Schlenker und der Dezernent zerknirscht über den Gang.

„Ich habe gehört, dass du ihn gefunden hast." Sebastian strich mir eine Haarsträhne hinters Ohr. Die Zärtlichkeit der Geste ließ meinen Blutdruck so weit absacken, dass ich befürchtete, ins Koma zu fallen. Diese rein hypothetische Gefahr wurde allein von den Nervenschmerzen relativiert, die durch das geschädigte Bein schossen. Schon am Morgen hatten mich die Schmerzen geweckt. Mittlerweile drohten sie infernalisch zu werden. „Zuerst dachte ich, er lebt noch", erwiderte ich. „Ich wollte mich um ihn kümmern, und dann kam Olivia."

„Olivia?" Aus der Innentasche seines Jacketts zog Sebastian einen kleinen, ledergebundenen Notizblock. Da war er alte Schule. „Heißt sie nicht Marina? Marina Brandner?"

„Ja, klar. Wir nennen sie nur alle Olivia." Ich seufzte. „Die Haare schwarz, straff zu einem Zopf gebürstet. Und dann ist sie so mager."

„Olivia Oil." Er feixte. „Popeyes Freundin."

Ich rieb mir die Stirn. „Sie hat behauptet, einen Italiener gesehen zu haben, der vor ihr über den Korridor lief." Ich malte Anführungszeichen in die Luft.

Sebastian sah mir den Ärger wohl an. „Das hat sich erledigt, Nell. Der vermeintliche Italiener heißt Sigfried Hasenwinkel. Ein Kollege aus dem Jugendamt."

Vor Lachen knickte ich in die Knie. „Weiß er", giggelte ich, „dass er wie ein Italiener aussieht?

Sebastian legte mir einen Arm auf den Rücken und half mir wieder in die Aufrechte. „Okay, Nell. Ich gehe arbeiten." Er grinste. „Du fährst besser nach Hause."

„Warum?" Ich sträubte mich. Ich wollte in den aktiven Dienst zurück, und wenn nicht jetzt, wann dann? Wann wurde schon ein Kollege ermordet?

„Weil ich sehe, dass du Schmerzen hast. Du würdest es nie zugeben, aus Sorge, es könnte sich negativ auf die Prüfung deiner Dienstfähigkeit auswirken."

Er hatte recht, und ich war bereit, nachzugeben. Doch eine Sache musste ich wissen. „Das Opfer hatte ein beschriftetes Post-it auf der Stirn kleben, als ich ihn fand. Sie haben es auf den Tisch gelegt."

„Auf der Stirn?"

„Ja, er sah aus, als wäre er in einer Partie Scharade ermordet worden. Was stand denn drauf?"

„Warte." Er betrat Knüllers Büro, sprach mit Söntgen von der KTU und kam zu mir zurück.

„*Was ihr getan habt.* Das stand darauf."

*

Auf dem Heimweg, durch stockenden Verkehr in den Kölner Norden, verplemperte ich zuerst Energie damit, darüber nachzudenken, was es für meine Dienstfähigkeit bedeutete, dauernd wiederkehrende Nervenschmerzen zu haben. In akuten Phasen war ich ungeduldig und reizbar. Medikamente, so nutzlos sie waren, weil sie lediglich linderten, ermüdeten mich. Das Ergebnis war deprimierend. Am Ende hatten die Vögel recht, die mich nach Hause schicken wollten.

Lieber dachte ich über den Fall nach. Angesichts des unspektakulären Aufgabengebietes, das Herr Knüller geleitet hatte, war es unvorstellbar, dass er Opfer eines Antragstellers geworden war. Mit diesem Gesetz waren keine Geld- oder Sachleistungen verknüpft. Gewalt, so grausam sie war, konnte ich mir im Jobcenter, in der Wohngeldstelle oder, in der Ausländerbehörde vorstellen. Es gab genügend Menschen, deren Leben von behördlichen Entscheidungen mächtig auf den Kopf gestellt wurde. Aber nicht im Schwerbehindertengesetz. Zudem zeichnete sich die typische Klientel nicht eben durch körperliche Agilität aus.

Einen Moment stellte ich mir vor, wie das von einem Blinden geworfene Messer über Knüller hinweg aus dem offenen Fenster flog und einen sogenannten Unschuldigen traf, der auf dem Parkplatz, mit einem Satz Nummernschildern in Händen, auf dem Weg zur Zulassungsstelle war. *Ein Unschuldiger.* Die Formulierung fand ich in so einem Zusammenhang unmöglich. Wer bestimmte schon, wer unschuldig war und wer nicht?

Hinter mir hupte es. Ich gestikulierte und fuhr an. Bis ich den Beetle in den letzten Parkplatz meiner Wohnstraße zwängte, grübelte ich über Schuld und Unschuld. Die sogenannten unschuldigen Opfer brutaler Taten konnten durchaus Leichen im Keller haben, von denen niemand wusste. Und wo fing Schuld an?

Ich zog den Schlüssel ab, löste den Sicherheitsgurt und schwang mich aus dem Wagen. Mit Schwung knallte ich die Tür zu und humpelte zur Haustür, die aufgerissen wurde, als ich den Schlüssel gerade reinstecken wollte. Ich grüßte die herauskommende Nachbarin nachlässig, schleppte mich die drei Stufen zum Hochparterre hoch und ging beim Aufschließen der Haustür in die Hocke, damit meine Katze Lily nicht türmte. Der Schmerz machte mich mittlerweile irre. Dass Lily mir schnurrend um die Beine strich, war tröstlich.

Während ich Jacke und Tasche auf den metallenen Garderobentisch warf, die Küche aufsuchte, und Lily ein Schälchen Futter in den Napf füllte, kam ich gedanklich erneut auf Knüllers Arbeit zurück. Wir hatten mal einen

Betrugsfall gehabt, in dem normale Bürger von einer Anwaltskanzlei überredet worden waren, ihre Angelegenheiten bis vors Sozialgericht zu schleppen.

An die Arbeitsplatte gelehnt schaute ich Lily beim Fressen zu und versuchte, mich daran zu erinnern. Ich gab auf, als der Nerv schrill aufmuckte. Stöhnend krallte ich mich an der Arbeitsplatte fest, bis es vorbei war. Es würde wieder kommen. Ich musste etwas einnehmen und versuchen, zu schlafen. Ächzend schlüpfte ich aus den Schuhen, griff nach einem Glas aus der Spülmaschine, das ich mit Leitungswasser füllte, während ich mit der anderen Hand eine Schublade öffnete, um die Tropfen rauszunehmen. Das Ausräumen der Spülmaschine verschob ich auf später. Ich träufelte fünf Tropfen ins Wasser und trank es auf ex.

In der Diele schwankte ich. Um dreizehn Uhr das Bett zu belegen, widerstrebte mir gewaltig. So lag ich am Ende vollständig angezogen auf dem Sofa und sank in einen unruhigen Schlaf. *Alles sehr kurios,* dachte ich noch. Und: *was ihr getan habt.*

*

Es blieb merkwürdig. Nach kurzem Schlaf mit chaotischen Träumen erwachte ich, ohne sofort zu wissen, wo ich war. Schlaftrunken schaute ich mich im Raum um. Der Kratzbaum neben der Tür, der aufgeschlagene Roman auf dem Glastisch mit den fettigen Fingerabdrücken, die nach Wasser dürstende Azalea auf der Fensterbank - alles war richtig. Zweifellos lag ich in meinem Wohnzimmer.

Ich stieß einen erschreckten Laut aus, als ich Katharina entdeckte, die in einem schmucklosen dunkelblauen Blazer über Jeans und mit Gesundheitsschuhen an den Füßen am Türrahmen lehnte und mich abschätzig ansah.

In meinem Wohnzimmer? *Das muss ein Albtraum sein.* Trotz mehrfachem Blinzeln blieb es bei dem verengten Gesichtsfeld mit den ausgefaserten Rändern, in deren Mitte dieses herzförmige Kleinmädchengesicht mit der praktischen Kurzhaarfrisur schimmerte. „Bei so feinen Haaren", krähte ich, „muss man sich beim Föhnen mehr Mühe geben."

Gekränkt presste Katharina die Lippen zu einem dünnen Strich zusammen. Ächzend rappelte ich mich in eine aufrechte Position. Und endlich - auf dem Sofa, zu meinen Füßen, kam Sebastian ins Bild. Sein Mund bewegte sich. Er streckte die Hand aus und berührte mein ramponiertes Bein. „Was?", brachte ich hervor.

„Wie geht es dir?"

Ich blinzelte heftiger. „Ganz gut." Ich schaute zu Katharina. „Was hat das hier zu bedeuten?"

Ich würde mit ihm reden müssen. Natürlich hatte er einen Schlüssel zu meiner Wohnung, doch es ging nicht, dass er skurrile Kollegen mit hineinnahm.

„Katharina, würden Sie Nelly ein Glas Wasser holen?", bat er.

Erst nach einem merklichen Zögern löste sie sich vom Türrahmen und verschwand in der Küche. Fragend sah ich Sebastian an.

„Ich dachte", sagte er sanft, „du solltest erfahren, dass sie zu einem Ergebnis gekommen sind." Grinsend legte er etwas auf meinen Glastisch. In der Küche hörte ich Schranktüren auf und zu gehen.

„Darf ich mir ein paar Kekse nehmen?", schallte es von dort.

„Ja!", rief ich, ohne nachzudenken. „Sie?", fragte ich Sebastian.

Er deutete mit dem Kinn zum Tisch, und ich sah genauer hin. Neben dem Roman auf dem Tisch lagen die Dienstwaffe und das Kärtchen, das meinen Dienstausweis darstellte. So ein Dienstausweis war nicht größer als eine EC-Karte, und ich erinnerte mich, wie ich mal versehentlich versucht hatte, damit Geld abzuheben. Ich gluckste. „Wann hatten sie mir das sagen wollen?"

„Heute Mittag stehst du als Termin beim Landrat im Kalender. Dort wollte man dir eröffnen, dass die Dienstfähigkeitsprüfung ergeben hatte, dass du in den Dienst zurückkehren kannst. Aber der Mord an Herrn Knüller hat alle Termine durcheinandergewirbelt." Achselzuckend stand er auf und nahm Katharina, die kauend reinkam, das Glas aus der Hand, das er an mich weiter reichte.

Ich lechzte danach. Meine Kehle fühlte sich an wie mit der Käsereibe bearbeitet. Erst nachdem ich das Glas geleert hatte, fing ich an, vollumfänglich zu begreifen, dass ich nicht mehr in die Verwaltung zurückkehren musste. Breit grinsend guckte ich Katharina dabei zu, wie sie, wieder an den Türrahmen gelehnt, meine Kekse in sich reinstopfte. Ihrer Miene war anzusehen, wie sie zu den Neuigkeiten stand. Wir waren wie Feuer und Wasser. Sie arbeitete pedantisch – ich neigte dazu, Vorschriften aus den Augen zu verlieren.

Als ob die Luft im Wohnzimmer durch meine schiere Anwesenheit kontaminiert wäre, blieb sie, wo sie war, und nuschelte: „Ich halte das ja für keine gute Idee, solange nicht klar ist, was ihr Bruder mit dem letzten Fall …"

„Was?", stieß ich aus. „Ihm war das Auto geklaut worden."

Sie schnaubte bloß. Sie hatte ebensolche Vorurteile gegenüber anzugtragenden Italienern wie Schlenker. Ich entschied, ihr blödes Gehabe zu ignorieren, und zog meinen Polizeiausweis herbei. „Und bis morgen hätte das keine Zeit gehabt?"

„Im Grunde schon." Sebastian nahm den Holster mit der Waffe in die Hände. „Aber als Leiter der Abteilung für Kapitalverbrechen möchte ich die Kollegin Bracco an der Aufklärung des Mordes beteiligen."

Jauchzend flog ich ihm in die Arme. Der Holster entglitt ihm und landete dumpf auf dem Tisch. Einen feinen Moment vergrub ich mein Gesicht in Sebastians weichem Kaschmirmantel, von dem ich endlich begriff, warum er ihn nicht ausgezogen hatte. Er hatte nicht vor, lange zu bleiben, denn es gab Arbeit.

„Ich find's fies, wie man sich so über ,nen Toten freuen kann", maulte Katharina mit vollem Mund und krümelte meinen Teppich voll.

„Sie freut sich ja nicht über den Toten." Sebastian ließ mich los, damit ich aufstehen und mich frisch machen konnte. „Sie freut sich über die Arbeit, Katharina. Etwas, was ich mir von allen Kollegen wünschte."

Während ich mich an ihr vorbeischob, sah ich, wie sie rot anlief. Ich hörte sie noch sagen, wie verdächtig ich wäre, weil ich im Büro des Mordopfers gewesen war, als ich mir bei offener Tür im Bad schwallweise Wasser ins Gesicht schaufelte. Lily balancierte auf dem Waschbecken und pfotelte nach dem Wasserstrahl. Ich ließ ihn einen Moment für sie weiterlaufen, tupfte mir das Gesicht mit dem butterweichen Handtuch ab, hängte es weg und beäugte mich kritisch im Spiegel.

„Katharina hat die Witwe Herrn Knüllers schon informiert, bevor es die Presse macht!", rief Sebastian. „Aber ihr kam etwas seltsam vor. Deswegen fahren wir noch mal hin!"

Erfolglos versuchte ich, meine chaotische Haarpracht zu bändigen. „Aha?" Ich gab es auf und drehte ich den

Wasserhahn zu. Lily tapste mit nassen Pfoten durch die Küche, in der Katharina erschreckt zusammenzuckte, weil ich sie mit den Fingern in der Keksdose erwischte.

„'tschuldigung", murmelte sie.

Doch ich war längst an ihr vorbei im Schlafzimmer, wo ich mir aus dem Schrank frische Klamotten aussuchte. Ich zwängte mich in eine enge Jeans, wählte eine helle Bluse, deren Ärmel ich bis knapp unter die Ellenbogen hochkrempelte, und schlüpfte in flache Stiefeletten. Als ich rauskam, warteten Sebastian und Katharina bereits in der Diele.

„Und was war seltsam?", fragte ich, als ich mir mein Holster umschnallte und die Lederjacke vom Garderobenhaken nahm.

„Sie hat geschrien und geweint, aber das hat man ja schon mal. Ich hab' dann gefragt, ob ihr Mann Feinde hätte." Katharina rieb sich den Mund. „Sie hörte sofort zu schreien auf und drückste so rum."

„Feinde? Auf der Arbeit?" Ich ließ die beiden vorbei ins hellhörige Treppenhaus schreiten und zog die Tür zu.

„Keine Ahnung." Sie zuckte die Schultern. „Herr Knüller ..." Sie kicherte. „Komischer Name."

„Na ja." Wir traten in die lauwarme Herbstsonne. „Mein Abteilungsleiter heißt Schlenker."

„Das hab' ich im Sommer schon komisch gefunden." Sie giggelte.

Sebastian hob irritiert eine Braue. Als er auf seinen Maserati zu ging, sprang ich ihm in den Weg. „Wenn wir zu dritt fahren, nehmen wir den Beetle."

Er stopfte seinen Wagenschlüssel zurück in den Mantel und lief auf mein kleines schwarzes Auto zu. Ich schloss auf und klappte auf der Beifahrerseite den Sitz für Katharina nach hinten. „Schlenker schlenkerte herbei", sagte ich boshaft in ihr Kichern, derweil sie einstieg und ihre kurzen Beine hinterm Beifahrersitz verstaute. Auch Sebastian und ich stiegen ein. Ich startete den Wagen, guckte in den Rückspiegel und fädelte mich in den kaum vorhandenen Verkehr ein.

„Hihihihi", kam es von hinten.

„Katharina", mokierte Sebastian.

„Wo müssen wir denn hin?", fragte ich mit der Miene eines Unschuldslamms.

*

Der Straßenverkehr schleppte sich dahin. Als wir im Rhein-Ufer-Tunnel in einen Stau gerieten, war ich froh, das Verdeck nicht heruntergelassen zu haben. Unterwegs stattete Sebastian mich mit Infos über die Familie des Opfers aus. Die Knüllers waren Anfang fünfzig und kinderlos. Beatrix Knüller hatte lange in ihrem erlernten Beruf als Konditorin gearbeitet, bis sie vor vier Jahren durch einen Raubüberfall traumatisiert worden war. Sie war nicht wieder in den Job zurückgekehrt.

„Wer klaut denn Kuchen?", fragte ich.

„Es waren die Tageseinnahmen, auf die der Raubüberfall abzielte." Sebastian steckte das Notizbuch weg, von dem er abgelesen hatte. „Obwohl die Jungs auch aber paar Pappschachteln Törtchen eingesteckt hatten."

„Trotzdem ist der Überfall auf eine Konditorei seltsam", sagte ich.

„Sicher, aber da dürfte es keinen Zusammenhang zum Mord an Herrn Knüller geben."

„Kuchen", schwärmte Katharina. „Das wäre jetzt fein."

„Gibt es jetzt nicht!", herrschte ich.

Sie keuchte übertrieben entsetzt, sagte aber nichts.

„Während des Erstgesprächs hatte Katharina das Gefühl, die Witwe würde sie zum Arbeitsumfeld des Toten hin lotsen", führte Sebastian weiter aus. „Zu diesem Zeitpunkt hatte unsere Kollegin noch nicht den Verstand verloren. Keine Ahnung, was mit ihr los ist." Er klang leicht ungehalten.

Och, ich hatte eine Ahnung. „Die Kollegen im Amt", lenkte ich ihn ab.

„Maurice befragt sie, und wenn wir Namen und Adressen von Freunden des Paares haben, wird Cornelius …"

Katharina kicherte. „Da war eine Freundin."

An der Ampel schaute ich auf die Rückbank, auf der meine Kollegin ausgestreckt lag, beide Hände auf dem Bauch. „Die sah total komisch aus."

„Eine Freundin?", fragte ich Sebastian.

„Offenbar eine Freundin von Frau Knüller, die ihr beisteht." Von der Rückbank kamen seltsame Töne, die sich nach allem anhörten. Nach Schlaf, großen Schmerzen, Kichern. Wir ignorierten es weiterhin.

„Vielleicht kannst du dich morgen im Amt noch mal nach Auffälligkeiten umhören, wenn du dein Büro ausräumst", schlug Sebastian vor. „Wir sind da."

„Ach was." Ich deutete aufs Navi und stellte den Wagen vor dem roten Backsteinhaus ab, stieg aus, weckte Katharina und ließ sie herausklettern.

„Schicke Wohngegend", konstatierte ich dabei. Wir standen in einer Allee mit Reihenhäusern aus den sechziger Jahren im Schatten alter Kastanienbäume. Gegenüber grenzte eine efeubewachsene Mauer die Längsseite des Friedhofs vom profanen Alltag ab. Vögel zwitscherten, Baumwipfel ragten weit über die Mauer hinaus – idyllisch und still war es hier. „Ich wundere mich darüber, dass Knüller so weit weg vom Kreishaus wohnt. Am südlichen Stadtrand von Köln?"

„Die Versorgungsämter wurden 2008 aufgelöst." Sebastian zog den Mantel aus und warf ihn auf die Rückbank. „Mit dem neuen Gesetz wurden die Beamten in die umliegenden Kreise und kreisfreien Städte geschickt."

„Ah, okay. Ich dachte schon." Nebeneinanderstehend musterten wir das alte Häuschen, das verdammt gut in Schuss war. Aus einem Fenster im Erdgeschoss leuchtete Licht auf die Schattenseite der Straße. Vor der Haustür stand ein borstiger Holzigel zum Schuheabtreten im Laub der alten Eiche vom Straßenrand.

„Was dachtest du schon?", fragte Sebastian.

„Ich finde den Namen Schlenker schon witzig", antwortete ich, nur um Katharina zu provozieren. „Und da das Opfer, der andere Abteilungsleiter Knüller hieß, fürchtete ich, diese Art Namen wären Einstellungs- und Beförderungsvoraussetzung."

Ohne das zu kommentieren, steuerte Sebastian die Haustür an. Katharina aber kicherte derart ekstatisch, dass es mich anstachelte. „In der Abteilung für Hard- und Software heißen alle Jens", sagte ich gehässig.

„Nein!", rief sie und wankte näher zu uns hin.

„Doch. Bis auf einer. Der heißt Sven."

„Hihihihihi."

Mittlerweile waren in Sebastians ebenmäßigen Gesicht beide schmalen Brauen konsterniert nach oben geschossen. Auf der Eingangsstufe stehend, einen Finger vor der Klingel schwebend, maß er unsere Kollegin mit einem Ausdruck zwischen Verwirrung und Abscheu. „Katharina", gebot er scharf. „Wenn Sie sich nicht zusammenreißen können, warten Sie besser vor der Tür."

Ihre Augen zuckten. Ich betrachtete zwei Raben im Landeanflug auf einen Baum, um nicht antworten zu müssen. Ich hatte eine Ahnung, was mit ihr los war. Ach was, ich wusste es. Katharinas Wangen spannten vor unterdrücktem Lachen. „Weiß nicht", nuschelte sie. Ihr Blick wanderte auf die andere Straßenseite mit der langen Mauer zum Südfriedhof im Schatten hoher Eichen und Kastanienbäume. „Sie haben recht", brachte sie mühsam heraus. „Ich gehe besser etwas spazieren."

Wir sahen ihr nach.

„Hast du eine Ahnung, was mit ihr los ist, Nell?"

Kopfschüttelnd beäugte ich die Fingernägel meiner rechten Hand. Dann klingelte Sebastian. Ruckartig wurde die Tür von einer blassen Frau aufgerissen, die uns feindselig anstarrte. Du lieber Himmel. Ich kannte Frau Knüller nicht, ahnte aber aufgrund ihres Blickes, dass die hier die von Katharina erwähnte Freundin war. Ihre stachelige Kurzhaarfrisur war schwarz gefärbt. Ihre Hände sahen wie Klauen aus und waren dem vermutlich gelifteten Gesicht Jahre voraus. Den Polizeiausweis, den Sebastian ihr vor die Linse hielt, musterte sie ausgiebig, während er uns vorstellte.

„Es tut mir leid, Sie stören zu müssen, doch wir würden gern noch einmal mit Frau Knüller sprechen", schloss er.

„Geht's noch?" Die Hände der Frau zuckten wild in die Höhe. „Bea heult sich die Augen aus dem Kopf! Ihr Mann ist ermordet worden!" Hektisch zeigte sie zum Wohnzimmer, durch dessen offen stehende Tür wir einen Blick auf eine äußerst mollige Person erhaschten, die zusammengekauert von einem Clubsessel aus braunem Leder verschluckt wurde.

Sebastian setzte ein unwiderstehliches Lächeln auf „Ich bedaure, dass wir Ihren Ansprüchen nicht genügen, Frau …?"

„Schwarz. Silke Schwarz." Mit Acrylfingernägeln voller Strasssteinen tippte sie auf das Türblatt. „Ich bin Beas beste Freundin und sofort hergekommen, als sie mich angerufen hat! Sie braucht Ruhe. Sie sollten sich schämen!"

„Gramerfüllt beuge ich mich gern Ihrem Zorn, wenn Sie uns nur hinein und mit Frau Knüller sprechen ließen."

Sichtlich irritiert schwieg sie ihn an, blockierte aber weiterhin den Zugang. Mein Gott, die war hartnäckig.

„Wir bedauern den Umstand, stören zu müssen, wirklich, Frau Schwarz", salbaderte ich. „Es liegt nicht immer in unserer Hand. Eine Tat wie diese zwingt uns zur allergrößten Eile." Verdammt, was redete ich da? Ich klang schon wie Sebastian.

Glücklicherweise ertönte aus dem Wohnzimmer ein dünnes Stimmchen, das uns hereinbat. Wir traten ein, Frau Schwarz schloss die Tür. Kaum standen wir im Wohnzimmer, wisperte Frau Knüller: „Es tut mir leid. Silke meint es nur gut." Stumm wies sie auf das dem Sessel gegenüberliegende Sofa.

Wir sanken hinein. Silke Schwarz presste die aufgespritzten Lippen so fest aufeinander, wie sie es zuließen.

„Frau Knüller", fing Sebastian behutsam an. „Beginnen wir mit dem heutigen Morgen. Wie ist der verlaufen? War irgendetwas anders als sonst?" Auf der Kante des Sofas, die Hände zwischen den Knien verschränkt wartete er ab, zornig von Frau Schwarz taxiert.

Frau Knüller hob die Schultern. Ich erkannte sofort, dass sie krampfhaft versuchte, dabei nachdenklich auszusehen. Mein Blick huschte zu Sebastian. Es war ihm nicht entgangen.

„Alles war ganz normal. Er ist zur Arbeit gegangen." Ihr tränenschwerer Blick wanderte zum großen Fenster, hinter dessen Gardinen die alte Mauer des Friedhofs schimmerte, vor der Katharina auf und ab wanderte. Die Witwe schluchzte auf, griff dankbar das Taschentuch, das ihre Freundin, die sich wie eine Leibwache neben dem Sessel postiert hatte, zu ihr hinunterreichte. Sie schnäuzte sich. „Verzeihung." Noch ein Schniefen. „Nein, alles war wie immer."

Mir kam das wie ein gewaltiges Theater vor.

„Ist in letzter Zeit etwas Ungewöhnliches passiert?", versuchte es Sebastian, „Etwas, was aus dem Rahmen fiel?"

„Nein!", heulte sie auf. Hilfesuchend starrte sie ihre Freundin an, die wirkte, als wollte sie jeden Moment vorpreschen. „Ich verstehe das alles nicht", weinte Frau Knüller. „Wer kann denn Torsten ..."

„Hat Ihr Mann Ihnen gegenüber mal erwähnt, dass er auf der Arbeit mit irgendjemandem Probleme hat?", hakte ich nach. Dabei fühlte ich Sebastians nadelspitzen Blick. Er war nicht glücklich, dass ich thematisch zum Arbeitsbereich hinlenkte. Aber ich wollte die Reaktion der Frauen sehen.

Silke Schwarz schnappte geradezu nach dem Köder. „Er hat mit allen möglichen Schmarotzern zu tun, die ihn beschimpfen, weil er nicht mit Prozenten und Nachteilsausgleichen um sich wirft wie der Prinz Karneval mit Kamelle", schnaubte sie feindselig.

Die Witwe nickte stockend, dabei zerknautschte sie das Papiertaschentuch in ihren Händen zu einem feuchten Klumpen. „Ja, aber viel geredet hat er darüber nicht. Manchmal war er sauer. Wenn er wieder eine fiese Mail gekriegt hat."

„Auf der Arbeit?" Sebastian schielte auf seinen Notizblock.

„Ja, zu Hause hat er nur einen Laptop."

„Den müssen wir mitnehmen."

„Ja, natürlich." Beatrix Knüller erhob sich schleppend und war auf dem Weg in die Diele, aber in mir juckte es. *„Was Ihr getan habt"*, spielte ich auf das Post-it an. „Sie wissen von der Botschaft, die der Täter hinterlassen hat?"

Ich taxierte die schon im Türrahmen stehende Frau. Sie wankte kaum merklich, klammerte sich ans Türblatt und wechselte einen raschen Blick mit ihrer Freundin.

Sofort motzte Frau Schwarz drauf los. „Damit ist das Amt gemeint. Suchen Sie bei den Spinnern, die sich mit nichts zufriedengeben."

Bis Frau Knüller mit dem Laptop ihres Mannes zurückkam, schwiegen wir uns an. Silke Schwarz hielt sich für einen mächtig harten Knochen, aber ihre übertriebene Fürsorge kam mir wie ein Mittel vor, die Kontrolle zu behalten. Womöglich zeichnete das ein Bild dieser Frauenfreundschaft. Sie wirkte ziemlich abgebrüht, Beatrix hingegen harmlos.

„Sie haben ein Hausboot?" Sebastian deutete lächelnd auf eines der größeren gerahmten Fotos auf dem Sideboard hinter dem Sessel.

Beatrix folgte seinem Blick. „Ja, aber das ist unser altes. Wir hatten es gebraucht gekauft. Vor vier Jahren oder so." Mit dem Rücken der freien Hand wischte sie sich die Augen. „Am Samstag haben wir unser erstes brandneues …" Schluchzend brach sie ab.

Frau Schwarz sprang vor, um sie zu ihrem Sessel zurückzugeleiten und Sebastian den Laptop zu präsentieren, den sie vor einem Sturz auf den Teppich bewahrt hatte. „Sie gehen jetzt besser."

„Wir werden wiederkommen", sagte ich kalt, bevor sie die Tür vor unserer Nase zuschlug.

Auf dem Bürgersteig unter einer Eiche schüttelte Sebastian grinsend den Kopf.

„Was ist?" Ich stemmte die Fäuste in die Taille.

„I'll be back." Er lachte.

„Na und?"

„Und zwölf Uhr mittags? Highnoon?"

Ich wollte ihn nicht sehen lassen, dass meine Wangen spannten. „Sie wissen beide, was der Spruch auf dem Post it zu bedeuten hat", beharrte ich und suchte mit gezücktem Autoschlüssel nach Katharina. „Wir müssen rauskriegen, was sie uns verheimlichen."

Energie durchströmte mich. Es war herrlich, wieder zu arbeiten. In der Vergangenheit, ehe wir ein Paar wurden und vor meinem Dienstunfall, hatte ich öfter mit ihm, dem Chef, zusammengearbeitet. Damals hatte es mich oft aufgeregt. Alles an ihm hatte mich zornig gemacht. Auf die Idee, verliebt zu sein, war ich nie gekommen. Wohin uns das nun führte, wusste keiner von uns. Oft dachte ich an seine Exfreundin Audrey, die im Gegensatz zu mir schön, zurückhaltend und elegant daherkam. Ich hatte keinen Schimmer, was und ob er noch etwas für sie empfand. Dass er ihr gelegentlich begegnete, störte mich, doch ändern konnte ich es nicht. Sie war die Ex-Frau eines seiner besten Freunde. Robert Hohendorf, mit dem sie Kinder hatte. Es machte mich schon rasend vor Eifersucht, mir vorzustellen, die beiden träfen sich im Hohendorf-Wohnzimmer.

Jetzt stakste ich hinter Sebastian her auf die andere Straßenseite, um die Gegend nach Katharina abzusuchen. Schließlich fanden wir sie tränenüberströmt und mit glutroten Wangen in inniger Umarmung mit einem Kastanienbaum vor dem Friedhofszaun.

Sebastian stockte. „Was soll das?"

Ich hob eine Schulter.

„Knüller, hihihihi", ächzte Katharina. Sie ließ den Baum los, um uns anzustrahlen.

„Katharina?" Sebastian verschränkte die Arme vor der Brust.

„Schlagzeile morgen im Express", stieß sie bebend aus. „Der Knüller des Tages: Abteilungsleiter mit Messer gemeuchelt. Hihihihihi ..." Sie knickte in die Knie.

„Herrgott", raunte er und griff versuchsweise nach ihrem Arm. Sie wand sich aus seinem Griff. „Wie Sie wollen, Katharina. Dann warten Sie hier. Ich werde Cornelius anrufen. Er kann Sie hier abholen."

Cornelius war ein Kollege, aber auch Katharinas Freund. Vielleicht lag es daran, dass wir in Köln waren, doch das halbe Präsidium war miteinander verbandelt.

Verdutzt glotzte sie uns an. „Ihr wollt fahren?"

„Sie wollen ja nicht mit." Er machte einige Schritte auf die Straße zu. Sofort stürmte sie hinterher und klammerte sich verzweifelt gackernd an seine schlanke Taille. Innerlich bebte ich vor Genugtuung. Äußerlich sah ich gutmütig auf sie hinab, während sie ihre Wange an seinen steinharten Bauch schmiegte, und er versuchte, sie abzuschütteln wie einen Lappen, der an seinem eleganten Schuh kleben geblieben war. Hilfesuchend schaute er mich an.

Ich hob die andere Schulter. „Kekse?"

„Was?" Er hielt im Schütteln des Beines inne.

Sie krallte sich weiter an ihm fest. „Hihihihihi."

Ich sprang herbei, um ihre Wurstfinger von ihm zu lösen. Dabei redete ich leise. „Sie hat meine Medizinkekse gegessen."

Sie bog sich nach vorn. Immerhin hatte sie von ihm abgelassen, sodass er ihre Arme hinter ihrem Rücken fasste, um sie wie eine Verhaftete über die Straße zu meinem Auto zu geleiten. „Medizin?"

„Mann, Sebastian, stehst du auf der Leitung. THC. Cannabis. Legal, auf Rezept. Es kratzt beim Rauchen so im Hals, weshalb ich Kekse mit den Blüten gebacken habe."

Einen Augenblick, wir waren schon drüben, sah er mich verblüfft an. Dann schaute er in den wolkenlosen Himmel. Gespannt wartete ich auf seine Reaktion, doch er murmelte nur: „Dann sollten wir mit offenem Verdeck fahren. Vielleicht bläst das ihr Hirn mal so richtig durch."

„Meinetwegen." Ich stieg ein und drückte den Knopf. Das Verdeck meines Beetles bewegte sich abwärts. Sebastian griff nach seinem Mantel und schwang ihn über.

„Trotzdem", warf ich ein. „Für den heutigen Tag ist sie verloren."

Bea

Beatrix kauerte in ihrem Sessel, in den sie immer wieder zurückkehrte, seit sie von Torstens Tod gehört hatte. Ihre Blase drückte. Dabei hatte sie kaum getrunken. Sie schaute zum Fenster, an dem Silke die Gardine lupfte und den Polizisten nachsah.

„Sind sie weg?", brachte sie zittrig hervor.

„Nee, die haben da 'ne Bekloppte angequatscht, die einen Baum umarmt." Missbilligend schüttelte Silke den Kopf. „Jetzt nehmen sie die mit." Sie ließ den Store los und wandte sich zu Bea um, den mageren Po ans Fensterbrett gelehnt. „Ist jetzt sogar schon Bäume umarmen verboten?"

Selbst wenn, es war Bea gleichgültig. Ein Schauer durchlief ihren Körper. Flehentlich sah sie Silke an. „Was ihr getan habt", wisperte sie.

„Na, und?" Silke rieb sich ein Auge und verteilte so Kajalstift um das Lid, was sie wie einen alten Panda aussehen ließ. „Was soll das schon gewesen sein?"

Beatrix schluckte schwer. Seit sie von dem Spruch auf dem Post-it gehört hatte, den der Täter Torsten auf die Stirn geklebt hatte, kam lang Verdrängtes wellenförmig nach oben. Kleine Kräuselungen, die verschwommene Bilder in ihrem Kopf freisetzten. Bisher hatte sich der Nebel nicht verzogen. Was sie getan hatten, hatte sich noch nicht in Worte fassen lassen. Hatte Silke es vergessen?

„Was, wenn sie …?"

„Du verrennst dich da in was!"

Bea zuckte zurück. Der harsche Tonfall klang nicht nach Vergessen. „In was denn?", schrie sie heiser. „Was soll es denn sonst heißen? Was, wenn sie sich …?"

Bevor sie weiterreden konnte, saß Silke auf der breiten Sessellehne und umfasste ihre Schultern. Wieder fing Bea zu weinen an. „Unsinn", flüsterte Silke sanft. „Nach all den Jahren. Jahrzehnten, Bea. Es muss mit Torstens Arbeit zu tun haben."

Bea, vergraben in der Umarmung ihrer Freundin, wechselte von Weinen zu Schluchzen. Ihr fülliger Leib bebte. Sie dachte nichts, nur, dass sie durstig war und sich fürchtete. Und wie tröstlich es war, dass Silke nichts vergessen hatte. Denn wenn Silke sich nicht fürchtete, bedeutete es womöglich, dass sie sich tatsächlich in etwas hineinsteigerte und die Sache damals nicht mehr als der Streich pubertierender Teenager gewesen war. Endlich etwas gefasster entwand sie sich Silkes Umarmung und sah sie großäugig an. „Wasser", krächzte sie. „Bitte, kannst du …?"

„Sicher." Silke lief in die Küche. Mit verquollenen Augen starrte Beatrix ins Nichts. Dachte, dass sie die Lampe anschalten müsste. Es wurde immer dunkler. Sie strich sich über den Nacken, lauschte dem Öffnen des Kühlschranks, dem Gläserklirren. War ihre Angst größer als ihre Trauer? Überlagerte das eine das andere? Torsten war nicht mehr da. Er würde nie zurückkommen, aber war das wirklich eine solche Katastrophe?

Ja, weil du nie ohne ihn warst. Zusammen, seit der Schulzeit.

Aber was bedeutete das? Ihr Blick traf das gerahmte Foto ihrer Hochzeit, das auf dem Sideboard thronte. Mollig war sie damals schon gewesen. Sie hatte nie eine gute Figur gehabt. Wie sie ihn anhimmelte auf dem Foto. Hatte sie ihn schon in der Schule derartig vergöttert?

Auf der deutlich jüngeren Ablichtung daneben guckte sie ihn eher ermüdet an. Nebeneinander hockten sie auf der Bank einer Bierzeltgarnitur in irgendjemandes Garten. Ein Grillfest, bei dem er alle mit seinem leidigen Hausboot genervt hat. Seit sie dieses Hobby für sich entdeckt hatten, kannte er kein anderes Thema mehr. Merkte nicht, wenn er die Leute anfing, zu langweilen.

Plötzlich war da ein Wasserglas unter ihrer Nase und sie zuckte zusammen. Sie leerte es mit gierigen Zügen. Das leere Glas streckte sie Silke wieder entgegen. Die stand da, als hätte sie darauf gewartet. Bea konnte nicht anders, sie musste es fragen. „Aber wenn sie doch etwas damit zu tun hat?" Der Puls pochte ihr in der Kehle.

Silke sah mürrisch drein. „Unsinn. Ich weiß überhaupt nicht, warum du daran denkst. Das ist so lange her." Damit enteilte sie in die Küche.

Beatrix blieb zurück, schrumpfte weiter in sich zusammen, als wollte sie auf ewig mit dem Sessel verschmelzen. *Warum denke ich daran? Vielleicht weil ich nie aufgehört habe, daran zu denken?*

Es war wie eine Falltür. Die Tür zur Besenkammer, die nie richtig schloss, weil dahinter nie aufgeräumt wurde. Anlasslos war in all den Jahren die eine oder andere Kleinigkeit hinausgepurzelt. Der Geruch von Vanillepudding löste aus, dass etwas in den Raum fiel, der ihr erwachsenes Leben war. Oder der Anblick eines Schließfachs. Jedes Mal stopfte sie das, was hinausgefallen war, wieder zurück. Stemmte sich gegen die Besenkammertür und gab ihr Bestes, sie abzuschließen. Aber es gelang ihr nie. Was, wenn sie es ihnen jetzt heimzahlte?

Nelly

Weil wir keine Ahnung hatten, was wir mit Katharina anstellen sollten, gurkten wir erst mal zurück zu mir nach Hause. Dort schleppten wir sie wie einen k. o.-gegangenen Boxer ins Wohnzimmer. Sofort plumpste sie in die Polster. Ihr fielen die Augen zu, aber ihre Wangen blieben gespannt. Ich breitete meine helle Lambswooldecke über den rundlichen Körper, der vom stillen Lachen zwar immer wieder zuckte, doch zu mehr nicht imstande war. Bald würde sie einschlafen. Lily, die das ganze Procedere misstrauisch beäugt hatte, stapfte versuchsweise über Katharinas Körper, bis sie sich schließlich zu ihren Füßen auf der Decke einrollte.

„Du hättest sie stoppen können", raunte Sebastian mir auf dem Weg in die Küche zu, wo ich meine Lederjacke abstreifte und sie über eine Stuhllehne hängte.

Zufrieden in mich hinein lächelnd fing ich an, uns ungeachtet der späten Nachmittagsstunde, einen Kaffee zu zaubern. „Ich hab' nicht schnell genug geschaltet", rief ich über das Mahlwerk der Siebträgermaschine. „Vergiss nicht, dass ich geschlafen hatte, als ihr unvermittelt in der Bude standet."

„Aber sie hörte nicht auf, zu futtern. Du musst es gemerkt haben."

Mit einer Espressotasse in der Hand schwang ich zu ihm herum. „Höre ich da einen Vorwurf?" Ich stellte ihm die Tasse auf den Tisch. „Sie kann mich nicht leiden, Sebastian. Und da sie schon mal angefangen hatte, zu knabbern, fand ich es witzig, sie auflaufen zu lassen."

„Dass sie dich nicht leiden kann, stimmt nicht, Nell." Schräg beäugte er die Pfütze, in der sein Espressotässchen ruhte. „Es gefiel ihr nicht, dass ich dich letzten Sommer habe ermitteln lassen. Weil du offiziell nicht im Dienst warst, und weil du …"

„Weil ich mit einem potenziellen Tatverdächtigen verwandt bin." Ich stemmte die Fäuste in die Taille.

„Ja, auch deshalb", räumte er ein und nippte an seinem Espresso. Als er die Tasse wieder abstellte, lächelte er schief. „Auch wenn keiner deiner Brüder an der Entführung des Mädchens beteiligt war, sie nicht mal etwas damit zu tun hatten, konnte das zu Beginn der Ermittlungen niemand wissen."

„Ich …"

„Und womöglich spürt sie instinktiv, dass es durchaus etwas gab, das wir unter den Tisch fallen ließen." Lässig verschränkte er die Arme hinter dem Kopf und streckte die Beine aus. „Und uns ein oder zwei Leute entwischt sind, die was auf dem Kerbholz hatten."

Ich nickte. „Dario und Svetlana." Svetlana. Die Trulla, die sich an meinen Bruder Lorenzo gehängt hatte, um sich an ihm für etwas zu rächen, das fünfzehn Jahre zurücklag. Inmitten ihres Coups war sie aufgeflogen. Niemand verarschte Lorenzo Bracco, obwohl er erschreckend lange gebraucht hatte, zu verstehen, dass sie an dem Ärger, den er hatte, maßgeblich beteiligt war. Leider hätten wir sie nicht einbuchten können, ohne dass thematisiert worden wäre, was fünfzehn Jahre zuvor geschehen war. Und das wiederum hätte meinen anderen Bruder in Schwierigkeiten gebracht. Mein Blick streifte den leeren Stuhl, auf dem ich Zeitschriften gestapelt hatte, die aufs Aussortieren warteten. Zwischen den Heften lag der neueste von Svetlanas Drohbriefen. Die Garderobenstange war derartig verpeilt, dass ich durchaus mit ihrem Überfall rechnete. Doch meistens waren ihre Komplizen unterbelichtet genug, dass ich mit ihnen zurechtkäme, sollten sie eines Tages bei mir auf der Matte stehen. Ich verwarf die Idee, Sebastian von den Drohungen zu erzählen. Stattdessen lotste ich ihn zum Fall zurück.

„Wir hätten Frau Schwarz und Frau Knüller fragen sollen, woher sie sich kennen."

„Vor allem, wie lange. Beide Frauen ahnen, was der Zettel zu bedeuten hat."

Ich legte den Stapel Zeitungen auf den Tisch und setzte mich. Erst spät registrierte ich den Briefumschlag, der aus dem schiefen Stapel herausragte. „Der Spruch. *Was ihr getan habt.* Es klingt nach Vergeltung." Ich schielte auf den Stapel.

„Eine zurückliegende Tat", überlegte Sebastian. „Mehrere Täter. Das Wörtchen *ihr* weist darauf hin."

„Waren die beiden Frauen daran beteiligt?", dachte ich laut. „Dann müssten sie Angst haben." Ich hatte Angst. Ich fürchtete, dass Sebastian den Umschlag bemerkte und rauszog. Er guckte schon hin, doch dann setzte er sich ruckartig auf. „Ich weiß nicht, ob es die Frauen betrifft, aber der Spruch ist ein Hinweis darauf, dass …"

„Dass es nicht bei einem Opfer bleiben wird", vollendete ich. „Wir müssen in Torsten Knüllers Vergangenheit wühlen. Clubs, Sportvereine, frühere Freunde. Irgendwas ist da passiert."

„Normalerweise würde ich Katharina anweisen, sich um die Recherche zu kümmern."

„Ich kann …"

„Morgen, Nelly. Dir geht es heute nicht eben bestens. Wir haben genügend Kollegen, die es machen können. Leg dich hin. Wenn ich was herausfinde, sage ich es dir."

Das gefiel mir nicht. „Aber du gehst zu keiner Befragung ohne mich."

„Das würde ich nie wagen."

„Mann!" Ich warf mit einem der Kekse nach ihm, die in einer Schale auf dem Tisch deponiert waren, aber er lachte nur, während er aufstand. Dabei zog er den Brief aus dem Zeitschriftenstapel.

„Bevor du wichtige Post wegwirfst."

Hätte ich doch bloß genickt. Oder, *leg ihn da hin* gesagt. Stattdessen bekam ich heiße Ohren. Argwöhnisch zog er die Brauen zusammen und sank langsam in den Stuhl zurück. Den offenen Umschlag in der Hand ließ er mich nicht aus den Augen.

„Was ist?", keifte ich.

„Willst du mir was erzählen?"

„Na, guck schon rein." Zähneknirschend verschränkte ich die Arme vor der Brust und schaute zu, wie er Svetlanas Drohbrief, ein Blatt Papier, herausgerissen aus einem Collegeblock, aus dem Umschlag nahm und auseinanderfaltete.

Ich hatte vermeiden wollen, dass er davon erfuhr. Ich hatte drei große Brüder und war damit aufgewachsen, dass mich andauernd alle beschützen wollten. Es war so nervtötend, dass ich nach der Scheidung meiner Eltern, nachdem ich aus Florenz fort und nach Köln gezogen war, förmlich aufgeblüht war. Lorenzos Gehabe war unerträglich gewesen, doch selbst nach dem Umzug hatte er mir Aufpasser hinterhergeschickt.

Der Junge, von dem ich den ersten Kuss bekommen hatte, wurde im Anschluss von einem mir völlig fremden Typen bedroht, der nur Italienisch gesprochen hatte. Niemand hatte sich am Ende gewagt, sich mir zu nähern. Oft hatte ich Lorenzo am Telefon angeschrien. Mutter hatte ihn angebrüllt und unseren Vater telefonisch beauftragt, seinen ältesten Sohn zu zügeln. Doch alle dahingehenden Versuche waren gescheitert.

Es war erst friedlicher geworden, als sich unser Bruder Davide eingemischt und zwischen mir und Lorenzo vermittelt hatte. Zuerst hatte ich ihm misstraut, weil ich ihn für einen ein Spion Lorenzos gehalten hatte. Doch mit der Zeit hatte ich herausgefunden, dass Davide mir durchaus zutraute, auf mich selbst aufzupassen.

Jetzt fürchtete ich, dass Sebastian mir eine Leibwache vor die Tür stellen würde, wenn er erfuhr, dass mir jemand drohte. Ich war angespannt, trotzdem verschwand meine vorauseilende Wut, während ich ihn beim Lesen beobachtete. Ich wusste schließlich, was er las, und seine Miene war zum Schießen. Über den Rand des zerfaserten Zettels sah er mich an. „Was soll das denn heißen?"

„Er ist von Svetlana."

„Was? Wie kommt sie dazu …?" Er legte den Brief vor sich ab. „Hast du rausgekriegt, was sie mit den wirren Worten sagen will?"

„Eigentlich ist es ein Drohbrief. Du weißt, sie ist Kroatin und ihr Deutsch ist unterirdisch."

Einen Moment fügte er die Infos zusammen. „Aber es sieht wie Italienisch aus." Er schob mir das Blatt rüber. Ich musste nur einen Blick drauf werfen, schon kicherte ich wie Katharina. *Il rastrello é mio.* „Es sieht nur wie Italienisch aus." Ich sprang vom Stuhl und humpelte ins Schlafzimmer, aus dem ich mit einem Notizblock zurückkehrte. „Guck, ich habe das übersetzt." Ich streckte ihm meine Übersetzung hin.

„Das Rechen ist mein?" Er runzelte die Stirn. „Ich habe fertig? Zwei Flöten deines Herzens musizieren?" Er brach im Vorlesen ab, weil ihm vor Lachen die Tränen in die Augen schossen. Ich grinste. Er versuchte es neu. Las vor: „Flötenmusik nutzlos …" Er gab es auf. „Hat die auch deine Kekse …?"

„Nicht, dass ich wüsste", trillerte ich und beugte mich über den Tisch mit dem Blatt Papier. „Sie hat den Text mit dem Googleübersetzer vom Kroatischen zuerst ins Englische, dann versehentlich ins Telugische und dann erst ins Italienische übersetzen lassen." Ich schnalzte mit der Zunge. „Das Farsi irgendwo dazwischen dürfte ein Versehen gewesen sein."

„Telugisch? Wie bist du darauf gekommen?"

„Ich bin Ermittlerin. Ich kann so was."

„Der Rechen ist meins", murmelte er dann ruhiger. „Wenn es nur nicht so gefährlich wäre."

„Was?" Ich faltete das Papier weg und stopfte es zurück in den Umschlag. „Ein Rechen? Ja, damit kann man jemanden verletzen."

„*Die Rache ist mein* auf Telugisch würde ich gern hören", feixte er. „Der Rest? Sie will dich töten und dann in die Klosteine gehen."

Vor Lachen klappte ich auf dem Stuhl zusammen. Als ich japsend wieder hochkam, sah ich ihm an, dass er etwas im Kopf von links nach rechts wälzte. „Was?", fragte ich.

„Nichts Besonderes. Ich fragte mich nur, wie es Lorenzo mit ihr ausgehalten hat."

Ich winkte ab. „Er hat nicht nachgedacht." *Oder mit dem Schwanz*, fügte ich in Gedanken hinzu. Trotzdem war er schwierig zu erklären. „Es ist nicht so, dass er eine Frau nach der anderen anbaggert. Er steht nur herum wie eine Schale mit überreifem Obst, und die Damen umschwirren ihn wie die Fruchtfliegen. Du müsstest selbst wissen, wie das ist."

„Ich habe nie …"

„Im Gegensatz zu dir bringen ihn ein paar ansehnliche Möpse, je nach Stresslevel bei der Arbeit, aus der Fassung. Was willst du jetzt tun?"

„Keine Ahnung." Er hob eine Schulter. „Flötenmusik wird wohl nichts nützen."

„Ich werde bedroht, und du reißt Witze." Ich lachte.

„Du wolltest mir nicht mal von der Bedrohung erzählen."

„Nein, weil ich Angst hatte …"

Er hob eine Hand, und ich verstummte. „Ich weiß, Nelly. Und ich verspreche dir, dass ich weder deinen Brüdern davon berichte noch eine Streife vor diesem Haus hier postiere. Aber halt die Augen offen. Und erzähl mir jede Kleinigkeit, die dir ungewöhnlich vorkommt."

Ich nickte. Und ich meinte es ernst.

*

Nachdem er gegangen war, beförderte ich einen Stapel Wäsche in die Waschmaschine, warf einen Kontrollblick auf Katharina, schnappte mir ein Buch und legte mich aufs Bett, um zu lesen. Der Nerv im Bein vibrierte wie bekloppt, aber wieder etwas einnehmen wollte ich erst, wenn ich zum Schlafen bereit war.

Sebastian hatte Cornelius angerufen, damit der seine schnarchende Prinzessin nach Feierabend abholte. Bis dahin wollte ich wach bleiben. Lesen jedoch funktionierte nicht so recht. Stattdessen stand ich auf und nahm eine lange heiße Dusche. Natürlich klingelte es, als ich pitschnass war. Eilig drehte ich den Wasserhahn zu, hüllte mich in den Bademantel und raste tropfend zur Tür, hinter der mein Kollege Cornelius wartete.

„Gratuliere", brummte er. „Gut, zu wissen, dass du wieder im Dienst bist."

Für Cornelius war das ein verhältnismäßig langer Text. Weil ich ihm keine ausschweifende Antwort zumuten wollte, beschränkte ich mich auf das Wesentliche und öffnete die Tür in Gänze, um ihn einzulassen. „Sie liegt im Wohnzimmer."

Als er sie auf Händen raustrug, sah er total erheitert aus. Er zwinkerte mir sogar zu.

Kaum waren sie weg, stürzte ich ins Bad und cremte mich ein. Anschließend zog ich mir im Schlafzimmer schwarze Leggings über, darüber ein Schlabbershirt, denn ich war allein in der Wohnung, und total geschafft, wenn auch erleichtert, dass ich Svetlanas Drohbriefe nicht mehr vor Sebastian verheimlichen musste. Die Waschmaschine piepste, aber zum Wäscheaufhängen hatte ich keine Lust. Lieber kochte ich mir Spagetti. Mittendrin rief Sebastian an, um mir mitzuteilen, was er rausbekommen hatte. Minimal kochte das Nudelwasser über und blubberte gegen die Topfgriffe.

„Sie sind zusammen zur Schule gegangen. Alle drei", erklärte er.

„Die Schwarz und beide Knüller?" Das Telefon zwischen Ohr und Schulter eingeklemmt, goss ich die Nudeln ins Sieb, das in der Spüle stand. Das meiste Wasser war schon raus, die Nudeln platschten ins Sieb. Plötzlich schoss ein Schmerz ein, ich verlor die Kontrolle über den Topf und er ging dengelnd zu Boden. Lily preschte mit gesträubtem Fell ins Schlafzimmer.

„Nelly? Ist alles in Ordnung?", hörte ich in der Leitung.

„Nach was hat es sich den angehört?", presste ich raus.

„Soll ich kommen? Oder einen ..."

„RTW schicken?", giftete ich. Ich klaubte den Topf auf. „Nein, es geht schon. Sie waren in einem Jahrgang? In der Schule?"

„Ja. Abi 1989."

Ich wischte die kleine Pfütze mit einem Lappen auf. „Das ist lange her. Und da haben sie irgendetwas getan."

„Vielleicht. Ich war noch mal bei ihnen. Es war absolut nichts aus ihnen rauszukriegen. Sie wirkten verschlossen, aber Beatrix Knüller wirkte auch subtil verängstigt."

„Oh, nur gut, dass wir nicht Cornelius geschickt haben. Sie wäre vor Angst gestorben." Ich lachte in mich hinein.

„Womöglich hätten wir das besser mal gemacht", meinte Sebastian trocken, um sich dann zu räuspern. „Ich überlege, ob wir nicht jemanden anderes aus dem Jahrgang auftreiben. Vielleicht hat es eine Clique um die Knüllers gegeben. Aber das wäre ..."

„Eine Fixierung." Ich sank auf einen Stuhl, das feuchte Geschirrtuch auf dem Schoss, „Wenn es am Ende nichts mit deren Schulzeit zu tun hat, wäre die Mühe vergeudet. Aber ich finde, wir sollten es machen."

„Ja, ich denke, du hast recht."

„Wann sehen wir uns morgen?" Ich wusste, dass er heute Abend zum Squash mit Robert verabredet war, und danach zu Hause schlafen wollte. Hoffte ich. „Ich wollte morgen mein Büro im Amt ausräumen", schob ich nach.

„Meld dich per Handy, wenn du da wegfährst. Ich stoße dazu."

„Okay. Dann viel Spaß beim Sport."

„Danke. Bis morgen." Nach dem Telefonat linste Lily scheu in die Küche. Ich lächelte sie an. „Komm her, meine Süße."

Desinteressiert schlenderte sie zum Napf. So war das mit Katzen. Sie kamen zu einem oder eben nicht. Seufzend stemmte ich mich hoch und versuchte, die verklebten Spagetti zu entknoten.

*

In der *Lokalzeit Köln* sah ich einen Bericht über den Mord an Torsten Knüller. Zuerst war das nicht verwunderlich. Ein Mord während der Dienstzeit in einer Behörde ließ sich kaum unter dem Deckel halten. Dass sie Filmaufnahmen vom Wohnhaus des Opfers brachten – mit einer schaukelnden Gardine, hinter der sich das panische runde Gesicht seiner Frau verbarg – überraschte mich auch nicht. In dem kurzen Filmbeitrag wurde erwähnt, dass der Täter sowie seine Frau dort, wo sie heute wohnten, aufgewachsen und auf die um die Ecke liegende Stefan Effenberg-Gesamtschule gegangen waren. Das und der Schlusssatz, die Frau Gemahlin fände Trost in der Gegenwart einer alten Schulfreundin, waren mir zu viele Hinweise auf die Schule. Am Ende zogen die Journalisten ähnliche Schlüsse wie wir, und das zu Beginn der Ermittlungen. Die Erwähnung des Zettels auf der Stirn des Opfers war das Sahnehäubchen, das mich ums Einschlafen brachte. Das war eine Sache, die ich unter Täterwissen verbuchen würde.

Unruhig wälzte ich mich im Bett. Hin- und hergerissen zwischen den entscheidenden Fragen: Würde es weitere Opfer geben? Wer war der Maulwurf in unserer Dienststelle? Gab es überhaupt einen, war das Leck nicht vielmehr im Kreishaus zu suchen? Musste ich mich vor Svetlana fürchten? Und was wollte sie überhaupt? Mich umzubringen, wäre total überreagiert. Und was machte Sebastian heute Abend nach dem Squash mit seinem Kumpel Robert? Würde er seine Ex treffen, weil sie auch Roberts Ex war und Kinder mit ihm hatten? Und spielte das überhaupt eine Rolle? Sollte ich nicht eher darüber nachdenken, warum sie andauernd jemandes Ex war? Und wann hörten die scheiß Nervenschmerzen auf?

Als sich die Fragen vermischten und die Schmerzmittel endlich hoch genug dosiert waren, dass ich einschlief, träumte ich von Svetlana, die in einem Leo-Print-Kleid mit Beatrix Knüller im Polizeipräsidium Squash spielte. Über allem schwebte die Frage: Warum wollte Robert den Maulwurf töten?

Später in der Nacht geschah etwas, das ich am nächsten Morgen zuerst für einen Traum hielt. Das Telefon klingelte. Schweißgebadet schreckte ich hoch, tastete nach dem Handy und kegelte dabei die Nachttischlampe runter. Das ließ mich kalt. Ich besaß schon lange keine Tischlampen mehr mit Keramik- oder Glasschirm. Außerdem versuchte ich, die wirren Traumbilder wegzuwischen. Ich warf einen Blick auf die Nummer, doch der Anrufer arbeitete mit Rufnummernunterdrückung. Genervt drückte ich den grünen Hörer. „Nein", ächzte ich. „Ich denke nicht mitten in der Nacht über Solaranlagen nach."

Zuerst erntete ich nur Schweigen, was normalerweise ein guter Grund wäre, das Gespräch zu beenden. Doch etwas, womöglich die Geräusche im Hintergrund, zwang mich dazu, die Verbindung aufrechtzuerhalten. Dabei waren sie nicht laut. Ein vorbeifahrendes Auto, na und? Es klang anders als hier. Ich brauchte einige Sekunden, bis ich darauf kam: Im Hintergrund zirpten Zikaden.

Zu Hause, dachte ich. Und: *Komisch, dass man sogar die warme, mit Feuchtigkeit geschwängerte Luft durch ein Telefon hören kann.* Dann: *Mitten in Florenz hört man keine Zikaden.* Ich linste auf die Uhr und konstatierte mit hämmerndem Herzen, dass es um 00:37 in Florenz wesentlich lauter wäre.

„Principessa", klang es durch mein Smartphone. Und einen Moment dachte ich, mich träfe der Schlag. Da war es – mein dunkles Geheimnis.

„Cherubino?" Wie lange hatte ich ihn nicht mehr gesehen? Zehn Jahre? Möglich, aber es war ein Zufallstreffen gewesen. Ewig hatte ich seine Stimme nicht gehört. Wie immer, wenn er versuchte, so etwas wie Gefühl in sie hinein zu legen, klang sie brüchig. Als könnte er das Gefühl um seiner selbst Willen nicht ertragen. Sentimental war er nicht, das konnte er sich nicht erlauben. Deshalb kam er sofort zum Wesentlichen. „Über meinen Agenten habe ich einen Auftrag erhalten. Einen, der nicht infrage kommt."

Ich rappelte mich auf und lauschte auf das Summen des Kühlschranks und das Trommeln meines Herzens. Eine Menge Aufträge kamen für ihn nicht infrage. Er stellte hohe Ansprüche an sich. „Sortiert dein Agent sie nicht aus?", fragte ich hohl.

„Tut er. Aber er fand, ich sollte von diesem Auftrag wissen. Damit ich dich warne."

Das hatte er soeben getan, womit die Gefahr bestand, dass er sofort auflegte. „Moment, Moment!", rief ich. „Warte mal."

Er wartete im Geplärr der Zikaden, das derartig laut war, dass mich eine Ahnung umfing, wo er sich aufhielt. Parma, unten am Fluss gegenüber vom Park vermutlich. Nirgends waren sie derartig laut wie dort. Im nächsten Augenblick begriff ich vollumfänglich die Gefahr, die hinter seinen Worten lauerte. „Du meinst, jemand sucht einen Auftragskiller, um mich umzunieten."

„Wenn du es so ausdrücken möchtest." In seiner Stimme schwang ein Lächeln mit. Es gab nur wenige Menschen, die ihn zum Lachen bringen konnten.

„Svetlana", sagte ich.

„Jemand wird den Auftrag annehmen, Antonella."

Ich gab ein zustimmendes Geräusch von mir, fragte dann: „Warum hast du mich …"

„Ich habe lange drüber nachgedacht. Wenn ich es Lorenzo sage, wird er Dinge tun, mit denen du nicht einverstanden bist."

Ich dachte an bis zu den Zähnen bewaffnete Leibwachen oder, schlimmer noch, Lorenzos höchstpersönliches Erscheinen im bis dahin beschaulichen Köln.

„Davide weiß es", schob er nach.

Mit Davide würde ich zurechtkommen. „Das ist okay", bekam ich raus.

„Ich könnte etwas gegen Svetlana …"

„Nein!", rief ich. So dämlich sie auch war. Etwas gegen jemanden unternehmen bedeutete in Cherubinos Sprache, dass jemand getötet würde.

„Wie du willst."

„Ich werde aufpassen."

„Ich hoffe es."

„Ich kann das allein." Oh, ich merkte, dass selbst meine erste große Liebe in der Lage war, mich aufzuregen. „Und Sebastian weiß von den Drohungen, die sie mir schickt."

Eine Weile, in denen sich die Zikaden vervielfachten, schwieg er. Dann sagte er weich: „Ich habe von ihm gehört."

„Hmm." Ich sank ins Kissen zurück. „Mein doofer Bruder hat dir von ihm erzählt." Ich summte das so dermaßen vor mich hin, dass jeder, der es nicht schon wusste, begriff, dass ich Lorenzo nicht doof fand. Dass ich ihn in Wahrheit sogar liebte. Vielleicht von allen meinen Brüdern am meisten. Cherubino war das schon klar gewesen, als wir noch alle Kinder gewesen waren.

„Wie geht es dir damit?", fragte er.

Ich brauchte einige Sekunden. Dann antwortete ich: „Ich bin eifersüchtig. Das erste Mal."

„Eifersucht, Antonella, ist ein Gefühl, das zu einem großen Teil aus dem Gefühl geboren wird, nicht zu genügen."

„Ich kann ihm gar nicht genügen. Du hast nicht gesehen, wie ich aussehe, wenn ich morgens aufstehe. Meine Haare! Und dann bin ich zu rund! Also nicht dick, aber du weißt ja, dass ich schon kein dürrer Teenager gewesen bin. Hier laufen massenweise perfekte Frauen herum! Liebliche, anmutige oder makellos gestylte und er …"

Oh Gott, was machte ich hier? Das war zwar Cherubino, aber nicht mehr der, in den ich als Teenager verliebt gewesen. Nicht der, mit dem ich aufgewachsen war. Ich schwafelte mit einem Auftragskiller über mein Gefühlsleben? Panisch beendete ich das Gespräch.

Eine Weile weinte ich in die Kissen, überwältigt von Erinnerungen an meine Kindheit. Lorenzo, Tiziano und Cherubino waren die dicksten Freunde gewesen. Sie hatten mich als die Jüngere geneckt, aber auch beschützt. In ihrer Gegenwart hatte ich stets das Gefühl gehabt, jemand Besonderes zu sein. Meine ganze Kindheit und Jugend spulte sich vor mir ab. Bis hin zu diesem Moment, in dem alles zerbrochen war.

Zornig warf ich das Federbett von mir, stand auf und schleppte mich ins Bad, wo ich mir kaltes Wasser ins Gesicht schaufelte. Als ich wenige Minuten später wieder in den Federn lag, konzentrierte ich mich auf das Wesentliche: Svetlana versuchte, einen Auftragskiller auf mich anzusetzen.

Mich ließ das kalt. Sie hatte ein Händchen für Flitzpiepen. Der letzte Kriminelle, den sie instrumentalisiert hatte, war immer noch in mich verliebt. Alle vierzehn Tage schrieb er mir Briefchen, die ebenso schwer zu verstehen waren wie Svetlanas Drohbriefe. Ich schwor mir dennoch, aufzupassen, und kuschelte mich tiefer unter die Bettdecke. Mit dem Wissen, geliebt zu werden, schlief ich ein.

*

Anderntags räumte ich mein Büro im Amt aus. Auf dem Weg vom Parkplatz, im Aufzug und den Gang entlang, traf ich eine Menge Kollegen und trillerte ihnen frohgelaunt entgegen, dass sie mich alle am Allerwertesten konnten. Ich war wieder im Dienst. Ich war Polizistin. Das Glück strömte mir aus den Poren, durch nichts geschmälert, nicht einmal von dem Gedanken, dass Sebastian auf Audrey, diese zauberhafte Ex, treffen könnte. Ich trug das Wissen um meine Herkunft und meine Vergangenheit wie ein Schutzschild mit mir herum. Doch ich machte mir nichts vor. Unterhalb des Vergnügens tickte die Eifersucht unbeirrt weiter.

Ich stopfte die letzten Habseligkeiten aus meinem Schreibtisch in eine Stofftasche und überlegte gerade, wie ich den Gummibaum transportieren sollte, da hörte ich Sebastians Stimme. „Nelly."

Mit der Pflanze in Händen schwang ich herum und riss die Augen auf. Neben ihm in der Tür stand Carola Adler. Ich kannte sie seit meiner Schulzeit, hatte lange keine Meinung zu ihr gehabt, bis sie der Ansicht gewesen war, ihren öden Therapeutenjob mit einer Beratertätigkeit für die Polizei aufzupeppen zu müssen. Dabei war sie zu der Person geworden, die maßgeblich zum Scheitern meiner letzten Beziehung beigetragen hatte.

Mittlerweile waren sie und Maurice ein Paar. Inzwischen hatte sie ihre Praxis aufgegeben und arbeitete ausschließlich als Beraterin. Ich vergaß jedes Wort Cherubinos zum Thema Eifersucht und sah eine Feindin in ihr. Wie immer war sie perfekt gestylt. Durch die Blätter des Gummibaums hindurch starrte ich sie feindselig an. „Was machst du hier?", fragte ich giftig.

„Einen Yogakurs?" Sie grinste wie ein Honigkuchenpferd.

„Sehr witzig, Carola." Ich unterdrückte den Impuls, ihr die Pflanze an den Kopf zu werfen.

Sebastian stand neben ihr und bekam von den negativen Schwingungen nichts mit. „Sie wollte sich den Tatort ansehen." Er deutete zum Korridor und an der Teeküche vorbei, wo gelbes Flatterband vom Ort des Geschehens zeugte. „Ich hab' ihr kurz eine Zusammenfassung gegeben, weil wir überlegt haben, dass der Täter ein weiteres Mal zuschlagen könnte."

Ich stellte den Baum auf den Tisch. „So? Haben wir das?"

„Wir sprachen gestern drüber, Nelly. Dass noch mehr Menschen in Gefahr sind. Caro stimmt dem zu."

„Caro?"

„Frau Dr. Adler." Er verneigte sich ironisch.

All meine frühere Wut auf ihn stieg wieder in mir auf wie Galle. Ich verschluckte sie. „Serienmorde?"

Carola hörte endlich zu grinsen auf. „Auf dem Zettel stand: *Was ihr getan habt.* Da gehen wir mal besser von mehreren potenziellen Opfern aus."

„Bisher ist nur einer tot." Fahrig stopfte ich den kleinen Gummibaum in die Beuteltasche zwischen die Büro-Süßigkeiten, Nagelfeile, Kaffeepads und all den anderen Kram, der sich in den Untiefen eines Rollcontainers auftat, wenn man ihn ausräumte.

„Das stimmt. Aber angesichts des Plurals ..."

„Schon gut!" Mit einem Karton vor der Brust und der überquellenden Beuteltasche an der Schulter drängte ich an ihnen vorbei. „Ich habe es verstanden." Wütend rauschte ich voraus Richtung Aufzug. „Rufst du mich an, Sebastian? Wenn es etwas Wichtiges zu tun gibt?", rief ich noch.

„Natürlich, Principessa."

Ich wurde rot vor Zorn, nicht nur, weil er mich so nannte. Warum musste er ironisch werden? Er wusste von der Sache mit Maurice und Carola. Was hatte sie jetzt vor? Mir den nächsten Kerl ausspannen? Ohne mich umzudrehen, enteilte ich. Auf dem Parkplatz besserte sich meine Laune nicht.

Ich stellte gerade den Karton hinten in den Kofferraum, als ein Mercedes-Kombi angebraust kam und so nahe an der Fahrertür meines Autos parkte, dass nicht einmal ein Skelett hätte einsteigen können. Im Aussteigen entpuppte sich der Fahrer als Leiter des Gebäudemanagements. Herr Wolfram Trödler. Ganz bestimmt ein Fall für einen Serienmörder, der sich Führungskräfte mit absurden Namen zur Brust nahm.

„Was soll das?", schrie ich und warf die Arme in die Luft. „Wie soll ich denn jetzt in mein Auto kommen?"

Der Bursche war so klein, dass wir auf Augenhöhe kommunizierten. Und einen Klobrillenbart hatte er, genau wie Knüller. Fast hoffte ich, dass dies zum Beuteschema des Mörders gehörte.

„Ah, Frau Bracco, gut, dass ich Sie treffe. Wir haben da was für Sie." Er öffnete das Heck seiner Karre und kramte etwas Längliches hervor, das er mir mit stolzgeschwellter Brust entgegenstreckte. „Ihr Nummernschild."

Ich warf einen Blick auf das untere Heck meines Fahrzeugs. „Mir ist aber keines gestohlen worden."

Er kratzte sich den Schopf. „Äh, nein. Wir dachten uns, Ihnen wäre geholfen, wenn wir mithilfe des Nummernschildes einen Parkplatz für Sie reservieren. Damit Sie direkt am Eingang parken können."

„Jetzt schon?"

„Äh?"

„Ich bin wieder im aktiven Polizeidienst, Herr Trödler."

„Ach? Arbeiten Sie jetzt nicht mehr hier?"

„Nein."

„Oh. Na ja, dann." Er drückte mir das Nummernschild in die Hand, griff nach seinem Aktenkoffer und kugelte von dannen. Ich warf einen Blick auf Sebastian, der mit Caro neben seinem Wagen stand und telefonierte. Unwirsch schmiss ich das Kack-Schild in den Kofferraum, wo es hinten an dengelte. Ich knallte die Kofferraumklappe zu, kletterte auf den Beifahrersitz, robbte über den rüber, bis ich wutschnaubend hinter dem Lenkrad ankam. Ich steckte den Zündschlüssel rein.

Was sollte ich mit einem Nummernschild, verdammte Axt?

Wütend legte ich den Rückwärtsgang ein und rumpelte aus der Parklücke. Gott sei Dank guckte ich in den Rückspiegel und entdeckte Sebastian rechtzeitig hinter meinem Auto. Er gestikulierte. Rasch latschte ich auf die Bremse. Umfahren wollte ich ihn nicht, obwohl ich mächtig sauer auf ihn war. Ich ließ das Fenster runter gleiten. „Was ist denn?"

Auf dem Weg zu mir hin klaubte er etwas vom Boden auf, das er mit spitzen Fingern vor sich hertrug. Verfluchter Mist, das war die Tasche mit dem Büro-Joghurt, dem Schnick-Schnack und den Süßigkeiten, aus der oben Gummibaumblätter herausragten!

„Das kann alles in den Müll", räumte ich zerknirscht ein.

Er nickte nur und sah überhaupt nicht amüsiert aus. „Es gibt womöglich einen weiteren Mord."

Ich fühlte, wie mir etwas Farbe verloren ging. „Wo?"

„Köln Zollstock."

„Frau Knüller? Die Schwarz?"

„Nein, gerade nicht. Fahr einfach hinter mir her, okay?"

*

Wie eine Piratin jagte ich mit meinem Beetle hinter Sebastians Maserati her, als wollte ich verhindern, dass er mit der dämlichen Carola Adler durchbrannte. Elegant gekleidet in ihr schickes graues Businesskostüm mit Bleistiftrock und auf Pumps saß sie auf seinem Beifahrersitz. Obwohl ich mich abmühte, über den Mord nachzudenken, stieß mir dauernd der Gedanke auf, wie unfair es war, dass sie solche Schuhe tragen konnte. Seit dem Dienstunfall würde ich auf Pumps keine zehn Meter schmerzfrei gehen können.

Mit einem flüchtigen Blick in den Spiegel, auf mein zerwühltes dichtes Haar, verglich ich es mit ihrem akkuraten Pagenschnitt. Kinnlang, extrem ordentlich und blond. Ich stieß einen verärgerten Laut aus.

Wir kurvten unterdessen auf der A 57 gen Kölner Norden. Zunächst gestaltete sich das überraschend zügig. Ich überlegte, was Sebastian damit gemeint hatte, dass es *womöglich* ein Mord war. Ehe wir den amtseigenen Parkplatz überstürzt verlassen hatten, hatten wir uns schließlich nicht ausgetauscht. Vermutlich fachsimpelte er jetzt mit unserer Profilerin. Auf Höhe des Herkuleshochhauses gerieten alle Fahrzeuge gewohnheitsgemäß ins Stocken. Ich musste mehr erfahren, und dazu nutzte ich die Freisprechanlage.

Er nahm das Gespräch sofort an. „Nell."

„Was meinst du damit? *Womöglich* ein Mord?"

„In der Schule, die Herr Knüller, seine Frau Gemahlin und Frau Schwarz besucht hatten, gibt es ein Schließfach, das entsetzlich riecht."

„Das tun Schulschließfächer alle." Ich fuhr wieder an, kam aber nur fünf Meter weiter. „Vergessene Sportklamotten und Butterbrote ..."

„Darauf steht etwas geschrieben, Engel. *Was ihr getan habt.*"

„Oh."

„Und Blut tropft heraus."

„Oh."

„Das Tempo des Täters ist enorm", zwitscherte Caro affektiert. „An zwei aufeinanderfolgenden Tagen."

„Vielleicht gibt es einen Komplizen!", schrie ich, ohne zu bemerken, dass sie inzwischen neben mir im Stau standen. Obwohl wir telefonierten, ließ sie das Fenster runter und antwortete: „Das wäre für einen Serienmörder ungewöhnlich."

Wenn sie nicht telefonieren wollte, bitte, sie sollte es haben. Auch ich öffnete das Fenster und rief: „Vielleicht ist es kein Serienmörder!"

„Alles deutet darauf hin ..."

„Du musst nicht immer recht haben!"

Wir standen.

„..., dass es sich um einen Serienmörder handelt", vollendete sie ihren Satz, als hätte ich nichts gesagt. Das sah ihr ähnlich. Vor uns waren alle wieder weitergefahren.

„Du bist eine niederträchtige Person!", rief ich.

Sie zuckte zurück. „Warum das denn?"

„Noch mal lasse ich dir das nicht durchgehen!"

„Nelly, ich weiß nicht, was du ..."

„Maurice ist ohnehin ein Arsch!"

„Äh, also, Maurice und ich sind sehr glü…"

„Das interessiert mich nicht!"

Hinter uns hupte es. Carola guckte verdattert aus der Bluse. Keine Ahnung, was mit mir los war. Ein Teil von mir drängte mich zur Zurückhaltung, doch gegen mein Temperament kam ich nicht an.

Wieder hupte es, dieses Mal aggressiver. Ich ruckte herum und sah einen Hipster im Golf, der affig gestikulierte, ich sollte weiterfahren. Ich ignorierte ihn, starrte durch das offene Seitenfenster auf die Frau, die in diesem Moment meine Erzfeindin war. Neben Sebastian sah sie perfekt aus. Er im Anzug, sie im Kostümchen in einem Maserati? Sie wirkten wie ein verdammtes Paar auf dem Weg ins Theater. Es war ein Anblick, der mich vergessen ließ, wie lange ich sie kannte, und dass sie eigentlich ganz in Ordnung war. Aber ich hatte Angst. Ich fürchtete mich davor, dass Sebastian merkte, wie wenig wir zusammenpassten.

Mir stand der Schweiß auf der Stirn. „Ich werde es nicht zulassen, Carola!"

„Ich weiß überhaupt nicht, wovon du redest, Antonella." Verschnupft hob Carola ihr Näschen.

Sebastian fuhr los. Ich tat es ihm gleich und setzte meinen Weg verbissen fort.

*

Etwas runtergekühlt rumpelte ich auf den unbefestigten Schulparkplatz und kam in einer Wolke aus Gras und Schotter zum Stehen. Mit heißen Wangen schaute ich mich um. Der Parkplatz zeigte sich weitgehend leer. Gegen Mittag war das ungewöhnlich für eine Gesamtschule. Ich nahm an, der Rektor hatte auf polizeiliche Anweisung hin alle Schüler und die meisten Lehrer nach Hause geschickt.

Sebastian und die schicke Schickse waren bereits ausgestiegen und betrachteten nebeneinanderstehend den grauen Betonklotz, für den ich kein Auge hatte. Beide schlank, beide groß. Ich sah an mir herunter, auf die olle Jeans, in der bedeutend zu kurze Beine steckten, und kam mir wie ein Tonnenmöbel vor.

Sebastian streckte den Arm nach mir aus. Ich nahm die Einladung an und griff seine Hand. Meinen Ausbruch von vorhin erwähnte er mit keinem Wort. Wir schlenderten auf den Eingang zu, vor dem ein gedrungener Kerl in fleckiger Kittelschürze in der Nase bohrte. Eine Beschäftigung, die er bei unserem Anblick sofort einstellte.

Sebastian nahm den Arm von meiner Schulter und zückte seinen Dienstausweis.

„Habe schon auf Sie gewartet." Der Knabe wischte sich den Mümmes am Hosenbein ab. „Holger Pütz. Hausmeister. Kommen Sie mit. Die Rektorin, Frau Holzschneider, wartet schon auf Sie."

Erleichtert, dass er uns nicht die Hand reichte, folgten wir ihm durch einen Eingangsbereich mit verschrammtem Parkettboden.

„Ihre Kollegen von der Spusi warten auch schon", grunzte er und hielt uns eine Glastür auf.

Ich hatte nicht das Verlangen, ihm zu sagen, dass es KTU hieß. Sollten die Leute doch glauben, was sie im Fernsehen lernten.

Hinter der Tür stand man sofort in einer gigantischen Halle, die auf schwarzem abgenutztem Gummiboden Labyrinthe von roten Metallschließfächern beherbergte. Alle alt, mit abgeblätterter Farbe und zerkratzt. Für jeden Schüler gab es ein Fach. Angefüllt mit Schrott. Mit längst überfälligen Leihbüchern, vergammelten Pausenbroten, die zu Lebewesen mutiert waren, und schmutzigem Sportzeug. Nicht zu vergessen die Drogen und das Schminkzeug. Ich kannte diese Art Schließfächer. Auch in meiner Schule hatten sie gestanden, und sie waren voller unangenehmer Überraschungen für jeden Hausmeister, der mit dem Bolzenschneider angewackelt kam, weil mal wieder jemand den Schlüssel zum Vorhängeschloss verschlampt hatte.

Dabei pflegten die Hausmeister immer eine autoritäre Miene aufzusetzen. Als wollten sie sagen: *Wenn du mein … wärst,* wahlweise Sohn oder Tochter, *gäb es was auf den Arsch.*

Mir entging nicht, dass Pütz eine andere Miene aufgesetzt hatte. Er bemühte sich krampfhaft um Gleichmut, der immer mal wieder ins Wanken geriet. Seine schwabbeligen Wangen waren fahl.

Vorn wartete eine Frau mit stacheliger Igelfrisur in leuchtendem Rot an eine Reihe Schließfächer gelehnt und rauchte ungeniert eine Zigarette. Bei unserem Anblick warf sie die Kippe fahrig auf den Gummiboden und zerquetschte sie mit einem gelben Pump. „Da sind Sie ja endlich!"

Sie war eindeutig die Rektorin und aus dem Häuschen. Aufgeregt durchpflügte sie so flott die Schließfachreihen, dass wir kaum hinterherkamen. Dabei rasselte ihr Atem wie eine Dampflok. Sie schnaufte noch, als wir in einer Reihe stehen blieben.

In ihren Schutzanzügen warteten da schon zwei Kollegen von besagter KTU. Söntgen, deren Chef, nickte uns zum Gruß zu.

„Da steht was auf einem Schließfach." Die Rektorin zeigte mit ausgestrecktem Arm auf ein auf den ersten Blick stinknormales Schließfach. Wie die anderen hatte es seine Halbwertzeit längst überschritten. „Da steht: *Was Ihr getan habt"*, erklärte sie empört, als könnten wir nicht lesen. Sie verschränkte ihre dürren Arme vor der Brust und tappte mit einem ihrer gelben Pumps auf den Boden. „Es stinkt."

„Ich riech' nix." Der Hausmeister rollte hoffnungsvoll die Augen, als wollte er das Offensichtliche negieren.

Wir warteten alle auf das Ende des hysterischen Anfalls, doch der schien fern.

„Holger, es riecht nach Scheiße", keifte sie unbeherrscht. „Und zwar genau hier!" Ihre Hand zeigte zu dem beschmierten Schließfach, „Und ich will nicht ..."

„Moment." Sebastian hob die Hand. „Wenn Sie das Fach öffnen könnten, Herr Pütz? Wenn es ihnen lieber ist, macht das natürlich einer unserer Kollegen, aber ein Werkzeug ..."

„Ich hol die Zange." Pütz marschierte unbeirrt vor sich hin schimpfend aus unserem Gesichtsfeld. „Das ist nur wieder so ein Mist von irgendwelchen Schülern!", blökte er. „Wahrscheinlich haben sie das Schließfach ihres Lieblingsopfers mit Scheiße vollgestopft!"

Sebastian und ich sahen uns an. Frau Dr. Carola Adler stand etwas abseits, mit elegant gekreuzten Armen und den Fingern am Kinn in Denkerpose, als wäre ihr Hirnschlosser-Hirn schon dabei, das perfekte Täterprofil zu konstruieren. Sie ging mir echt auf den Zwirn, weil sie aussah wie eine Profilerin aus einer Krimi-Serie.

Die Kollegen klappten ihre Koffer auf und stülpten sich Handschuhe über.

Und da kam Pütz zurück. Mit wehendem Kittel, einer Schnapsfahne und in der Hand einen großen Bolzenschneider, den er auf das Schloss ausrichtete.

„Nein!", kreischte die Rektorin und rannte panisch davon.

Es knackte. Pütz nahm das zerstörte Vorhängeschloss heraus, stieß die Tür auf, und der Horror eröffnete sich uns. Ich hörte ein undefinierbares Geräusch hinter meinem Rücken und drehte mich stirnrunzelnd um.

Caro Adlers Gesicht hatte die Farbe einer vergilbten Raufasertapete. „Nein!", keuchte sie und knickte in die Knie. Ihr selbstgefälliger Ausdruck war schierem Entsetzen gewichen. Sie schwang herum und kotzte sich die Seele aus dem Leib.

„Vielleicht wärst du besser Radiologin geworden?" Mein Versuch, höhnisch zu klingen, scheiterte an beginnender Übelkeit. An Sebastian gedrängt wühlte ich so lange in seiner Hosentasche herum, bis mir eines seiner obligaten Pfefferminzbonbons zwischen die Finger geriet. Fickrig wickelte ich es aus und schob es mir in den Mund. Dann erst guckte ich genauer hin.

Der Anblick war nicht eben reizvoll. So ein Mensch mit gebrochenen Knochen, damit er in so einen kleinen rechteckigen Kasten passte. Nackt, tot, blutverschmiert und eingekotet.

Mit gehobenen Brauen wandte sich Sebastian zu den Kollegen um und fummelte sein Handy aus der Jacketttasche, um den Bestatter zu bestellen.

„Einen RTW kannst du gleich mitbestellen", sagte ich trocken und zuckte mit dem Kinn zu Frau Dr. Adler, die hyperventilierend und mit ausgestreckten Beinen auf dem Boden inmitten ihrer Kotze hockte. Ich wandte mich an Herrn Pütz. „Haben Sie eine Papiertüte?"

Er nickte und sprintete erstaunlich flink von dannen.

*

Eine knappe halbe Stunde später saßen Sebastian und ich auf den unteren Stufen in einem der vier Treppenhäuser der Schule und besprachen, was wir wussten. Es war nicht eben wenig, denn der Täter hatte uns freundlicherweise die Brieftasche des Opfers da gelassen. Er legte es darauf an, dass wir begriffen, auf wen er es abgesehen hatte, aber mehr als Puzzlestücke zu seinem Motiv gab er uns nicht. Die Identität und den Spruch. Wir mussten herausfinden, *wer was getan hatte.* Vor allem, ob es dabei ein Opfer gegeben hatte und wer das Opfer gewesen war.

„Jürgen Junker", sagte Sebastian leise und sprach so den Namen des Toten aus. In Händen hielt er ein Spurensicherungstütchen mit der Rechnung der Hotelbar *Turm*, die auf dem Vorabend datiert war.

Ich brachte ein schmales Lächeln zustande. „Wir sollten mit den Leuten reden, die gestern Abend in der Bar gearbeitet haben. Zuerst mal herausfinden, wer Dienst hatte."

Längst hatte er sein Handy am Ohr, um in der Dienststelle mit einem Kollegen zu reden. Eine Weile lauschte ich seinen Anweisungen. Katharina schickte er mit KTU-Leuten in die Wohnung des Toten. Die Nachbarn sollte sie befragen. Gegebenenfalls Hinweisen nachgehen.

Als er fertig war, nahm ich das Gespräch wieder auf und sagte: „Wenn sie alle 1989 hier Abi gemacht haben, brauchen wir eine Liste von dem ganzen Jahrgang." Ich guckte durch die Glastür, hinter der Rettungssanitäter eine Bahre vorbei rollten, auf der Carola mit verrenkten Gliedmaßen lag. Der hochgerutschte Rock legte den Blick auf ein schwarzes Spitzenhöschen frei. Ich dachte flüchtig an meinen weißen Baumwollslip.

„Machen wir. Es wäre aber auch hilfreich, wenn uns Frau Knüller sagen würde, mit wem sie befreundet waren." Sebastian rieb sich die Stirn und schob seine kastanienfarbenen Locken nach hinten. Sofort fielen ihm einzelne Strähnen zurück ins Gesicht und kitzelten seine Nase.

„Du glaubst doch nicht, dass die uns was erzählen, wenn sie hiervon erfahren."

„Ich weiß, Nell. Sie und Frau Schwarz sind starr vor Angst." Nachdenklich begutachtete er seine Schuhspitzen. „Die Pathologie hat den Knüller recht schnell freigegeben", sagte er. „Wenn wir herausfinden, wann die Beerdigung ist …"

„… und hingehen, beobachten wir vielleicht jemanden, der sich ungewöhnlich benimmt." Ich hatte schon mein Handy gezückt.

„Wen rufst du an?" Er schraubte sich hoch und klopfte die Hosen hinten ab.

„Davide." Ich lauschte dem Freizeichen.

„Deinen Bruder. Den Bestatter." Er sagte es so, dass es nicht nach einer Frage klang. Die Bahre mit dem Zinksarg wurde vorbei gerollt.

„Meinen Bruder den Banker anzurufen, würde keinen Sinn ergeben", zankte ich, und Davide nahm den Anruf an. „Davide, hör mal", schnatterte ich drauf los, „wir müssten auf die Beerdigung eines Mordopfers. Unauffällig, also so, dass kein Beteiligter erfährt, dass wir interessiert sind. Ich dachte, du fragst mal rum, wer …"

Davide unterbrach mich. „Du musst schon einen Namen nennen."

„Torsten Knüller."

Ich wartete nicht lange, er antwortete knapp. „Wir machen das"

„Post mortem? Das ist aber eine Überraschung."

„Er hat recht originelle letzte Wünsche in seinem Testament verfügt", sagte er ausdruckslos und gab mir Uhrzeit und den Friedhof durch. Wir verabschiedeten uns und ich kappte die Verbindung.

„Frau Knüller lässt ihren Mann vom Beerdigungsunternehmen meines Bruders unter die Erde bringen", erklärte ich Sebastian. „Morgen früh um zehn Uhr auf dem Südfriedhof direkt gegenüber."

„Das ist aber eine Überraschung."

„Nee, wenn man weiß, dass *Post mortem* bekannt für ungewöhnliche Bestattungen ist, nicht mehr."

„Willst du damit etwas Bestimmtes andeuten?"

„Ich hab' nicht nachgefragt."

Zurück auf dem Parkplatz, auf dem unsere beiden schwarzen Autos eine Symbiose eingingen, verabredeten wir uns zu einem Meeting im Präsidium.

Im Auto legte ich den Rückwärtsgang ein und wollte los. Doch was eierte die Kiste so eigenartig herum? Stirnrunzelnd schlug ich das Lenkrad noch einmal ein, um den Eierkuchen-Ausparkvorgang zu vollenden, als Sebastian wild mit den Armen fuchtelnd im Rückspiegel auftauchte.

Schon wieder, dachte ich. *Was habe ich denn jetzt falsch gemacht?* Ich ließ die Scheibe runter.

„Du hast hinten rechts einen Platten." Als wäre es seine Schuld, lächelte er entschuldigend.

„Was?"

„Was war denn in der Tasche drin, die du überfahren hast?"

Ich überlegte. Weingummiteufel, Schnullis, Ahoi-Brause, zwei Joghurt in Plastikbechern. Und ein großes

Ikea-Glas mit 250-Milliliter Fassungsvermögen. „Ein Glas", presste ich heraus.

„Komm, steig aus. Wir fahren mit meinem Auto. Einer von den Anwärtern soll sich um den Reifenwechsel kümmern."

Resigniert nahm ich meine Tasche vom Beifahrersitz, stieg aus und knallte die Tür zu heftig zu. Er hatte recht. Unterwegs konnten wir uns besprechen, und es gab eine Menge zu tun. Pro forma hatten wir uns von der Frau Rektorin die Liste mit dem Abi-Jahrgang 1989 geben lassen. Die aktuellen Anschriften hinter den Namen durfte Katharina ermitteln, wenn sie von der Nachbarsbefragung zurückkam. Ich fand das unfair. Ich sah keine Notwendigkeit, sie für den gestrigen Rausch zu bestrafen, weil sie sich ihm unfreiwillig ergeben hatte. Doch lieber behielt ich die Meinung für mich. Sebastian war nicht nur mein Freund, sondern auch mein Chef, und am Ende hätte er mir den Job aufgehalst. Nicht alles bei der Polizei war so aufregend, wie es in den Serien rüberkommt.

Im Auto und unterwegs war ich zu feige, mich für mein absurdes Verhalten gegenüber Carola zu entschuldigen. Ich fürchtete eine Diskussion, bei der ich am Ende die Fassung verlieren würde. Ich wollte nicht wie eine eifersüchtige Irre dastehen. Auf der anderen Seite hatte ich mich Carola gegenüber genauso gebärdet.

Ich kaute auf der Frage über die Tiefe seiner Gefühle herum. Nach meinem Dienstunfall hatte er mich andauernd im Krankenhaus besucht. Ein einziger Besuch wäre für einen Vorgesetzten verpflichtend gewesen. Doch er war bald jeden zweiten Tag angetanzt und hatte mir alles mitgebracht, was ich gern aß, und Bücher, die ich mit derselben Leidenschaft verschlang wie die Süßigkeiten.

Ich räusperte mich. „Als ich damals angeschossen wurde", fing ich behutsam an, aber er ließ mich nicht weitersprechen.

„Bin ich vor Sorge fast gestorben."

„Was?" Das war nicht das, womit ich gerechnet hatte.

Er steuerte den Wagen scharf nach rechts und fuhr auf den Beschleunigungsstreifen. Ich fühlte mich in den Sitz des Maseratis gedrückt. So was genoss ich, aber ich wartete auf eine Erklärung.

„Vorher wusste ich nicht, wie viel du mir bedeutest", sagte er. „Ich hatte es nur geahnt." Als wäre es ihm unangenehm, darüber zu reden, starrte er geradeaus auf den Straßenverkehr. Das war zwar löblich, aber ein kurzer Seitenblick zu mir hin wäre wohl drin gewesen. „Du bist mir auf die Nerven gegangen, Nelly", sagte er in einem Tonfall, als wäre das gar nicht so schlimm gewesen. „Dauernd bist du in die gefährlichsten Situationen gerannt. Bist über Dächer gehetzt, schlugst flüchtige Kriminelle mit Ginflaschen k.o. Ich dachte, bei der Aufgabe, auf dich aufzupassen, käme ich nie hinterher. Eine Weile hielt ich es für meine Pflicht, als Vorgesetzter dafür zu sorgen, dass du dich nicht von deinem eigenen Fahrzeug überfahren lässt." Er setzte den Blinker und überholte zwei LKW. Endlich schenkte er mir den raschen Seitenblick.

„Ich habe es überlebt." Still lächelte ich in mich hinein.

„Ja." Eine Weile schwieg er. Als er von der Autobahn abfuhr, sagte er: „Ich hatte mich damit arrangiert, dass du nichts von mir wissen wolltest. Hauptsache, es ging dir gut."

„Und dann wurde Lorenzo das Auto geklaut."

„Mit einer Menge Bargeld im Kofferraum." Er schnaubte vergnügt und sah mich einige Sekunden an. „Mach dir nicht so viele Sorgen." Seine Hand lag eine Weile auf dem

Oberschenkel meines ramponierten Beines, bis er wieder scharf abbog.

Es war eine durchaus romantische Situation. Es dämmerte, der V-8 Motor röhrte und wir schwiegen einvernehmlich, bis sein Smartphone läutete. Er nahm das Gespräch an, während ich meinen Erinnerungen nachhing. Die Zeit nach dem Unfall war der Horror gewesen.

Als er das Gespräch beendete, holte er mich aus der Träumerei zurück. Er sagte: „Wir haben die Adresse des Barkeepers, der gestern im *Turm* Nachtdienst hatte. Maik Gerstenmacher."

„Dann lass uns hin", verlangte ich. „Womöglich erinnert er sich an das Opfer, an Herrn Junker, und ihm ist etwas aufgefallen. Jemand, der mit Junker da war."

„Maurice war bei ihm zu Hause und hat nur seine Frau angetroffen. Sie erklärte, dass er hauptberuflich Bergungstaucher sei, und hat Maurice die Anschrift zu seinem aktuellen Einsatz gegeben."

*

Zuerst wendeten wir, um zurück in die Kölner Südstadt zu fahren. Über die Anschrift wunderte ich mich, denn mal ehrlich? Was machte ein Bergungstaucher im Stollwerkviertel?

Bis Anfang der Neunzehnhundertachtziger hatte dort die Kölner Schokoladenfabrik gestanden. Dann war sie nicht mehr wirtschaftlich gewesen und dicht gemacht worden. Das war natürlich nur die Kurzform des tragischen Endes einer Schokoladendynastie.

Bevor hier ein neues Viertel hatte entstehen können, hatte es den für Köln üblichen Zirkus gegeben. Vergeblichen Versuchen, die Fabrik und damit die

Arbeitsplätze zu retten, gingen Straßenschlachten und Hausbesetzungen voraus. Während besetzte Gebäude geräumt worden waren, hatten sich die Hausbesetzer im nächsten verschanzt. Und so weiter. Demos, Schlägereien, Baugenehmigungen, Baustart, Baustopp, ein Friedensfest, bei dem ein Teenager in den Aufzugschacht gestürzt war, gefolgt vom Widerruf der Baugenehmigung – fast wie in Süditalien. Es war mir schleierhaft, wie dieses Wohnviertel jemals hatte gebaut werden können. Mittlerweile war es fester Bestandteil der Südstadt und bedürfte eines neuen Anstrichs.

Wir parkten in unmittelbarer Nähe und sahen die Ansammlung großer Fahrzeuge schon von Weitem. Beim Näherkommen entpuppten sie sich als zwei Abschleppwagen, einen RTW und diverses andere, was ich nicht sofort zuordnen konnte. Kreuz und quer standen sie vor der Einfahrt zu einer Tiefgarage. Männer im Blaumann lehnten am Wagen der Kanalreinigung und tranken Kölsch aus der Flasche, derweil ein erregt gestikulierender Mittdreißiger lautstark mit einem der Fahrer des Abschleppunternehmens diskutierte.

„Du lieber Himmel", stieß ich aus.

„Das Unwetter gestern Nacht?" Sebastian näherte sich einem Kombi mit der Aufschrift des DLRG und hob eine Schulter. „Das Gelände liegt verdammt nah am Rhein. Vermutlich war es nicht die beste Idee, Stellplätze für die Bewohner in einer Tiefgarage zu schaffen."

Am Fahrzeug lehnte ein junger Hagestolz mit Flusen am Kinn, der einer Dame mit Rollator großspurig versicherte, dass ihrem E-Rollstuhl dort unten nichts geschehen wäre.

„Entschuldigung", grätschte ich dazwischen und zückte meinen Dienstausweis. „Wir suchen Maik Gerstenmacher."

Zuerst verdutzt zeigte er zur Tiefgarage, aus der ein Mann im Taucheranzug heraus platschte, den er sofort zu uns winkte. „Maik!"

Maik, hinter der Taucherbrille kaum zu erkennen, platschte allerdings zum RTW, nicht ohne Pfützen zu hinterlassen. Einem der wartenden Rettungssanitäter drückte er etwas Undefinierbares in die Hände. Am RTW geriet Bewegung in die Sanis. Einer von ihnen sprang in den Wagen und kam mit allerlei Gedöns in Händen wieder raus. Der Autobesitzer beim Abschleppwagen brüllte den Fahrer an. Maik tauchte vor uns auf.

Sebastian hielt ihm seinen Dienstausweis vor die Nase. „Bracco und Avrenberg. Wir ermitteln in einem Mordfall und würden Sie gern als potenziellen Zeugen befragen. Hätten Sie einen Moment Zeit?"

„Mooobt?", keuchte er hinter der Brille.

„Vielleicht sollten Sie das Mundstück aus dem Mund nehmen?", schlug ich vor.

Maik nahm das Mundstück raus. „Mord?", wiederholte er.

Am RTW wurde es hektisch. Beim dritten Hinsehen registrierte ich endlich, wen Maik aus der Tiefgarage gerettet hatte. Eine getigerte Katze lag auf der Bahre, um die die beiden Sanitäter umher hopsten. Dessen ungeachtet rückte der Hagestolz zu uns auf.

Sebastian zog Maik diskret zum Heck des Kombis. „Ein Mann wurde, vermutlich diese Nacht, ermordet. In seiner Hosentasche fanden wir einen Kassenbon der Bar, in der Sie gestern gearbeitet haben. Uns interessiert, ob Ihnen etwas aufgefallen ist."

„So sah er aus." Ich hielt Maik mein Handy hin, auf dem uns Jürgen Junker unversehrt von einem Foto her anstrahlte.

„Die Rostbratwurst?" Oberhalb der inzwischen beschlagenen Taucherbrille runzelte Maik die Stirn. „Der ist Stammgast." Schwer erkennbar riss er die Augen auf. „Er ist tot?"

„Mausetot." Mit in die Jackentaschen vergrabenen Händen nickte ich zustimmend. „Ich gebe zu, dass er stark gebräunt ist." Ich sah mir Junker genauer an. „Aber Rostbratwurst?"

Endlich schob Maik die Taucherbrille auf die Stirn. „Wir haben für alle Kunden einen Spitznamen", meinte er achselzuckend.

„War er allein?", nahm Sebastian die Befragung wieder auf.

Maik öffnete die Heckklappe des Kombis, griff sich ein Handtuch heraus und tupfte sich das Gesicht ab. Taucherbrille und Schnorchel legte er ab und schälte sich aus dem Neoprenanzug, bis er in Unterhosen vor uns stand. Dabei gab er einen gestählten Körper preis, aber auch, dass der Mangel an Kopfhaaren von zu viel Körperbehaarung kompensiert wurde.

„Der ist immer allein", sagte er. „Quatscht mit den Touristen oder Geschäftsreisenden. Die anderen Stammkunden, die sich allein an ihrem Glas festhalten, meidet er." Er rubbelte sich den nahezu blanken Schädel, von dem die kläglichen Reste seines Haars elektrostatisch aufgeladen in die Höhe ragten wie kleine Antennen. Weshalb sagte ihm seine Frau nicht, wie blöd das aussah?

Am RTW war die Reanimierung der halb ertrunkenen Katze zu einem erfolgreichen Abschluss gekommen. Der korpulentere der beiden Sanis versuchte, sie in ein Handtuch zu wickeln. Herkules' Kampf mit dem Löwen war nichts dagegen.

„Mit wem hat er denn gestern Abend geredet?" Ich gab mir Mühe, die Ungeduld aus meiner Stimme zu nehmen.

Maik stieg in Bermudas. Mit nachdenklicher Miene setzte er sich auf die Ladekante des Kombis. „Stimmt", meinte er dann. „Das war ein großes Hallo." Er sah Sebastian an. „Sorry, ich hatte nur vier Stunden Schlaf. Hatte ich vergessen. Also, da war ein Typ, der ihn angequatscht hat."

„Bitte." Angestrengt bemühte ich mich um Höflichkeit. „Erzählen Sie uns alles, woran Sie sich erinnern."

Zweifelnd griff er nach einer Flasche mit Sprudelwasser, schraubte sie auf und trank in gierigen Zügen. Nachdem er sich den Mund mit dem Handrücken abgewischt hatte, legte er los. „Keine Ahnung, ich hab' grad 'nen Gin-Tonic für 'ne Lady aus Great Britain gemacht, als dieser hier, also die Rostbratwurst …"

„Herr Junker", half Sebastian aus.

„Okay? Ich hatte dem schon drei Scotch hingestellt. Nacheinander. Die ersten beiden hat er immer zügig vernichtet. Armselig. Ich weiß, dass er eine gut laufende Zahnarztpraxis in Lindenthal hat. Anfangs hat er damit geprahlt. Zu übersehen war es ja nicht. Haben Sie seine Implantate gesehen?"

Allerdings. Sie hatten so verzerrt ausgesehen wie das Gebiss des weißen Hais. Dass sie bei neutralem Lachen, abseits des Todeskampfes, einen merkwürdigen Kontrast zur künstlichen Bräune des Opfers bildeten, konnte ich mir ebenso gut vorstellen, wie die Tatsache, dass ich nach dem, was ich heute gesehen hatte, ein paar Nächte bei brennendem Licht schlafen müsste. Ich schnaubte bestätigend.

Maik redete weiter: „Egal, ich will ja nicht urteilen. Seine Mundwinkel hingen wie immer runter, bis ihn dieser Typ anquatschte. ‚Jonas', hat der Junker dann geschrien. ‚Bist du es wirklich?' Lauter so Zeug."

„Jonas?" Sebastian notierte sich den Namen. „Wie sah er aus?"

„Fit? Ja, gut im Training irgendwie. Ich hätte gewettet, dass er jünger wäre als der Säufer, Verzeihung, Herr Junker. Aber dann fingen sie an, über ein Klassentreffen im Sommer zu reden, auf dem sie beide waren. Wenn sie in einer Klasse waren, sind sie wohl gleich alt. Dieser Jonas hat sich wohl bloß besser gehalten."

Sebastian und ich schauten uns an. Da war sie wieder: die Schule.

„Was die sonst geredet haben, weiß ich nicht. Jonas gab ein oder zwei Drinks aus. Junker war am Ende echt nicht mehr gut zu Fuß."

„Sind sie zusammen gegangen?", wollte ich wissen.

„Ja, sind sie. Jonas war stocknüchtern. Ich glaub', er hatte auch nur einen Drink. Er hat die Rost... äh, diesen Junker gestützt. Der wäre aus den Latschen gekippt, wenn er ihn losgelassen hätte. Der schlingerte richtig."

In Sebastians Richtung hob ich beide Brauen.

Er nickte vage, fragte aber: „Haben sie noch andere Namen genannt? Über jemanden gesprochen?"

Ich verstand, dass er erfahren wollte, ob die beiden über den Mord an Torsten Knüller geredet hatten, ohne dass er Maik in diese Richtung lenkte. Zeugen zu befragen war verzwickt. Man musste ihnen ihre Erinnerungen lassen.

Maik nickte. „Sie sprachen über eine Frau. Mir fällt der Name nicht mehr ein, muss aber ein heißer Feger sein. Damals wie heute." Er machte eine rudernde Handbewegung. „Klassentreffen und so. Sie haben nie bei ihr landen können, blablabla. Ah, jetzt hab' ich es. Vicky. Sie hieß Vicky. So haben sie jedenfalls über sie gesprochen."

Sebastian notierte sich den Vornamen.

„Haben sie nur über die Schule geredet?", hakte ich nach.

„Nee, eigentlich nicht. Dieser Jonas… wo der die Geduld her hatte, sich die Prahlerei anzuhören, hab' ich nicht begriffen. Der Rest war nur Praxis, Auto, Scheidung, Tennisclub und so was. Junker hat sich nicht dafür interessiert, was der andere beruflich machte, warum er in Köln war oder so. Er hat nur gelabert. Am Ende immer verwaschener."

„Danke", sagte ich. „Sie sind gemeinsam aus der Bar raus?"

„Ja, klar. Warten Sie." Aus der Sporttasche, aus der er die Wasserflasche geholt hatte, pflückte er sein Handy und scrollte etwas. „Ich geb' Ihnen die Telefonnummer von Paul. Der ist Concierge und hatte zur selben Zeit Dienst. Vielleicht hat er gesehen, wohin die beiden gegangen sind."

Oh, ich liebte es, wenn Zeugen mitdachten. Fast geneigt, ihm die spärlichen Haarsträuße auf seiner Platte zu verzeihen, tippte ich die genannte Telefonnummer in mein Smartphone, während Sebastian seinen Notizblock verstaute.

Nachdem wir uns verabschiedet hatten, versuchte ich, jemanden unter der Nummer zu erreichen. Erst nach dem siebten Versuch ging einer ran. „Guten Tag", trillerte ich. „Mein Name ist Antonella Bracco von der Mordkommission in Köln. Wir würden gern mit Ihnen über Ihren gestrigen Dienst im …"

„Mordkommission?", keuchte er.

„Ja, Mord. Das Mordopfer war gestern Abend Gast in Ihrer Hotelbar. Wir würden Sie gern als Zeugen befragen und …"

„Ich fahr gleich los", sagte er rasend schnell. „Ich komme was früher und wir können uns in der Bar treffen."

Warum ließ der Mann einen nicht ausreden? „Jetzt gleich?" Ich schaute Sebastian fragend an. Der nickte.

Paul sagte: „In zwanzig Minuten bin ich da."

„Okay, danke. Bis gleich."

*

Trotz der Kürze des Telefonats hatte ich erraten, dass dieser Paul ein Hektiker war. Dass er sich zudem exzentrisch und wichtigtuerisch gab, sah ich schon, als er hereinstürzte. Vermutlich wegen der frühen Stunde – es war eben erst Nachmittag – saßen Sebastian und ich allein in der Bar. Wir hatten je einen gepolsterten Hocker am Tresen belegt, ließen uns von Smoothjazz berieseln und ich wäre fast eingenickt. Mein Kopf sank regelmäßig in die Richtung Sebastians Schulter und ruckte jedes Mal wieder hoch, bevor er sein Jackett erreichte. Liebevoll lächelte er mich an. Er machte glücklicherweise kein Thema draus, dass ich müde war.

„Hallo!" Paul Simsak stürzte mit derart großem Hallo in die Bar, dass ich vor Schreck fast vom Hocker gefallen wäre. „Sie sind die Polizei!"

Die gigantische Sonnenbrille auf seiner Nase schob er mit dem rechten Zeigefinger ein Stück nach oben, statt sie abzunehmen. „Was wollen Sie denn wissen?"

Er quetschte sich zwischen Sebastian und mich und hob eine Hand in die Richtung der jungen Frau, die sich heute für die Bar verantwortlich zeigte, und die vor den Regalen mit Spirituosen aus aller Welt ein Glas polierte. „Eve, machst du mir einen Mojito, ja?"

Vor der Arbeit, dachte ich. „Vielleicht weisen wir uns besser erst mal aus." Ich schnappte mir meine auf dem

Boden stehende Tasche und wühlte nach dem Mäppchen mit dem Ausweis.

Paul winkte ab. Sebastian hielt ihm trotzdem die Karte hin und so zuckte er nur die Achseln. „Haben Sie keinen Notizblock? Wollen Sie nicht mitschreiben?" Exaltiert fächerte sich Paul mit einer Hand Luft zu.

„Sie wissen gar nicht, worum es geht", wandte ich ein.

„Egal!" Mit beiden Händen klatschte er auf den Tresen. „Fragen Sie einfach."

„Wir ermitteln in einem Mordfall", begann Sebastian. „Das Opfer hatte sich gestern Abend in dieser Bar betrunken und …"

„Die Rostbratwurst", stellte Paul fest und schob die Sonnenbrille endlich ins dichte schwarze Haar. Obwohl die Bar nur diffus beleuchtet war, blinzelte er mich an. „Eine schöne Frau", summte er in einem Tonfall, der mich direkt in Rage brachte.

„Wer?", fragte ich in der Hoffnung auf eine neue Zeugin.

„Na, Sie." Paul zwinkerte mir zu.

„Hören Sie", schnaufte ich. „Ihre Meinung zu meinem Äußeren …"

„Wie kommen Sie darauf, dass der Unglückliche, den Sie im Haus mit diesem Spitznamen bedachten, das Opfer ist?" Sebastian riss das Gespräch an sich.

Paul checkte etwas auf seinem Smartphone.

„Hallo!", rief ich.

Er legte das Smartphone auf den Tresen. „Oh, sorry. Sonst war keiner besoffen. Außer den beiden Amis, die das Zimmer mit der Dachterrasse haben, aber die sind mir eben im Foyer fidel entgegengekommen."

Routiniert lächelnd brachte die Barkeeperin das Glas mit dem Mojito und stellte ein Schälchen Cocktailnüsse daneben.

Paul sog am Strohhalm und stopfte sich ein paar Pekanüsse in den Mund. Dabei zwinkerte er mir mehrfach zu, was in der Kombination seiner manischen Kaubewegungen mit den etwas zu sinnlichen, wenn nicht wulstigen Lippen alles andere als anziehend wirkte. Ich wandte mich ab.

„Verstehe", sagte Sebastian. „Ihr Kollege Maik erzählte uns, dass er das Hotel in Begleitung eines anderen Gastes verlassen hatte. Wir hegen die Hoffnung, dass Sie die beiden gesehen haben."

Paul wischte sich die von den Nüssen fettigen Hände raumgreifend an der Papierserviette ab, auf der die Glasschale gestanden hatte. Die Sonnenbrille nahm er aus der Frisur und steckte sie sich vorn ins Hawaiihemd, nicht, ohne mich anzuschmachten.

Ich stützte den Ellenbogen auf den Tresen und den Kopf auf die Hand. „Mein Kollege hat Sie was gefragt."

„Ach so, ja." Er wirbelte rasch zu Sebastian herum. „Ja, der ist gestützt worden. Der wäre glatt aus den Pantinen gekippt, wenn sein Kumpel ihn nicht gehalten hätte." Er lachte dröhnend.

„Sein Kumpel", hakte Sebastian nach.

Aber Paul lächelte mich an. „Sagen Sie, hätten Sie heute Abend Zeit, mit mir…"

„Nein!" Das Wort wirkte wie ein Peitschenhieb.

Der Mann zuckte zurück. „Die wirkten vertraut", meinte er verschnupft.

„Sie verließen das Hotel gemeinsam?"

„Ja." Der Korb, den ich ihm verpasst hatte, schien ihm die Luft abgelassen zu haben. Mit einem Mal wirkte er schmaler und kleiner. „Sein Kumpel lotste ihn durch die Glastüren. Vor dem Haus stand ein Wagen mit laufendem Motor."

Ich streckte den Rücken. „Ein Taxi?"

„Nee, ein dunkler Volvo. Kein Taxi. Es stieg einer aus, der half, die Rostbrat…"

„Herrn Junker", soufflierte Sebastian.

„Was? Ach so, ja. Der half Herrn Junker auf die Rückbank vom Auto. Dann stieg der Fahrer wieder ein und fuhr los."

„Mit beiden Männern", fragte ich.

„Ne. Der Kumpel, mit dem der Junker von der Bar kam, ist nicht eingestiegen."

An Paul Simsak vorbei schauten Sebastian und ich uns an.

„Haben Sie Überwachungskameras?", fragte er.

„Nee, leider nicht. Jedenfalls nicht da, wo das Auto stand. Aber die anderen Bänder können Sie bestimmt kriegen. Wenn Sie mit dem Management sprechen. Vielleicht ist 'ne Ecke von der Straße mit drauf."

*

Unterwegs zum Präsidium kämpfte ich lange mit der Verwirrung darüber, dass total abstoßende Typen mich sexy fanden. Ich schmollte ein wenig, bis Sebastian auf sich aufmerksam machte. Das erinnerte mich daran, dass dieser elysisch aussehende Bursche mit dem Wahnsinnscharakter mein Freund war.

„Eine zweite Person", sagte er nachdenklich. „Dass dieser Jonas nicht mit eingestiegen ist, klingt merkwürdig."

„Ja." Ich klappte das Handschuhfach auf, auf der Suche nach etwas Essbaren. Weil ich nichts fand, schlug ich es frustriert wieder zu. Wir waren unterwegs zum Präsidium.

Der Arbeitstag wurde immer länger. „Das kann viel bedeuten", murrte ich. „Komplizen? Wenn, wer ist der zweite Mann, der Autofahrer? Und ist dieser der Mörder? Oder haben Sie sich später irgendwo getroffen, um Junker kalt zu machen?"

Sebastian lenkte den Wagen auf einen Parkplatz des Präsidiums.

„Wir werden es herausfinden." Er stellte den Motor ab und zog den Schlüssel.

*

Die Teamsitzung war verhältnismäßig kurz, fand am runden Tisch im Besprechungsraum statt und wurde von den trockenen dänischen Keksen gekrönt, die man in einer Blechdose kaufen konnte und die ich insgeheim Konferenzkekse nannte. Dass sie überhaupt verzehrt wurden, schob ich auf den Hunger, den Ermittlungsbeamte durchweg erduldeten, weil sie sich selten die Zeit für ein vernünftiges Essen nahmen. Literweise Kaffee dazu verstand sich von selbst.

Matt in meinen Stuhl zurückgelehnt guckte ich Sebastian dabei zu, wie er Fotos der Opfer mit Magneten an der Tafel befestigte, Verbindungspfeile malte und den Namen Jonas über alles schrieb, dem er ein Fragezeichen hintansetzte.

„Vicky", ergänzte ich müde. „Das ist auch so ein Name, der Rätsel aufwirft. Wir wissen weder, wer Jonas noch Vicky sind, aber sie scheinen sich alle aus der Schulzeit zu kennen."

„Richtig." Sebastian schrieb den Namen Vicky leicht unterhalb des Namens Jonas. So, als könnte er sich nicht vorstellen, dass eine Frau die Taten begangen hatte. Ich hatte keine Kraft für Geschlechterkämpfe. Im Stillen stimmte ich ihm zu, war aber bereit, mich überraschen zu lassen.

„Jonas und Jürgen verließen die Bar gemeinsam", fasste Maurice zusammen. „Doch statt zusammen weiterzuziehen, lieferte Jonas das Opfer bei einem anderen ab. Wohin ging er danach?"

Über die Tischplatte hinweg sah ich ihn an. Meinen Ex. Seine tiefblauen Augen sagten mir schon lange nichts mehr, aber ich gab zu, dass er attraktiv war. Carola, neben ihm im leicht vom Tisch abgerückten Stuhl, die Beine elegant übereinandergeschlagen und mit der Leichenblässe ihrer morgendlichen Übelkeit überzogen, schmachtete ihn an.

„Paul behauptet, dass er in die andere Richtung davon spaziert wäre", leierte ich müde runter. „Wir kriegen Zugang zu den Bildern der Überwachungskameras, sollten uns aber nicht zu viel davon versprechen. Die Stelle, an der das Auto stand, wird nicht vollständig erfasst."

„Direkt vor dem Eingang?" Katharina legte die Hände auf den Tisch. „Das ist aber dumm."

„Nein, sparsam", gab ich zur Antwort. „Der Manager meinte, es wäre Aufgabe des Concierge, darauf zu achten, was sich direkt vor der Tür abspielt."

„Hat dieser Paul eine Beschreibung von dem Kerl gegeben?" Cornelius, weit in den Stuhl zurückgelehnt, die in einer verwaschenen Jeans steckenden Beine von sich gestreckt, die Fußknöchel überkreuzt, schob sich die schwarze Haartolle aus der Stirn.

„Nicht wirklich", räumte Sebastian ein. „Dunkle, unauffällige Kleidung, kurze Haare, wahrscheinlich bartlos. Aber er meinte, er hätte das Gefühl gehabt, der andere wäre deutlich jünger als die beiden, die aus der Bar kamen."

Maurice wühlte in einer dünnen Aktenmappe, die er mit in die Sitzung gebracht hatte, und zog ein Papier raus. „Das Opfer war nicht nur besoffen. Das Drogenscreening ist da. Offenbar hat ihm sein alter Schulfreund Rohypnol in den Drink geträufelt."

„Wie viel?", brummte Cornelius.

Maurice las die Menge ab.

Cornelius kommentierte das mit: „Ist nicht viel. Kann ihm vorher verpasst worden sein. Oder er nimmt das Zeug zum Schlafen."

„Das ist aber nicht sehr wahrscheinlich." Dass Maurice ihn herausfordernd anfunkelte, amüsierte mich allein deshalb, weil keiner von uns Cornelius so ansehen würde, wenn wir ihn nicht kannten.

Der hob die Hand. „Mein ja nur."

„Und er meint nicht zu Unrecht." Sebastian schwirrte herbei, nahm Maurice das Blatt Papier ab und studierte die Werte. „Wie wahrscheinlich es ist, wissen wir nicht. Wir müssen für alles offenbleiben. Carola?"

Sie hatte sich gemeldet wie ein Schulmädchen und schaute von den Notizen auf, die sie sich bisher gemacht hatte. „Ein Serienmörder mit Komplizen ist selten. Die Frage ist, was sie eint. Die Tat? Also das, was sie den Opfern vorwerfen? Wenn es einen großen Altersunterschied zwischen den beiden gibt, wird das Motiv nicht in der Schulzeit zu finden sein."

„Der Fundort von Junkers Leiche", widersprach ich, über die Dose mit den Konferenzkeksen gebeugt. „Es muss etwas anderes sein, was die zwei verbindet, als gemeinsam Opfer in der Schule gewesen zu sein. Ich bleibe bei einer Tat zu Schulzeiten."

Sebastian wiegte den Kopf. „Ich stimme grundsätzlich zu, bleibe aber für alles offen."

„Komisch", murmelte Katharina, „dass wir mehr Spuren beim zweiten Mord haben als beim ersten. Die Befragung von Knüllers Umfeld hat nichts gebracht." Sie guckte in ihre Unterlagen. „Wir wissen zu wenig. eu ist das Hausboot in Plaue an der Havel, und dass Knüller in einem Bootsführerverein in Köln und Brandenburg war. Der in Köln heißt *Jecke Matrosen*, der in Brandenburg ... äh ... *Ragnarök*."

„Ach du Scheiße." Ich rieb mir die Stirn.

„Ich hab' mit dem Vorsitzenden in Köln geredet. Nichts Neues. Entsetzen, Schock, keine Feindschaften oder Rivalitäten."

Den Rest bekam ich nicht mehr mit, weil ich bei Katharinas öder Litanei über die Befragung in der Nachbarschaft Jürgen Junkers eindöste. Lautes Gezeter ließ mich hochschrecken. Unter schläfrigen Lidern schaute ich von einem zum anderen. Katharina keifte auf Hochtouren, und es dauerte, bis ich begriff, dass sie sich laut über mich aufregte. „...und die darf einfach in der Dienstzeit pennen!", schloss sie und lehnte sich mit vor der flachen Brust verschränkten Armen in den Stuhl zurück.

Ausgerechnet Carola sprang für mich in die Bresche. „Es ist siebzehn Uhr durch. Offiziell macht sie schon Überstunden."

„Das wäre ja noch schöner!" Entrüstet federte Katharina vom Stuhl.

Ich rieb mir die Augen und sagte schläfrig: „Na ja, du hast gestern den ganzen Nachmittag verschlafen."

Sie schnappte nach Luft. Damit war das Thema vorerst erledigt. Alle hier wussten, wie es zu Katharinas temporärer Narkolepsie und meiner Beteiligung daran gekommen war.

Vor sich hin grinsend, und das verblüffte mich, schob Maurice seine Papiere in die Mappe. Früher hatte er sich über so was permanent echauffiert. Kein gutes Haar an mir gelassen. Langsam wuchs in mir der Verdacht, dass es ihm gut tat, in jemanden anderen verliebt zu sein. „Ich schieb Überstunden und sehe mir die Überwachungsbilder an." Er stand auf.

„Wir gehen morgen auf die Beerdigung von Knüller", gähnte ich. „Vielleicht taucht da jemand auf, der sich eigenartig verhält."

Sebastian nahm sein Jackett von der Lehne des Stuhles, auf dem er nicht gesessen hatte. Die ganze Zeit hatte er vor dem Board gestanden und neue Stichwörter und Pfeile auf die Tafel gemalt. Das Quietschen des Eddings war mir auf den Zeiger gegangen, bis ich eingenickt war.

„Katharina", sagte er, „sehen Sie sich die Liste mit den Schülern aus Junkers und Knüllers Abijahrgang an. Suchen Sie nach einem Jonas. Vielleicht sprechen wir auch mit anderen ehemaligen Schülern der Klasse, um zu erfahren, was uns die beiden Damen verschweigen." Er schaute mich an. „Ich fahr dich heim, Nell. Maurice, du kannst mich jederzeit auf dem Handy erreichen."

Damit war die Sitzung offiziell beendet.

*

Erschöpft von den Eindrücken des Mordes an Junker, dem ersten vollen Tag im Dienst mit dieser ramponierten Keule und der unterdrückten, vor allem grundlosen Eifersucht, schwieg ich die meiste Zeit des Weges. Mittlerweile standen wir an der roten Ampel kurz vor der Zoobrücke.

„Du kannst mich hier rauslassen." Ich löste den Sicherheitsgurt.

„Sicher?" Damit spielte er auf meine geringe Lauffähigkeit an, aber ich winkte ab. Ob der Nerv schmerzte oder nicht unterlag immer einem Mysterium. „Ich habe die Haxe zu lange geschont und muss den Muskel trainieren."

„Wenn du meinst?"

„Sebastian." Ich versuchte, nicht genervt zu klingen. „Ich habe eine Jahreskarte für den Zoo, also kann ich einmal durch statt drumherum." Ich zeigte zum Haupteingang. „Die Abkürzung nehme ich immer." Ohne weitere Einwände abzuwarten, sprang ich raus, hechtete über die Straße und winkte ihm noch hinterher.

Energisch marschierte ich unter der Zoobrücke an all den geparkten Autos der Zoobesucher vorbei. Die ersten verstauten ihre quakenden Kinder auf den Rückbänken, fuhren los, nicht ohne darüber zu fluchen, wie eng sie zugeparkt worden waren. Beim Brückenpfeiler, am Ende der Parkreihen hatten zwei Obdachlose ihre Zelte aufgeschlagen. Auf einem Gaskocher dampfte ein Gericht.

Als ich unter der Brücke durch war und die Straße zum Zoo überquerte, erschrak mich das Surren von Speichen. Ich wirbelte herum. Der Radfahrer sauste an mir vorbei. Mit der Hand am Herzen überlegte ich, dass ich womöglich wegen Svetlanas Drohungen und Cherubinos Anruf so schreckhaft war, denn wenn ich mich umsah, war da nichts. Schon gar keine dürre Blondine mit riesigen Hupen, die versuchte, auf Stilettos unauffällig zu sein.

Trotzdem legte ich etwas Tempo zu und blieb an der nächsten Fußgängerampel stehen. Ein Schulterblick zeigte mir bloß einen Mann, der soeben aus einem Ford-Fiesta ausstieg und hinter mir her in die Richtung der Kassenhäuschen latschte. Das kam mir seltsam vor, der Zoo schloss in einer Stunde. Wollte er Geld für den Eintritt investieren, um sich in der kurzen Zeit Tiere anzugucken?

Oder hatte er auch eine Jahreskarte, die er nur vorzeigen musste?

Die stämmige Gestalt zögerte. Ich fasste meine Tasche fester und rückte forsch näher ans Kassenhäuschen. Wer immer mich verfolgte, um mir im Auftrag von Svetlana etwas anzutun oder mich gar zu entführen, würde eher in einer stillen Straße zuschlagen als in einem Zoo voller Menschen. Innerlich aber ließ mich das Telefongespräch mit Cherubino nicht los. Das Wissen, dass die dämliche Trulla einen Auftragsmörder auf mich ansetzen wollte, und ... Ach, du lieber Himmel, wie sollte ich Sebastian je von Cherubino erzählen?

Weißt du, letzte Nacht hat mich ein Auftragsmörder angerufen, mit dem ich befreundet bin. Er hat mich vor Svetlana gewarnt.

Fahrig wühlte ich an der Kasse nach meinem Portemonnaie und hielt der Kassiererin die Jahreskarte vor die Nase. Der Typ stellte sich an die Kasse nebenan. Nachdem er bezahlt hatte und in den Zoo hineingegangen war, blieb er eine Weile bei den Trampeltieren stehen. Wieder wirkte er unentschlossen. Er war klein und gedrungen, höchstens 165 cm groß, sah aber irre kräftig aus. Seine dunkelblonden Haare lagen ihm schütter und glatt am Kopf. Wie er krampfhaft versuchte, mich nicht anzusehen, war beängstigend. Okay, ich würde mich beeilen.

Im Zoo rauschte ich an den Erwachsenen mit Kindern vorbei, die dem Ausgang zustrebten. Einige lachten. Die Verzogenen heulten und stemmten unter den gleichgültigen Blicken der wiederkäuenden Trampeltiere ihre kleinen Füße in den Boden, weil sie nicht gehen wollten.

Ich klemmte mir die Tasche unter den Arm und lief weiter. Auf Höhe der Erdmännchen drehte ich mich um.

Er war noch immer da, nur jetzt mit Basecap. Wollte er sich tarnen? Sollte ich Sebastian anrufen? Meine Waffe zu ziehen, kam mir überreagiert vor.

Schnaubend vor Anspannung hastete ich an allen sehenswürdigen Tieren vorbei. *Moment,* dachte ich. *Vielleicht bildest du dir das alles nur ein.* Um zu gucken, ob es mir der Verfolger gleichtat, blieb ich vor dem Bärengehege stehen und starrte konzentriert in die künstliche Höhle, in die sich die Braunbären verkrümelt hatten. Sie ließen sich nicht blicken.

Als ich auf dem Absatz herumflog, zuckte der Kerl erschrocken zusammen. Dann sagte er plötzlich: „Frau Bracco." Und kam mit einem ausgestreckten Arm auf mich zu. So schnell ich konnte, rannte ich davon. Auch er beschleunigte. „Frau Bracco, bitte!"

Ich ächzte. Rennen konnte ich nicht eben blendend. Schon nach wenigen hundert Metern meldete sich das verkrüppelte Bein. Ich schrie auf. Flitzte humpelnd von dannen, wie Quasimoda auf der Flucht. Fahrig schob ich die verschwitzten Locken aus meinen Augen und sah über die Schulter. Der Verfolger warf den Kopf hin und her und griff mit der rechten Hand in seine Jacke. Das war kein gutes Zeichen. Was, wenn er eine Waffe rausholte?

Fieberhaft suchte ich nach einem Versteck. Unbedingt musste ich in eine Menschenmenge tauchen, nur war hier keine mehr. Dass der Zoo bald schloss, zeigte sich an den immer selteneren Grüppchen, die zum Ausgang unterwegs waren. Die staubigen Wege leerten sich. Dann musste zur Tarnung eben ein Gebüsch her! Ein Baum, ein Strauch, irgendetwas.

Ich nutzte den Moment, in dem eine Gruppe von etwa zehn oder zwölfjährigen Kindern mit bunten Jacken, in Begleitung zweier erwachsener Frauen in selbst gestrickten Pullis auf meinen Verfolger zusteuerte, und ihn verschluckte. Wie er darauf reagiert, wartete ich gar nicht erst ab. Lachen und Gekreisch umwehte das Grüppchen wie eine Wolke. Sie schienen ihn angesprochen zu haben. Ein Kind hatte sein Basecap auf. Er sah nicht zu mir hin, niemand tat das.

Entschlossen kletterte ich über den hüfthohen Zaun, hinter dem drei beieinanderstehende Eschen einluden, mich hinter ihnen zu verstecken. Ich humpelte zu ihnen rüber und hatte vor, in Deckung Hilfe herbei zu telefonieren. Zu meinen Bedingungen wollte ich mit dem Kerl reden, doch diese Bedingungen konnte ich mir nicht allein verschaffen.

Bevor ich die Bäume erreichte, stürzte ich in eine Kuhle. Zischend vor Schmerz lag ich bäuchlings im Dreck und kämpfte Tränen nieder. Beide Hände presste ich auf den feuchten Grasboden und robbte leise wimmernd langsam den bewachsenen Hügel hoch zu den laubbedeckten Bäumen. Schmutzüberzogen kroch ich auf allen vieren, mit meiner Beuteltasche um die Schulter hängend, aus dem Graben. Oben drehte ich mich um. Der Pulk Menschen tröpfelte dahin. Der komische Vogel stand frei und war unverkennbar auf der Suche nach mir.

Schnell huschte ich hinter den Stamm der mittleren Esche, wo ich mich halbwegs unsichtbar wähnte. Um mich herum wucherte grünes und gelbes Gestrüpp, zwischen dem ich mit der olivgrünen Lederjacke nicht weiter auffiel. Mein überanstrengtes Bein pochte dumpf. Grelle Nervenschmerzen kündigten sich an. Diskret linste ich aus der Deckung und tastete in der Handtasche nach meinem Handy. Die ganze Zeit wanderte der Verfolger rastlos vor dem Zaun hin und her. Verstörend war, dass er verzweifelt dreinblickte.

Ich fand das Handy, tippte den Kontakt, und während ich dem Freizeichen lauschte, ließ ich den Blick schweifen. Das Gelände ging an den Bäumen vorbei weiter bergauf und verjüngte sich zu einem grasbewachsenen Hügel. Reizvoll. Immer mal wieder erhoben sich Gestrüppe aus Rotbuche und Feuerahorn. Unter normalen Umständen hätte ich konstatiert, wie hübsch das Areal konzipiert war, und mich vermutlich gefragt, welchem Zweck es diente.

Der Zweck erschloss sich mir in dem Moment, in dem ich die Gestalt ausmachte, die es sich oben auf der Kuppe des Hügels gemütlich gemacht hatte, und mich mit einer Mischung aus gepflegter Langweile und Interesse beäugte. Mein Herz setzte kurz aus und fing dann zu rasen an. Der Graben hinter dem Zaun, über den ich geklettert war, ergab mit einem Mal wirklich Sinn.

Die Stimme meines Bruders Davide rief meinen Namen aus dem Smartphone in meiner Hand. „Nell?"

„Scheiße", wisperte ich. Ich hatte völlig vergessen, dass ich seine Nummer gewählt hatte.

„Nelly?"

In Zeitlupe hob ich das Telefon zum Ohr. „Davide", wisperte ich. „Ich stehe im Gepardengehege im Zoo und traue mich nicht, mich zu bewegen."

„Ich weiß."

Die Bemerkung registrierte ich gar nicht. „Mir ist jemand gefolgt", flüsterte ich.

„Und da dachtest du, das Gepardengehege wäre ein sicheres Versteck. Daniele hat mich angerufen. Ich bin schon unterwegs."

„Was!"

„Brüll nicht so, Antonella. Oder willst du die Tiere auf dich aufmerksam machen?"

In mir rumorte der Ärger. Daniele? Unseren sizilianischen, gleichwohl in Köln lebenden Cousin? Klar, Cherubino hatte Davide von der Gefahr, die mir drohte, erzählt, aber gleich die halbe Familie mit einzubeziehen, war total überzogen. „Der Gepard ist schon aufmerksam", zischte ich.

„Er, Nelly? Da wird mehr als *ein* Gepard drin sein."

Oh Gott, stimmt! „Komm schnell", jammerte ich. „Ich habe Angst."

„Ich bin schon unterwegs."

„Frau Bracco!", schallte es vom Fußweg. Ich warf den Kopf herum. Mein Verfolger stand mit verdutzter Miene hinter dem Zaun. „Was machen Sie da?", fragte er zittrig. „Warten Sie, ich hole Sie da raus."

Ich jaulte leise. Was hatte er vor? Entgeistert sah ich ihm dabei zu, wie er ein Bein über den Zaun schwang. Dann das zweite. Mit einem verblüfften Ausruf rutschte er, wie ich, in den Graben. Wimmernd linste ich zum Gepard, der sich elegant, aber ohne Eile erhob. Einige Male blinzelte ich ihn an, um Freundschaft zu signalisieren, wie man es bei Katzen eben machte, in der Hoffnung, dass es funktionierte.

„Warten Sie!", rief der Mann, der sich wieder aufrappelte und auf allen vieren den Graben hoch krabbelte. Seine Bewegungen waren fahrig. Zweige und Totholz knackten. Oben angekommen kam er auf die Füße und klopfte er sich den Dreck von den Hosen. Der Gepard spitzte die Ohren und schlenzte gemächlich heran.

„Bitte nicht", flehte ich.

„Frau Bracco!", rief der Fremde.

Ich gestikulierte wie wild, dass es sich gefälligst ruhig zu verhalten hatte, doch leider begriff er meine Gesten nicht. „Äh?"

Der Gepard setzte zum Sprint an. Erst jetzt begriff der Blödmann. Er riss die Augen auf und kraxelte erstaunlich behände einen der Bäume hinauf. „Hilfe!"

„Halten Sie die Klappe", zischte ich. Mein Herz hämmerte wie zwei Kriegstrommeln, ach was: Wie eine ganze Schlagzeugkapelle. Reglos verharrte ich vor dem Baum neben dem mit dem Schreihals und beobachtete drei Geparden dabei, wie sie eher schläfrig um den Baum mit dem Mann im Wipfel herum tigerten. Zwei umkreisten ihn. Der andere legte sich mit ausgestreckten Vorderpfoten davor und spähte ins Laub. Was machten die da? Warum kümmerten die sich nicht um mich?

„Hilfe!" Der Mann krakeelte.

Ein Gepard machte sich am Baumstamm lang und wetzte an ihm seine Krallen. Laub rieselte hinab.

„Hilfe!!!", brüllte es von oben. Mir sprang fast das Herz aus der Brust. Im Augenwinkel sah ich einen Mann über den Fußweg rennen. Der rief etwas. Drei weitere Kerle tauchten auf und brachten je eine Flinte in Anschlag. Es musste mehr Zeit vergangen sein, als es sich für mich anfühlte, denn unter dem Kastanienbaum hinter den Schützen hockten zwei Rettungssanitäter auf einer Bank und feixten.

Ein Zischen rauschte durch die Luft. Dann noch eines. Und ein drittes. Die Geparden glotzten verdutzt, taumelten und sanken in einen tiefen Schlaf. Die Federn der Narkosepfeile ragten aus den geschmeidigen Raubkatzenleibern.

Tief schöpfte ich Atem, beugte mich vor, die flachen Hände auf den Oberschenkeln. Nur langsam wurde mir bewusst, dass ich mich auf ein Donnerwetter gefasst machen musste. Ich rechnete mit Veterinären oder Tierpflegern, die geschossen hatten und zu recht entrüstet über mein Verhalten waren.

Mit den Fingern ertastete ich die scharfen Ränder des Dienstausweises in meiner Tasche, in der Hoffnung, die Empörung ein wenig relativieren zu können, wenn ich ihn vorzeigte. Ob ich erleichtert war, bei den Männern am Zaun meinen Bruder Davide zu entdecken, hätte ich nicht sagen können, denn neben ihm stand, in einem Blaumann, unser Cousin Daniele, dem der *Hausmeisterservice Palermo* gehörte. Aus seinem gepflegten Vollbart ragte eine glimmende Zigarette, die in seinem dämlichen Grinsen wippte.

„Sehr witzig, Daniele!", gellte ich.

Davide, in Anzug mit Weste, wirkte merklich weniger vergnügt, während er unfallfrei über den Zaun und durch den Graben kam. Unter der Esche blieb er stehen, ohne mich zu beachten. „Kommen Sie runter!" Seine Stimme war die befehlsgewohnte des zweiten Mannes meiner Familie.

„Ich hab' mich nass gemacht", jaulte es aus dem Laub.

„Das ist der absolute Höhepunkt des Tages!", rief Davide genervt. „Machen Sie schon!"

Aus dem Baumwipfel ragte ein Kopf, in dem Augen heftig blinzelten. Bunte Blätter rieselten hernieder. Davide verlieh seiner Forderung Nachdruck, indem er das Jackett zur Seite schob, um so die Waffe im Schulterholster sichtbar zu machen. Daniele diskutierte unterdessen mit den Zoo-Mitarbeitern und dem Tierarzt.

Mir schwindelte, alles drehte sich. Über einen Herzinfarkt hätte ich mich nicht gewundert. Und doch registrierte ich das Bündel Geldscheine, das den Besitzer wechselte, ehe Daniele über den Zaun zu mir rüber kletterte, um mich zurück auf den Pfad zu geleiten.

Ich schüttelte seinen Arm ab. „Geld?", zischte ich. „Was denkst du dir?"

„Ach." Er winkte ab. „Die römische DNA ist in Köln tief verwurzelt."

Schnaubend warf ich einen Blick über die Schulter auf Davide, der den Fremden zusammenstauchte, der beim Anblick der Pistole angefangen hatte, runter zu klettern. „Alora, Cazzo, was willst du von meiner Schwester, eh?"

„Reden", hickste er. „Ich muss nur mit ihr reden."

Abrupt blieb ich stehen. „Was?" Ich humpelte zurück, dabei ignorierte ich den dunklen Fleck vorn auf den Hosen des Mannes. „Warum verfolgen Sie mich dann?"

„Ich wusste nicht, wie …" Er schaute von Davide zu mir und wieder zurück. „Keine Ahnung wie …" Seine Schultern sackten herab. „Ich bin schüchtern."

*

Sebastian traf am Abend in meiner Wohnung ein und hatte den Ausdruck nackten Entsetzens im Gesicht, was ich zuerst nicht begriff. Auf dem Zweisitzer hockte ein ihm fremder Mann mit von Ästen zerkratztem Gesicht, der unter Jacke und Hemd nur in ein Handtuch gewickelt war. Eng daneben saß Daniele und drehte sich mit meinen ärztlich verordneten Hanfblüten einen Joint. Mit Blick auf Sebastian, der im Türrahmen stand, leckte er das Blättchen an.

Lässig hingestreckt im Sessel lag Davide. Sein dunkles Jackett hatte er ausgezogen, die Krawatte gelockert und den oberen Knopf des Hemdes geöffnet. Sein dunkelblondes Haar stand vorne in einem kecken Wirbel hoch und seine grauen Augen blinzelten Sebastian gutmütig an. Auf dem Tisch lag ein ledergebundenes Buch, um das herum ich Getränke verteilt hatte.

„Was ist hier los?", brachte Sebastian heraus.

„Ein Familientreffen." Danieles Feuerzeug klickte.

Ich herrschte ihn an. „Daniele! Das rauchst du gefälligst zu Hause." Ich rieb mir, matt vom Stress vorhin, über die Stirn, bevor ich zu Sebastian stakste, um ihn mit einem Kuss zu begrüßen. „Warum siehst du so besorgt aus?"

„Vor der Tür steht ein Leichenwagen", presste er hervor.

„Äh, ja, ich brauchte Hilfe und Davide war gerade geschäftlich in der Nähe unterwegs … Mann, du weißt doch, dass er ein Beerdigungsinstitut hat!"

„Und direkt daneben parkt ein Kleinlaster."

„Der gehört Daniele, er hat …"

„Auf dem steht *Hausmeisterservice Palermo. Wir lösen jedes Problem.*"

„Es ist nichts passiert." Ich schaute von ihm zu meinem Bruder Davide und versuchte, dem unauffällig zu verdeutlichen, dass er den Namen Svetlana bloß nicht in den Mund nehmen sollte. „Es war ein Missverständnis", schloss ich.

„Das stimmt", pflichtete Davide mir bei. „Der Typ da wollte euch nur was geben. Er denkt, es könnte mit den Morden zu tun haben." Davide erhob sich und schnippte in Danieles Richtung mit den Fingern. Sofort stand der parat.

„Okay, und warum hat der Mann keine Hose an", wollte Sebastian wissen.

„Er hat sich eingenässt. Das ist eine lange Geschichte."

Davide verabschiedete sich mit einem Kuss von mir, der total cool daherkam, und überraschend streckte er Sebastian die Hand hin. Ich atmete erleichtert auf, als Sebastian einschlug. Seit dem Fall mit Lorenzos gestohlenem Auto waren sie sich nicht mehr begegnet, und auf unaussprechliche Weise standen meine Brüder in Sebastians Schuld. Kurz darauf waren die Verwandten durch die Tür und draußen sprangen zwei Autos an. In der

Küche rumpelte der Trockner mit der Hose, und Sebastian schaute den Fremden fragend an.

Der blinzelte scheu. „Herr Avrenberg?"

Sebastian nickte. Der Mann sprang auf und streckte ihm die Hand hin. „Ich heiße Frieder Pomm. Ich bin Zeugwart und Gärtner am Südfriedhof. Mein Vater war es schon. Ich muss Ihnen etwas zeigen." Er deutete auf das Buch, das auf dem Tisch lag, aber wir guckten auf das Handtuch, das sich um seine Füße verteilt hatte.

„Oh." Hastig griff Frieder nach dem Handtuch und wickelte es sich wieder um.

Wenig später saßen Sebastian und ich nebeneinander auf dem Dreisitzer und hefteten unsere Blicke erwartungsvoll auf Herrn Pomm, der sich ausgiebig räusperte, ehe er, zuerst stockend, nach Worten fahndete.

„Äh, also, ich … ich … Gestern habe ich die Nachrichten gesehen. Im Regionalfernsehen."

„Und?" Ich rieb mir das schmerzende Bein.

„Von dem Mord wurde berichtet. Im Amt. Und von dem Zettel, und was drauf stand. *Was Ihr getan habt.* Die Presse war mit einer Kamera da und filmte das Haus des Opfers. Als ich gesehen habe, dass das in Zollstock ist, habe ich lauter gemacht und überlegt, was sie denn getan haben könnten."

„Sind Sie Polizist?", fragte ich scharf und ignorierte Sebastians beruhigende Hand auf meinem Oberschenkel. Ich war ungeduldig, ja und?

„Nee." Frieder schüttelte den Kopf. „Ich bin doch Friedhofswärter am Südfriedhof", nuschelte er in Richtung Teppich. Dann sah er auf. „Waren Sie schon mal da?"

„Was spielt das für eine Rolle?", fragte ich spitz. „Jeder Friedhof …"

„Es gibt einen Soldatenfriedhof dort." Er nickte so heftig, dass ihm das schüttere Haar herumflog. „Britische und deutsche Soldaten."

„Das ist uns bekannt." Sebastian griff nach einem frischen Glas und goss sich Wasser aus der Karaffe ein. „Mit einer Mauer drumherum, und an den Eingängen stehen links und rechts weiß getünchte Wachhäuschen. Ein Friedhof im Friedhof, wenn man so will."

„Ja, genau." Pomm hüstelte. „In den Häuschen liegen Kondolenzbücher. Halt einfach Bücher, in die jeder seine Gedanken und Gefühle schreiben kann. Nicht weit davon gibt es seit 1978 die Schule. Immer schon kamen Schüler in den Freistunden auf den Friedhof. Kann nicht sagen, dass sie randaliert hätten. Papa, äh, ich meine, mein Vater hat vor mir dort dieselbe Arbeit gemacht. Er hat sich nie beschwert. Kein Müll, keine Randale, nichts. Ist bis heute so. In der Sache benehmen sie sich."

„Aber sie schreiben Müll in die Bücher." Ich schlug ein Bein über das andere und hob einen Finger.

Frieder kratzte sich im Nacken. „Man kann da nichts machen. Die schlimmsten Sprüche und Zeichnungen reiße ich raus. Und wenn die Bücher voll sind, tausche ich sie gegen neue aus. Die alten werden im Keller der Friedhofsverwaltung eingelagert, aber dieses hier ..."

Er starrte zu dem Buch auf dem Glastisch, als wäre es giftig. „Ich hab' es schon vor Langem im Nachlass meines Vaters gefunden, also bei ihm zu Hause. Ist von 1988. Erst habe ich nicht verstanden, warum er es aufgehoben hat. So richtig verstehe ich das noch immer nicht." Er hob die Schultern. „Ich hab' was drin gelesen. Das meiste wieder vergessen. Aber als heute früh wieder die Nachricht in der Zeitung war, von dem Mord an Torsten Knüller, fiel mir ein, wo ich den Namen schon mal gelesen hatte."

„Gelesen?" Sebastian verengte die Augen. „In diesem Buch?"

„Ja." Frieder beugte sich vor, um das Buch mit spitzen Fingern in unsere Richtung zu schieben.

Ich fürchtete, er stünde bald wieder unten rum nackt da, aber diesmal hielt er das Frotteetuch fest. Mein Trockner piepste wie eine Sirene.

„Ihre Hose ist trocken." Ich taxierte ihn lange.

Mit dem Lendenschurz schwankte er in die Küche, wo ich die Spindtür offen gelassen hatte, damit er den Trockner fand. „Da ist ein Lesezeichen drin", rief er noch.

Sebastian klappte das Buch auf. Mit klitzekleiner Schrift war da ein Text auf eine Doppelseite gequetscht. Ich blinzelte angestrengt.

1988

Etwas Furchtbares wird passieren. Ich habe es gewusst, als es am Samstag anfing.

Vicky hat mich angesprochen. Viel haben wir uns nicht zu sagen. Wir sind ja keine Freundinnen oder so. Wir leben in verschiedenen Welten. Sie in einer, die sie regiert.

Immer, wenn ich denke, dass ich so sein will wie sie, kommt es mir wie Verrat vor.

Eigentlich will ich ich selbst bleiben. Aber sie hat es so leicht. Sie darf ohne Angst leben. Furcht ist was, was Vicky nicht kennt. Sie geht ihren Weg. Unbehelligt und unbeirrt. Das macht *ihnen* Angst.

Vorsichtig beäugen sie Viktorias Verweigerung.

Sie wird sich euch nicht unterwerfen!!!

Das will ich jedes Mal schreien. Aber natürlich halte ich den Mund, weil es besser ist, wenn sie vergessen, dass es mich gibt.

Sie fürchten sie, dabei geht keine Bedrohung von ihr aus. Wenn ich drüber nachdenke, liegt es daran, dass sie eine Außenstehende ist, die, so kommt es mir vor, auf das verrückte Treiben von uns anderen ziemlich eingebildet runter guckt. Sie gibt *ihnen* das Gefühl, ihr in Sachen Durchblick das Wasser nicht reichen zu können. Ich wünschte, sie würden *mich auch* in Ruhe lassen, aber Viktoria ist anders als ich. Ich bin so normal. Ich kann nicht wie Vicky sein. Und nie wird sie meine Freundin sein.

Und doch hat sich mich am Samstag angequatscht. Claudia und ich wollten zum Tanzen in den alten Wartesaal. In den New-Wave-Tempel, belagert von uns Normalos. Wir wollten nur einen Blick reinwerfen, in das, was man Subkultur nennt. Ich ahnte, dass ich Vicky dort treffen würde, aber was dann passierte, hätte ich mir nie vorgestellt. Ich sehe es noch immer wie einen Film vor mir, wenn ich die Augen schließe. Es war ja auch wie im Film.

Der warme Abend lässt mich unter dem dunklen engen Kleid bald mehr schwitzen als meine Neugierde. Zappelnd und mit vor Lachen gespannten Wangen rücke ich neben Claudia in der langen Schlange auf, die sich vor dem Eingang des Wartesaals gebildet hat. Schräg abgesetzt vom Bahnhofshaupteingang haben wir mit Reisenden hier nichts am Hut. Nur gelegentlich rumpelt ein Zug über uns hinweg, oben auf der Hohenzollernbrücke. Die Autos rauschen auf der Hauptstraße laut im Tunnel neben uns vorbei. Die Beleuchtung am Eingang des Tanztempels wirft blaurote Lichtstrahlen auf die erhitzten Gesichter der Wartenden, die ehrfurchtsvoll zu denjenigen rüber linsen, die immer rein und raus gehen, um Freunde zu begrüßen. Oder um draußen zu rauchen, obwohl es drinnen nicht verboten ist. Sie können das. Für die Türsteher gehören sie zum Inventar des Ladens.

Respektvoll begucken wir die, die gerade erst ankommen. Erhobenen Hauptes schreiten sie an der langen Schlange vorbei und grüßen die Türsteher mit einem Kopfnicken, wenn überhaupt. Sie werden vom lauten Dunkel verschluckt, als wären sie ein Teil von ihm. Das sind sie ja auch.

Obwohl ich mich freue, versuche ich krampfhaft, unsichtbar zu bleiben. Ich will mit der Masse verschmelzen. Mein Herz klopft mir bis zum Hals, denn ich habe sie schon vor einer Weile entdeckt. Alle vier. Torsten Knüller mit seiner Bea im Arm und Jürgen mit Silke werden nicht reingelassen. Der Türsteher schickt sie fort. Sie trollen sich, aber Torsten flucht und rotzt auf den Boden. Bea wirft seinen Arm von der Schulter und schreit, was für arrogante Arschlöcher das hier alles sind. Silke, in einem Tubetop, schlägt mit ihrer ordinären Stimme laut vor, stattdessen in die *Bhagwan* zu gehen. Die beiden

Mädels in der Reihe vor uns hören es und beratschlagen die Idee.

„Hier kommen wir ja sowieso nicht rein."

„Nee, lass doch. Wir sind ja gleich am Eingang. Dann sehen wir ja."

„Was meinst du?" Claudia schaut mich fragend an.

Wir gehen nicht auf dieselbe Schule. Das heißt, sie kennt die vier Ungeheuer da nicht. Sie zupft mich am Shirt. Aber ich will nicht in die *Bhagwan*. Jetzt noch weniger, weil ich weiß, dass die dorthin gehen werden. Das Schönste wird sein, die gehen auf die Ringe und tanzen bei der Sekte und ich und Claudi würden hier reingelassen werden. Weil dann sicher ist, dass ich in Frieden meinen Spaß habe. Ich habe selten genug Spaß, obwohl sie mich nicht so zermürbt haben, dass ich mich wegsperren will. Immer noch finde ich Trost und Kraft in Gott.

Wieder rücken wir auf. Aus dem Inneren, die Türen stehen weit offen, dröhnt der Bass eines finsteren dunklen Songs. Eine raue Frauenstimme singt auf Englisch von unserer Dunkelheit.

Our darkness. Ich kenne das Lied nicht. Ich höre nur: *doubting all the time, fearing all the time.* Zweifeln und fürchten. Zweifel und Furcht. All diese Lieder, Viktorias Lieder, sprechen von Zweifel, die ich gar nicht kenne. Ich bin in die geborgene Sicherheit Gottes geboren. Aber Furcht kenne ich. Trotzdem ist sie kein Grund, den Herrn infrage zu stellen. Auch jetzt nicht. Ich will nur tanzen. Am liebsten hier im Wartesaal, es wird sich zeigen, ob wir …

Und da kommt sie. Da läuft Viktoria. Ich halte den Atem an. Wenn mir das, was sie in der Schule anzieht, ungewöhnlich vorkommt, was ist das denn jetzt? Das rotgoldene lockige Haar ist mit Silberspangen zu einem komplizierten Konstrukt getürmt. Sie trägt ein knallenges, schwarzes Kleid und nietenverzierte, schwarze, so spitze

Schuhe, dass sie sich in der Schule allenfalls darüber lustig machen würden, dass Vicky dafür einen Waffenschein braucht. Mehr trauen sie sich nicht. Ihr langer, dünner, schwarzer Mantel, der mit silbernen Blumen bestickt ist, weht offen hinter ihr her, bis sie bei einer Gruppe dunkel gekleideter Menschen neben dem Eingang eintrifft. Bis sie mit denen eine Symbiose eingeht, indem sich die Gruppe öffnet und sie aufnimmt.

Claudia und ich rücken auf. Wir stehen jetzt bei Torstens Clique, die noch immer rauchend schimpft und überlegt, wohin, was zu tun ist, um den Abend zu retten. Ich stehe so, dass sie mein Gesicht nicht sehen können.

Tainted Love. Das Lied fließt zu uns hinaus. Marc Almond umhüllt uns mit anklagenden Worten über eine enttäuschte Liebe. Darein nölt Bea und verzieht ihr kindliches Gesicht zu einer scheußlichen Grimasse. Torsten legt einen Arm um ihre Taille, aber sein Blick ist schon bei der Gruppe, in der Vicky steht und sich eine Zigarette anzündet, die sie zuvor in eine fingerlange Perlmuttspitze geschoben hat.

„Ey, Vicky!", ruft er.

In Vickys Clique rucken alle zu ihm herum. Typen mit ausrasiertem Nacken und Schläfen, deren Deckhaar kunstvoll mit Haarspray nach oben gestapelt und fixiert wurde. Jungs in blütenweißen Rüschenhemden und schwarzen ausgelatschten spitzen Schuhen. Ein blasser großer Kerl ist dabei, dessen steingrauer Blick Torsten eigentlich verbrennen müssten.

Ich bin gespannt, was Vicky sagt, und linse wachsam an Claudias Rücken vorbei.

Die Königin hebt fragend eine schmale, mit schwarzem Brauenstift katzig gemalte Braue. „Was?"

Torsten versucht, auf cool zu machen. Trotzdem will er um etwas bitten und weiß nicht recht, wie er beides miteinander vereinbaren soll. Mit schäbigem Charme grinst er schief. Beide Hände hat er in die Taschen seiner Lederjacke versenkt. „Weißt du, wie wir hier reinkommen?"

Das war das Mindeste. Niemals würde er sie direkt bitten. Der Typ neben Vicky hebt seine Oberlippe wie Billy Idol. Der Grauäugige reagiert gar nicht. Er guckt nur steinern, bis er sich seine schwarze Haartolle aus der Stirn schiebt und auf eine Weise wegsieht, die ausdrückt, Torsten und die anderen wären der Mühe nicht wert, sie überhaupt nur zur Kenntnis zu nehmen. Alle wenden sich ab, reden miteinander. Ein verächtliches Kopfzucken zu Torsten.

Deshalb, denke ich in diesem Augenblick. *Genau deshalb lassen sie sie in der Schule in Ruhe. Sie gehört zu etwas Größerem.*

Drei Personen lösen sich und streben dem Eingang zu. Ein gutaussehender Typ nimmt Vickys, in fingerlosen schwarzen Spitzenhandschuhen steckende Hand. Sie lässt den Blick über Torsten und seine Crew fliegen. Dann über alle in der Schlange stehenden, bis sie bei mir Halt macht. Kurz weiten sich ihre Augen überrascht. Ihr Blick klebt auf mir.

Ich fühle, mein Herz schneller schlagen. Eine Weile denke ich, sie würde nichts sagen. Ich fixiere nur das aufgemalte Schönheitsmal in ihrem perfekt geschminkten Gesicht. Doch dann sagt sie doch etwas. Mit einer Stimme wie aus einem Traum, samten und kalt zugleich sagt sie: „Ihr wollt hier rein?"

Ich fühle mein Nicken und den aufgeregt fragenden Blick Claudias.

„Okay, dann kommt." Vickys behandschuhte Hand streift mich kurz am Oberarm und fordert mich auf, aus der Reihe zu treten.

An Torsten und den anderen vorbei folgen wir der Göttin zum Eingang. Nicht einmal reden muss Vicky mit dem Türsteher, wir gehen einfach an dem Mann vorbei. Dabei fühle ich, wie sich die Blicke der anderen in meinen Rücken bohren.

Dafür werde ich bezahlen müssen. Aber ich will nicht daran denken.

Aus den Boxen dröhnt *Relax.*

Das war was. Ein echt verrückter Abend und eine lange Nacht. Aber heute, am Montag, werde ich dafür bezahlen. Wieder werden sie sich etwas Widerwärtiges ausdenken. Torsten Knüller, der echt kein Knüller ist. Wirklich nicht. Ich denke oft daran, dass er total nett war, als ich ihn mal allein im *Stüssgen* getroffen habe. Ich verstehe nicht, warum sie anders werden, wenn sie zusammen sind. Ob es an den Zuschauern liegt?

Aber am schlimmsten sind die Freundinnen. Beatrix und Silke. Wenn sie mich nur in Frieden ließen.

Jetzt

Das war alles. Wir blätterten noch ein bisschen in dem Buch, fanden ein paar Gedichte in derselben Handschrift und weniger ausführliche Texte über Angst und Hoffnung, Gebete und Blumen. Wir hatten nicht mitgekriegt, dass Frieder zurück in den Raum geschlichen war. Wieder mit der eigenen Hose hockte er im Zweisitzer, machte ein bedröppeltes Gesicht und klammerte sich an ein Wasserglas.

„Mobbing." Sebastian saß regungslos da.

„Das würde den Mord in der Schule erklären", schlussfolgerte ich. „Vielleicht haben sie sie mal in ein Schließfach gesperrt."

Sebastian musterte mich so rätselhaft, als überlegte er, ob ich Mobbingerfahrung gemacht hatte.

Ich winkte heftig ab. „Das hätte sich niemals jemand gewagt."

Als Teenager war es praktisch gewesen, einen Namen wie Bracco, drei Brüder und eine Menge sizilianischer Cousins zu haben. Aber ich hatte meine Schulzeit nicht auf dem Mars zugebracht. Erlebt hatte ich durchaus, was andere getan und wiederum andere erduldet hatten. Gestalten wie diese mysteriöse Viktoria waren mir nicht fremd, auf andere Art war ich eine wie sie gewesen. Wir gehörten nie dazu, waren aber Unberührbare. Viel hatte sich bis heute nicht daran geändert.

„Herr Pomm", sagte Sebastian. „Ich würde Sie gern nach Hause fahren."

„Hat ... äh, hilft Ihnen das?"

„Das wird sich zeigen."

„Ich geh' aber noch mal aufs Klo." Er guckte mich fragend an, und ich nickte gnädig.

Als er ins Bad gestelzt war, zischte Sebastian: „Sag mir nur, warum du Davide angerufen hast."

„Was?" Ich riss die Augen auf.

„Du hättest dich als Polizistin zu erkennen geben können. Spätestens als die Tiere betäubt waren."

„Sebastian, hast du eine Ahnung, welchen Papierkrieg ich uns erspart habe?" Ich stand auf und stemmte die Fäuste in die Taille. „So, wie es jetzt gelaufen ist, wird nichts darüber in der Zeitung stehen. Niemand spricht darüber. Du bist nur eifersüchtig."

„Ich?" Er zeigte sich knapp auf die Brust.

Ich merkte, wie ungerecht ich reagierte, weil ich das Gespräch nicht führen wollte. Dabei könnte ich zugeben, aus Furcht vor Svetlana so überstürzt reagiert zu haben, ohne den nächtlichen Anruf zu erwähnen. „Okay, ich habe falsch reagiert", versuchte ich, die Wogen zu glätten. „Tut mir leid."

Er schraubte sich hoch, um mich in den Arm zu nehmen. Die Klospülung rauschte, dann der Wasserhahn, dann stand Frieder im Türrahmen. „Ich geh' dann jetzt."

„Sind Sie sicher, dass Sie nicht gefahren werden wollen?" Sebastian sah ihn freundlich an.

„Machen Sie … äh, nein. Schon gut. Ich weiß ja nicht, ob ich Ihnen helfen konnte, aber … Ich gehe."

Machen Sie das, dachte ich, derweil ich ihn krampfhaft anstrahlte. Kaum war er raus, legte ich eine Hand auf Sebastians Oberschenkel und redete drauf los. „Keine Ahnung, warum ich so Angst hatte. Ich …"

„Ich war nur verwundert", unterbrach er mich. „Weil ich dachte, dass du es nicht magst, Hilfe von einem deiner Brüder zu bekommen."

„Stimmt so ja nicht." Ich ließ mich ins Sofa fallen. „Ich mag es nicht, wenn Lorenzo sich wie ein Bodyguard aufführt. Mit Davide komme ich zurecht."

„Du musst mir beizeiten erklären, woher dieser eher krasse Beschützerinstinkt Lorenzos kommt." Er breitete die Hände aus. „Damit, dass ihr Italiener seid, kann das nicht erklärt werden. Es ist extrem."

„Nein." Ich rieb mir das Gesicht. „Damit hat es nichts zu tun. Es ist … doch, ein wenig vielleicht. Als wir Kinder waren, hat er auch immer auf mich aufgepasst. Ich bin mal in einer Geisterbahn verunglückt, und Lorenzo Bracco sei Dank war die gesamte Feuerwehr und alle RTWs von Florenz auf dem Kirmesplatz." Die Erinnerung brachte mich zum Lachen. „Nicht wirklich", schränkte ich ein. „Aber es hatte so ausgesehen. Mir war das schrecklich peinlich."

„Was ist es dann?"

„Es ist schwer, zu erklären."

Vor allem war es eine lange Geschichte. Eine, die ich jetzt nicht erzählen wollte, weil ich fürchtete, Sebastian zu viel zugedrückte Augen abzuverlangen. Ich entschied mich für eine entschärfte Kurzform. „Lorenzo hat seit der Schulzeit zwei enge Freunde", fing ich an. „Tiziano und Cherubino. Als wir Teenager waren … also, ich bin ja jünger, und ich war vierzehn, da ist den beiden anderen etwas passiert. Es ist zu kompliziert, um es jetzt zu erzählen, aber in unserem Bekanntenkreis, dem meiner Eltern, gab es einen Staatsanwalt, der gegen die organisierte Kriminalität ermittelte. Da gab es Beweise und einen Capo, der …" Ich breitete die Hände zu einer resignierten Geste aus. „Es gab Gewalt. Nicht gegen mich oder Lorenzo, aber so nah an uns dran, dass es uns traumatisiert hatte."

Es ihm schien vorerst zu genügen. Sebastian legte den Arm um mich, küsste mich auf die Stirn und ließ mich wieder los. „Auf der Schülerliste aus dem Jahrgang der Opfer haben wir einen Jonas Richter, einen Jonas Schullenbuch und eine Viktoria Selig ausgemacht. Die aktuellen Anschriften haben wir noch nicht."

Er war großartig. Ich hätte ihn dafür küssen können, dass er nicht insistierte. Sofort sprang ich auf den Themenwechsel an. „Das muss die Viktoria aus dem Buch sein." Lily sprang aufs Sofa, kletterte über meine Beine und zwängte sich zwischen uns. „Aber kann es das sein, Sebastian? Es ist so lange her."

„Das ist richtig, aber wir haben bisher nichts anderes. Zwei tote Männer und beide gehörten damals zu einer miesen Clique. Was es glaubhaft macht, ist die Tatsache, dass Jürgen Junker und Torsten Knüller, die Toten, nach der Schule keinen Kontakt mehr hatten." Er streichelte Lily lächelnd über das samtene Fell. „Wenn wir mit einem der Klassenkameraden sprechen können, sehen wir weiter. Am besten mit dieser Viktoria, denn ich gehe jede Wette ein, dass sie sich daran erinnert."

„In der Geschichte, die wir in dem Kondolenzbuch gelesen haben, kam kein Jonas vor", zweifelte ich.

„Das ist richtig, Nell. Eventuell ist jener Jonas in der Bar auch nur ein Zeuge? Katharina war mit einem unserer Phantombildzeichner beim Barkeeper, Schrägstrich Bergungstaucher."

Lily macht sich auf Sebastians Schoß breit und fusselte seine Hose voll.

„Mit welchem?", fragte ich. „Ich meine, wenn es Dirk ist, wird es wenig nützen."

Auf den Zeichnungen von Dirk sahen Männer alle aus wie Frettchen und die Frauen wie seine Verflossene, die er nicht vergessen konnte.

„Das weiß ich nicht." Sebastian feixte. „Hoffen wir das Beste."

*

Sebastian und ich zwängte uns Lily zuliebe auf die kleine Polyrattanbank unter dem Fenster neben der Balkontür. In die Lambswooldecke gekuschelt döste ich gelegentlich ein, derweil er arbeitet. Die Verfolgung im Zoo setzte mir noch zu. Unter halb geschlossenen Lidern sah ich ihm zu, wie er die Ergebnisse unseres vorherigen Gedankenaustausches in seinen Block notierte und dabei eine Zigarette rauchte.

Hinsichtlich der Identität des Mobbingopfers waren wir keinen Schritt weiter. Wir stellten uns darauf ein, eine Reihe ehemalige Schüler befragen zu müssen. Wir brauchten reichlich Geschichten von damals. Namen, Personen, um eine Ahnung davon zu bekommen, wer auf die Idee gekommen war, nach so vielen Jahren einen Rachefeldzug zu führen.

Falls wir richtig lagen, schwebten die Witwe und Silke Schwarz in Lebensgefahr. Ich war überzeugt, dass sie guten Grund hätten, mit uns zu reden, und fragte mich, weshalb sie es nicht taten. Entweder begriffen sie den Zusammenhang zwischen den Morden und ihrem Mobbingverhalten von früher nicht, oder ihr Schamgefühl war derart hoch, dass sie die Ereignisse aus ihrer Jugend verdrängt haben. Dabei schien das Mobbing eine umfangreiche Sache gewesen zu sein. Die Clique gewalttätig genug, dass es den anderen Schülern nicht verborgen geblieben sein dürfte.

Ich war zu müde, um all diese Gedanken ausführlich mit Sebastian zu teilen, und brummte gelegentlich Stichwörter. „Aber wie passt der zweite, scheinbar jüngere Tatbeteiligte …" Ich stöhnte. „Und wieso jetzt? So lange nach der Schulzeit. Ist ja eine Ewigkeit her."

Er vollendete meine halben Sätze und drückte die Zigarette im Aschenbecher auf dem Tischchen aus. „Vermutlich ist die zweite Frage beantwortet, wenn wir das Rätsel der ersten Frage lösen."

„Vielleicht", ich gähnte, „tauchen ja morgen früh auf der Bestattung ehemalige Klassenkameraden auf."

Er lehnte sich zurück, und ich kuschelte mich enger an ihn.

„Ich habe immer Schwierigkeiten damit, Witwen auf Beerdigungen zu bedrängen." Er seufzte.

Ich lachte auf. „Das klingt, als würdest du Witwen Avancen machen. Wir stehen da doch nur diskret herum und gucken."

„Ich weiß." Er küsste mich auf die Stirn und machte Anstalten, aufzustehen. „Ich muss heim, Nell."

„Warum denn?", brummte ich.

„Ich habe nicht die richtige Garderobe für eine Bestattung bei dir." Er stand schon und mein Kopf sank auf die Sitzfläche der kleinen Balkonbank.

„Okay", sagte ich und schlief sofort ein.

Beatrix

Am Morgen des nächsten Tages stellte Beatrix in der Bäckerei die Einkaufstaschen links und rechts neben ihre Füße, kramte in ihrer Umhängetasche nach der Geldbörse und hoffte, bald dranzukommen. Nichts sehnte sie mehr herbei, als heimzugehen. Die Trauer um Torsten, der in wenigen Stunden bestattet werden würde, fing an, sich zu einem dumpfen Ton im Hinterkopf abzuschwächen. Etwas, womit sie klarkäme, wenn da nicht permanent eine Stichflamme hochschießen würde, die sie sich nicht erklären konnte. Die Flamme fühlte sich nach Angst an.

Die zuckrige Luft hier im Laden verursachte ihr leichte Übelkeit. Früher hatte er ihren Appetit angeregt. Damals, als sie vor der Schule hier eingefallen und nach Negerkussbrötchen verlangt hatten, die sie mit dem Geld bezahlten, das sie ihren Eltern aus dem Portemonnaie geklaut hatten. Wie die Zigaretten. Und die Gummis. Und die …

Verdutzt sah sie sich um. Die Leute rückten näher zusammen und tuschelten. Eine Blondine stieß einen zischenden Laut aus und riss die Hand vor den Mund, die Augen weit aufgerissen. Eine Nachbarin, Simone Mertens, drehte sich zu Bea um. *Simone?* Bea hatte sie zuvor gar nicht wahrgenommen.

„Bea, der Jürgen, der war doch auch in eurer Clique, oder?"

Irritiert drehte Bea an ihrem Silberarmband. „Jürgen? Den Junker, meinst du?"

Warum? Was ist an dem interessant?

„Ja, so hieß der." Simone nickte mehrfach.

Alle sahen Beatrix an. Die Bäckereifachverkäuferin legte die Tüte mit den Brötchen auf den Tresen, da die dazugehörige Kundin keine Anstalten machte, sie anzunehmen. Beatrix versuchte einen Schritt rückwärts. Eine ihrer Einkaufstaschen fiel um. Ein Apfel kullerte raus und rollte gegen den schwarzen Lackpump einer anderen Kundin.

„Warum denn?", bekam Bea halbwegs verärgert raus. *Was wollten die alle von ihr?* „Ich hab' den ewig nicht gesehen. Der wohnt jetzt in Lindental." Ihr wurde bewusst, wie albern das klang. Lindental war nur ein Stadtteil von Köln. Kein Ressort in Feuerland-Mitte.

„Man hat …", meldet sich die Frau mit den Lackpumps zu Wort, während sie den Apfel aufklaubte. „Man hat in der Schule eine übel zugerichtete Leiche gefunden." Sie streckte Beatrix den Apfel hin, den sie mechanisch annahm und oben in die Tüte legte.

„Wo?"

„In einem Schließfach."

Beatrix blinzelte. „Was hat der Jürgen damit zu tun?"

„Der ist die Leiche", meinte Simone lauernd, als erwarte sie eine besondere Reaktion von Beatrix. „Der war doch der beste Kumpel von Torsten. Damals, in der Schule", schob sie nach.

Eine Weile stand Beatrix starr. Dann schaffte sie es, nach den Tragegriffen der Taschen zu angeln, ohne die starrende Meute aus den Augen zu lassen. Die Haut wurde ihr zu eng. Sie wirbelte herum, der blöde Apfel fiel wieder aus dem übervollen Beutel, aber das merkte sie nicht. Sie rannte. Die Taschen schlugen ihr schmerzvoll gegen die Beine, die umgehängte Handtasche flog immer ein Stück hoch und landete hart auf ihrem Bauch.

Mit jedem Schritt schneller hetzte Bea an der Bahnendhaltestelle vorbei, glitt fast auf dem feuchten Laub aus, das den Beginn ihrer Straße markierte, deren Häuser gegenüber der Friedhofsmauer im morgendlichen Herbstdunkel lagen.

Sie stellte die Taschen ab, ohne sich darum zu scheren, dass sie umfielen. Kramte nach dem Hausschlüssel, fand ihn. Verfehlte das Schloss mehrfach, schaffte es dann, die Tür aufzustoßen, und ließ sich vom sicheren Inneren ihres Hauses verschlucken, ohne die Einkäufe mit reinzunehmen. Schwitzend sank sie auf einen Küchenstuhl. Löste den Schal, den sie auf den Tisch legte. Ihre Hände zitterten.

Jürgen tot? Krampfhaft versuchte sie, sein Gesicht zu visualisieren, kam aber immer nur bei dem Jungengesicht von damals raus.

„Im Schließfach", wisperte sie. Sie musste Silke anrufen. Aber nicht jetzt. Nicht jetzt. Zuerst musste sie die Einkäufe reinholen. Ächzend stemmte sie sich hoch, hatte beinahe die Tür erreicht, als sie unmittelbar dahinter Geräusche hörte. Ihr Herz wummerte ihr bis in den Hals hinein, doch es klapperte nur der Briefkastenschlitz. Sie atmete auf. Vorsichtig öffnete die Tür, lugte hinaus und sah noch die Rückenansicht eines Mannes, der Werbung in den Kasten des Nachbarhauses stopfte. Ohne den Burschen aus den Augen zu lassen, rupfte sie den Flyer aus ihrem Kasten. Der Mann wandte sich um, lächelte und winkte. Mechanisch winkte sie zurück. Warf einen Blick auf den Flyer.

Loslassen, Fortgeben - Perspektiven ohne die Last der Vergangenheit.

„Was?", stieß sie aus.

„Tolle Sache, das!", rief der Austräger. „Give it away!" Er kam näher. „Ich weiß, es klingt wie ein uralter Song von den Red Hot Chili Peppers." Er lachte. „Aber es der Name des Konzeptes."

Bea lächelte verkrampft. Auch wenn sie das Konzept nur ahnte, stieß es einen Impuls an, der seit Torstens Tod in ihr lauerte. „Wo ist das denn?"

„Immer mal woanders. Diesmal findet das Seminar in Brandenburg an der Havel statt. Direkt am Wasser. Die Details stehen drin."

Sie betrachtete den Prospekt. In Brandenburg an der Havel lag ihr neues Hausboot. Das Scheißding, dessentwegen sie keinen Wintergarten bekommen hatte. Die Gegend, die Insel, die auf der Vorderseite abgebildet war, kam ihr leidlich bekannt vor. Oberhalb der abgelichteten Baumwipfel strahlte sie das Antlitz eines vertrockneten mageren Burschen an, der anscheinend ein wallendes Oberteil anhatte. Das graue, schulterlange Haar hatte er hinter die Ohren gestrichen. Die Augen torfbraun. Warm. Freundlich. Ein Versprechen.

„Muss weiter!", rief der Austräger und sprintete davon.

*

Hoffentlich fiel es Beatrix Knüller nicht auf, dass er die Briefkästen der meisten Häuser nicht mit der Werbung bestückte. Er hatte nur drei Flyer des Achtbarkeitskurses eingesteckt. Der Witz war ja, dass der Kurs tatsächlich stattfand. Erfunden hatten sie den so wenig wie den Life-Coach, der ihn leitete.

Diskret schaute er über die Schulter zu Beatrix Haus. Sie war wieder im Inneren verschwunden. In der Küche knipste sie das Licht an, das in die Morgendämmerung strahlte. Er lief schneller, bis er um die Ecke gebogen war und vor dem Haupteingang zum Friedhof stehen blieb. Aus der linken Tasche seiner Cargohose holte er das Smartphone. Tippte einen Kontakt, lauschte dem

Freizeichen und sagte dann: „Alles klar. Den Flyer hat sie. Wo bist du jetzt?"

„In Potsdam", gab die Stimme am anderen Ende zurück.

„Schon? Vor der Beerdigung wird sie nicht kommen. Wenn sie überhaupt hinfährt."

Er kickte eine Kastanie über den Bordstein.

„Sie fährt. Es ist eine Einladung. Ihr Hausboot liegt nicht weit von dort auf einem Mietplatz. Sie wird wegwollen. Sobald sie von Jürgens Tod hört, wird ihr klar, was es bedeutet, und dann wird sie von hier verschwinden wollen."

Nelly

Ich schaffte es, nicht zu verschlafen, und schwang dynamisch aus dem Bett. Die Nacht war wundervoll gewesen. Obwohl man hätte meinen können, mein Bein würde wegen der Anstrengung im Zoo schmerzen, hatte es mich in Frieden gelassen. Wann der Nerv mich peinigte und wann er still blieb, war ein ewiges Rätsel, das zu lösen sich nicht einmal Neurologen imstande sahen.

Wild vergnügt tänzelte ich unter die Dusche, schrubbte mich mit einem Body-Peeling ab, und während ich mir Augenpflegepads unter die Augen pappte, entschied ich, ein dunkelgraues Kostüm anzuziehen. Immer noch Carolas elegante Erscheinung vor Augen, wollte ich unbedingt mit ihr mithalten. Ich steckte sogar die Haare hoch, was meinem Gesicht tiefe Ernsthaftigkeit verlieh.

In Unterwäsche und Schluppenbluse wühlte ich in der Schublade nach Nylons, ohne zu wissen, ob ich noch welche besaß. Erleichtert zog ich eine neue Packung halterlose Strümpfe heraus, packte sie aus und streifte sie unfallfrei über. Ich warf einen Blick auf die kleine goldene Armbanduhr, die ich mir eben um das Handgelenk gebunden hatte und konstatierte, dass ich gut in der Zeit war.

Nur flüchtig schaute ich aus dem Fenster und stutzte. Mit dem mageren Jüngling in übergroßen Klamotten, Hoodie und Schlabberjeans, der an der gegenüberliegenden Hausfassade entlang schlich, hatte ich mich schon einmal angelegt. Er warf den Kopf hin und her. Unter den Erdgeschossfenstern nahm er seinen Rucksack ab und wühlte darin herum.

„Nein, mein Junge", zischte ich und ließ den Store los. „Du sprühst nicht."

Wenn das Gekritzel wenigstens ansprechend wäre oder eine vernünftige Aussage hätte, würde ich ihn sprayen lassen. Aber seine Arbeit war dilettantisch. Ich sperrte Lily ins Schlafzimmer und rannte los. Bis ich draußen war, hatte er in beiden Händen, was er gesucht hatte.

„Stopp!", rief ich gestikulierend. „Wenn du nicht willst, dass ich wieder die Polizei rufe!"

Zuerst schien er mich nicht zu erkennen, doch dann richtete er sich mit panisch geweiteten Augen auf. In beiden Händen je eine Sprühdose stammelte er: „Ich... ich... mach' ... doch gar nichts."

„Nicht? Es sieht aber so aus." Ich verschränkte die Arme vor der Brust, während er auf der Suche nach einer Erklärung dafür war, dass er mit zwei Lacksprühdosen auf der Straße herumstand, zu Füßen der Rucksack. Einer Ausführung, in der Vandalismus und Graffiti nicht vorkamen. Er schien eine Idee zu haben. Unvermittelt fing er zu tanzen an.

Irritiert guckte ich ihm dabei zu, wie er, ohne Musik, Discofoxschritte tänzelte. Ekstatisch schüttelte er die Dosen. Die darin befindlichen Kugeln klapperten wie Kastagnetten. „Ich wollte", keuchte er atemlos, „nur für Sie", klapper, klapper, klapper, „ein Ständchen aufführen." Er drehte sich klappernd einmal um die Achse. „Um Ihnen eine Freude zu machen."

Ich verengte die Augen. Die nächstgelegene Haustür öffnete sich und ein Nachbar, Herr Klein, trat heraus. Mit Aktentasche im Anzug, den Autoschlüssel in der Hand guckte er mich seltsam an. „Guten Morgen Frau Bracco."

Oh, verdammt! Zwar trug ich die Bluse, doch unten rum nur Slip und halterlose Strümpfe. Mit gekreuzten Armen über der Schluppenbluse wurde ich bleich. Rief: „Morgen!" Und raste ins Haus.

Zurück im Schlafzimmer vergeudete ich Zeit damit, mich über meine Impulsivität zu ärgern. Hastig schnappte ich mir den Rock vom Bügel und stieg hinein. Die Selbstvorwürfe gerieten in den Hintergrund, als ich befriedigt feststellte, dass der Rock noch passte. Lächelnd schaute ich aus dem Fenster. Der Sprayer war weg. Barfuß drehte ich mich vor dem großen Spiegel in der Kleiderschranktür und gestand mir zu, eine verdammt gute Figur zu haben. Ich war klein. Das war nicht zu ändern. Aber meine recht kräftigen Beine hatten enorm schmale Fesseln, meine Waden waren muskulös, meine Taille die klassische Wespentaille, die durch den nicht eben mickrigen Busen noch schmaler wirkte. Das kleine Bäuchlein kippte nur nach vorne, wenn ich saß. Auf dem Friedhof würde ich einfach nicht sitzen.

Zufrieden stand ich kurz darauf vor dem Schuhschrank und ließ die Blicke über die Reihen flacher Schuhe gleiten. Darüber, im obersten Fach, glänzte das schwarze Paar Dolce & Gabbana Pumps, das ich zu Papas Beerdigung getragen hatte. Ultraspitz und enorm hoch, aber er war gestorben, bevor man mir ins Bein geschossen hatte. Auf ewig zu flachen Schuhen verdammt? Ob ich es wagen sollte? Vor lauter Angst davor, dass ich es mir anders überlegen würde, riss ich die Schuhe aus dem Regal, stellte sie vor mich und glitt mit den Füßen hinein. Es sah hinreißend aus. Es waren berauschend schöne Schuhe, die mich aber sofort kniffen.

So aufgestylt hockte ich mich aufs Bett, um auf Sebastian zu warten, denn darauf zu gehen würde eine Herausforderung werden. Keine halbe Stunde später hörte ich den Motor seines Wagens. Ich federte hoch, schwang mir den taillierten Blazer über, schnappte nach der schwarzen Lederhandtasche und stakste hinaus. Ich bekam es hin, die vier Schritte von meiner Haustür bis in seinen Wagen königlich zu schreiten. Sebastian so überrascht dreinblicken zu sehen, beseelte mich, doch warum lauerte hinter der Bewunderung dieses jungenhafte Grinsen? Ich glitt auf den Beifahrersitz, die Tasche auf dem Schoß, ließ mich zur Begrüßung küssen und schwieg.

„Du siehst bezaubernd aus, Nelly", sagte er weich und fuhr an. Ein warmes Gefühl breitete sich in mir aus. Mein Blick huschte zu ihm hin. Grinste er? Oder bildete ich mir das nur ein?

„Danke." Ich streckte den Rücken. Diese Art Klamotten war entsetzlich unbequem.

Wir kamen prima voran und unterwegs berichtete Maurice uns über die Freisprechanlage, was Katharina bei der Befragung von weiteren Nachbarn und Freunden der beiden Opfer in Erfahrung gebracht hatte. Es war zu wenig, als dass wir etwas damit anfangen konnten. Die beste Freundin Beas schien Silke zu sein, und die mauerte. Dass sie bei den befragten Nachbarn unbeliebt war, wunderte mich nicht.

Über Jürgen Junker gab es noch weniger zu sagen. Seine geschiedene Ehefrau würden wir via Skype bitten müssen, mit uns zu reden, da sie in den USA lebte. Zwar war er in einem Tennisclub, hatte sich da aber immer seltener sehen lassen. Unter der Hand tuschelte man über sein Alkoholproblem. Ein weibliches Mitglied des Vereins hatte geseufzt, dass er unglücklich verliebt gewesen sei, konnte jedoch nicht sagen, in wen. „Von den ehemaligen Klassenkameraden haben wir nicht viele ausfindig gemacht. Umgezogen, verheiratet et cetera", schloss Maurice. „Die wenigen, die wir gefragt haben, waren sich bloß einig, dass Silke, Jürgen, Torsten und Beatrix eine Clique waren."

„Waren Silke und Jürgen ein Paar?", fragte Sebastian, während er nach einem Seitenblick links abbog. Wir rauschten die Rheinuferstraße entlang, passierten gerade die Bastei.

„Soviel ich weiß nicht", presste Maurice in einem Ton hervor, der mir sagte, dass er die Zeugen nicht danach gefragt hatte. Maurice redete gleich weiter. „Da gibt es noch eine Sonia Diefenbach, die wir gestern nicht erreichen konnten. Sie besitzt ein Schuhgeschäft, das auf eurem Weg liegt. Ich dachte, ihr fahrt auf dem Weg dort hin?"

„Sicher", sagte Sebastian. „Gib mir die Anschrift."

Ich tippte die Adresse ins Navi. „Sieht ja nicht vielversprechend aus", maulte ich dabei. Der morgendliche Berufsverkehr war schon durch, und auf dem Weg nach Zollstock gab es keine Baustellen, was für Köln nahezu ein Wunder war. Wir brauchten die Mobbing-Geschichte und einige Namen. „Das Phantombild", sagte ich. „Wollen wir es veröffentlichen?"

„Tja, äh …"

„Dirk hat es gemacht", stellte ich fest.

Sebastian gab nur ein zustimmendes Geräusch von sich, das ein wenig nach Resignation klang.

„Wie sieht es mit Polizeischutz für Beatrix und Silke aus?", fragte ich.

„Das machen wir von ihrer Kooperationsbereitschaft abhängig."

„Okay."

Es war noch immer möglich, dass wir uns irrten, und die Morde – so unwahrscheinlich es war –, nichts mit den Ereignissen in der Schulzeit der Opfer zu tun hatten.

Als Sebastian das Auto vor dem Schuhgeschäft von Frau Diefenbach abstellte, sperrte sie den Laden gerade auf. Sie streifte uns mit einem Blick, drehte sich dann aber um, um wieder rein zu marschieren. Nun, sie kannte uns nicht, also brachte sie uns nicht mit sich in Zusammenhang.

Ich löste den Sicherheitsgurt und hatte bereits die Tür in der Hand, als Sebastian mir eine Hand aufs Bein legte. „Warte."

„Was ist denn?"

„Klapp mal den Spiegel runter."

Ich klappte den Spiegel runter und schob die Blende auf Seite. Beim Anblick meines Spiegelbildes wurde ich krebsrot. „Ach, Mann!"

Zärtlich zupfte er mir die Augenpflegepads aus dem Gesicht, rollte sie zusammen und packte ein Papiertaschentuch darum.

„Warum lässt du mich so rumlaufen?", entrüstete ich mich.

„Beruhige dich, Nelly. Du siehst umwerfend aus."

Ich stieg aus dem Wagen, rief aber in die Fahrgastzelle: „Mit weißen Pads unter den Augen?" Zornig schmiss ich die Tür zu und stöckelte so dynamisch in den Laden, dass ich befürchtete, die dünnen Absätze würden abbrechen.

Frau Diefenbach hinter dem Kassentresen damit befasst, etwas aufzuschreiben, schaute auf. „Guten Morgen", sagte sie strahlend.

„Guten Morgen", gab Sebastian zurück und hielt ihr seinen Polizeiausweis hin. „Avrenberg und Bracco. Hätten Sie einen Moment Zeit?"

„Sind Sie vom FBI?" In ihren weit aufgerissenen blauen Augen funkelte etwas, das mir flüsterte, dass sie sich über uns lustig machte.

„Wie kommen Sie denn darauf?", blaffte ich sie an.

Mit dem Kinn zuckte sie zu uns rüber. „Na, weil Sie so angezogen sind. Men in Black und so."

„Ja, sicher", sagte ich schmal. „Ich bin ein Mann und wir jagen Aliens. Nein, wir sind von der Mordkommission."

„Ja, dachte ich mir." Die schlanke Frau kam um den Tresen herum und deutete auf die Bänkchen, auf denen Kunden Schuhe anprobierten. Dankbar sank ich nieder. Sebastian aber blieb stehen. „*Warum* dachten Sie sich das?", fragte er.

Sie hob die Schultern und zog sich einen Hocker herbei, auf den sie sich setzte. „Torsten ist ermordet worden. Und dass es Jürgen erwischt hat, steht zwar nicht in der Zeitung, aber wir haben hier ein prima funktionierendes Klatschblatt." Sie zeigte zum Fenster, hinter dem ich eine dickliche, ältere Dame in Kittelschürze ausmachte, die mit einem Besen um unser Auto herum fegte und dabei verstohlene Blick ins Ladeninnere warf.

„Ich kann Ihnen aber nicht viel sagen." Frau Diefenbach beugte sich vor. „Wahnsinnig schöne Schuhe", stellte sie mit Blick auf meine Füße fest.

„Wir wissen inzwischen, dass Beatrix, Torsten, Silke und Jürgen in der Schule unzertrennlich waren", fing Sebastian an. „Waren Silke und Jürgen ein Paar?"

Sie lachte hellauf. „Im Leben nicht."

„Kommt mir eigenartig vor", sagte ich und erinnerte mich daran, dass Jürgen Junker angeblich unglücklich verliebt gewesen war. Vielleicht schon seit Schulzeiten? „Hatten Sie den Eindruck, dass er etwas von ihr gewollt hatte?"

Sie stieß Luft aus. „Puh. Das ist schon so lange her. Kann ich nicht sagen, ich glaube aber nicht."

„Erinnern Sie sich, ob es während Ihrer Schulzeit einen Fall von Mobbing im Jahrgang gegeben hatte?", tastete sich Sebastian vor.

„Sie fragen Sachen." Sie runzelte die Stirn. „Nichts, was ich Mobbing nennen würde, glaub' ich. Früher hat man ja nicht so ein Gedöns darum gemacht."

„Sind Sie sicher?"

„Nee, eigentlich nicht. Mann, das ist schon ewig her, ich krieg nicht mal alle zusammen, die zu dem Jahrgang gehörten."

„Einen Jonas?", hakte er nach.

„Ich glaub', wir hatten zwei oder drei Jonasse. Dabei war der Name damals noch nicht hip." Sie kicherte. „Keine besonderen Typen, sonst würde ich mich erinnern."

„Viktoria?", warf er in den Raum.

Ihre Augen wurden größer, ihr Lachen breiter. „Ja, klar, Vicky. Sie war ziemlich extravagant, die vergisst man nicht. Alle waren hinter ihr her, aber sie hatte nur Freunde außerhalb der Schule."

„War Herr Junker vielleicht auch hinter ihr her?", folgte ich einer Eingebung.

„Alle." Sie lachte. „Der bestimmt auch. Silke hat das nicht gepasst, sie hielt sich für unwiderstehlich, aber was Außergewöhnliches, das mir in Erinnerung geblieben wäre, will mir jetzt nicht einfallen."

Sebastian zog ein Kärtchen aus der Innentasche seines Jacketts, was sie zum Anlass nahm, aufzustehen und es entgegen zu nehmen. „Ich soll sie anrufen, falls mir noch was einfällt, stimmt's?"

„Richtig." Er lächelte.

Als ich mich erhob, wäre ich beinahe mit dem rechten Fuß umgeknickt, schaffte es aber, zu verhindern, indem ich mich an einem Regal festhielt. Zwei Schuhe purzelten raus, die Frau Diefenbach sofort aufhob und pedantisch wieder einsortierte.

„Vielen Dank", sagte ich und meinte beides. Die mageren Infos und das Aufräumen. Mit einem Gesundheitsschuh in der Hand drehte sie sich zu uns um. „Silke", sagte sie. „Sie war irre in Torsten verschossen. Das war total auffällig, hat sich auf Schulfeten an ihn rangemacht."

„Aber sie ist doch Beas Freundin", wandte ich stirnrunzelnd ein.

„Ja, war sie damals schon. Bea hat nichts gemerkt, aber ob er sie mit Silke betrogen hat? Keine Ahnung. Glaub nicht."

*

Mit einigen weiteren Fragezeichen und Mutmaßungen würden wir das Whiteboard im Präsidium füllen können. Mehr aber nicht. Meinen Ärger auf Sebastian vergaß ich nahezu. Wir redeten, bis wir auf dem Schotterparkplatz vor dem Haupteingang des Friedhofs parkten. Hinter dem Tor des Haupteingangs stand ein leerer Leichenwagen der Firma meines Bruders Davide. Die Türen der Segenshalle waren weit offen, darin war niemand mehr, aber ich entdeckte weit voraus die schwarzgekleideten Rücken einer Trauergesellschaft. Hoffentlich war es die richtige.

Wir gingen so schnell den Hauptweg entlang, der sich durch eine ansehnliche Reihe uralter Grüften pflügte, dass ich fürchtete, das Kostüm durchzuschwitzen. Doch wir erreichten die Trauergesellschaft keine zweihundert Meter hinter dem zweiten Nebenpfad.

In gebührendem Abstand zu den Trauernden blieben wir stehen und schauten uns um. Ungefähr dreißig Leute waren zu der Veranstaltung unter diesigem Himmel in schwülwarmer Herbstluft erschienen und standen um einen von Kränzen umringten, sehr besonderen Sarg herum. Ich unterdrückte das Lachen, denn Sebastians Miene war Gold wert.

Wie er es in seinem Testament verfügt hatte, begruben sie Torsten Knüller in einem Hausboot. Selbstverständlich war es kein echtes Hausboot. Der Sarg hatte lediglich die Form eines Hausbootes. Vorne wies es sogar ein Ruder auf, und hinten die Andeutung zweier Anker. Vermutlich, weil die Vorlage für den Sarg, das im Besitz der Familie befindliche Boot, ein Sonnendach hatte, ruhten auf dem Sargdeckel zwei Miniatursonnenliegen.

Ich suchte nach Bea und fand sie leicht abgesetzt von den anderen Trauernden neben Silke, die eine untertassengroße Sonnenbrille auf der Nase hatte. Frau Knüller hatte sich in ein schwarzes Kostüm gezwängt, in dem sie wie eine Presswurst aussah. Der Gazeschleier ihres Hütchens wehte ihr bis zum Kinn.

Links von ihr drängte sich eine Gruppe Arbeitskollegen zusammen. Unter ihnen mein Chef, Herr Schlenker, der mich entdeckte und sofort zu tuscheln anfing. Doch statt zu mir rüber zu schauen, starrten die anderen Vorgesetzten mit bemüht ernsten Gesichtern in die Grube. Eine Handvoll Männer in Kapitänskluft, die aussah, als wäre sie im Karnevalskaufhaus erworben, schienen die einzigen Freunde des Toten zu sein. Nur wenige Personen standen allein, doch noch nahm ich sie nicht unter die Lupe. Zu gebannt war ich von der Höchstleistung, die Davides Unternehmen da erbracht hatte. Ich guckte meinen Liebsten an. „Wenn man nicht genau hinsieht, ist es hübsch", flüsterte ich.

„So etwas ermöglicht einem nur ein italienisches Bestattungsinstitut", gab er mit angestrengter Ernsthaftigkeit zurück. „Es bedarf gewisser Methoden, die staatlichen Verordnungen bezüglich würdevoller Sargmaterialien zu umgehen."

Ich latschte ihm volle Kanne auf den Fuß. „Köln", wiederholte ich Danieles Worte. „Köln ist fast wie Süditalien, findest du nicht?"

Der grauhaarige Pastor schien damit fertig zu sein, löbliche Dinge über den Toten in die Gemeinde zu posaunen, und schleuderte Weihwasser auf das Hausboot. Mit einem Rumpeln wurde der Sarg in die Grube gelassen. Herr Pomm lungerte mit den anderen Totengräbern unter dem Laubdach einer uralten Kastanie herum und gab sich Mühe, uns nicht zu erkennen. Wir bemühten uns, Ergriffenheit zu zeigen, was uns Beatrix Knüllers Geschrei nicht leicht machte.

Doch es sollte schlimmer kommen. Silke Schwarz schubste ihre Freundin nach vorn, damit sie Erde auf das Boot schaufelte, und tat es ihr danach gleich. Und dann traten die Freunde des Toten vor. Wie die Orgelpfeifen ordneten sie sich in Formation, einer machte mit den Händen Dirigierbewegungen und ein Chor erscholl über die Friedhofsstille.

Unglaublich, aber singen konnte der Haufen. Harmonisch und klar trillerten sie ihren Abschiedsgruß an Torsten hinaus in die Welt. *Heidewitzka, Herr Kapitän.*

Stoisch blinzelte Sebastian. Mir hingegen fiel es immer schwerer, Anteilnahme vorzutäuschen.

Als der Chor mit dem Gesang fertig waren, schritten seine Mitglieder nacheinander vor und warfen Sachen in das Grab, die Erinnerungen an unvergessliche Hausboottage mit Torsten Knüller zu sein schienen. Ein Rettungsring. Angelhaken. Ein Benzinkanister. Ich ging davon aus, dass man die Gegenstände entfernte, sobald die Trauernden abgezogen waren.

Ein Eichhörnchen huschte hastig auf einen Baum, als wäre es erschreckt worden. Mein Blick wanderte dorthin, woher das Tier gekommen war, und hielt bei einer Gruft inne. Neben dem dazugehörenden steinernen Engel stand eine Frau, deren Körpersprache und Miene ausdrückten, dass sie dem Toten nicht eben freundlich gesonnen war.

Mittelgroß, schlank und von unbestimmbarem Alter trug sie ihre roten Haare kunstvoller aufgetürmt als ich meine. Sie hatte ein schwarzes Kleid an, das für eine Beerdigung zu tief ausgeschnitten war. Der Rock reichte bis zu den Fußfesseln. Ihre Schuhe waren bald noch spitzer als meine, doch vor allem waren sie flach.

„Viktoria", wisperte ich und stakste auf sie zu. Mir taten die Füße vom Rumstehen weh, deshalb konnte ich ein Zischen nicht unterdrücken. Leider hatte sie es gehört. Sie sah mich kurz an, trat aus der Deckung der Gruft und marschierte zügig den Pfad aus festgestampften Lehmboden entlang Richtung Ausgang. Ich folgte ihr. Sie ging schneller. Ich erhöhte das Tempo. Sie legte einen Zahn zu und machte ordentlich Meter, doch weil sie im Rücken meine schneller werdenden Schritte hörte, fing sie zu rennen an.

„Scheiße! Sebastian!", gellte ich. Ich schlüpfte aus den Pumps, packte sie am Schlupfriemen und rannte hinterher.

Hinter mir hörte ich meinen Ritter näher kommen, trotzdem drohte sie uns zu entwichen. Entschlossen packte ich einen der Pumps, holte im Laufen aus und schleuderte ihn mit Wucht nach vorne. Mit einem *Tock* traf er die Frau direkt am Schädel. Schlagartig blieb sie stehen. Eine schlanke Hand tastete nach dem Hinterkopf. Langsam wandte sie sich um. Die Handtasche an die Brust gedrückt sah sie uns verdutzt an. Vielleicht tröstete es sie, von einem Dolce e Gabbana-Schuh aufgehalten worden zu sein, aber wenn ich sie ansah, war ich fast sicher, dass sie weit über solch profanen Dingen wie Marken und Geld stand.

*

Sie *war* Viktoria Selig. Die Trauergäste zerstreuten sich und strebten dem Ausgang zu. Wir standen mit ihr auf dem Vorplatz und überredeten sie, unter Zuhilfenahme subtiler Drohungen, mit uns in das Café oben am Platz mit der Endhaltestelle der Linie zwölf zu gehen. Schweigend pilgerten wir dorthin, was dem Akt eine gewisse Würde verlieh, die ich nicht mit Zischen und Hampeln ruinieren wollte.

An der Ampel guckte Sebastian mich fragend an. „Zieh' doch die Schuhe wieder an", schlug er vor.

„Geht nicht."

Er hob beide Brauen.

„Mann, Sebastian. Meine Füße sind geschwollen. Die passen da nicht mehr rein." Obwohl ich leise gesprochen hatte, sah Frau Selig mich intensiv an.

Dann schlug die Ampel um, wir gingen rüber, in das Café hinein und suchten uns einen Fensterplatz. Sebastian und sie bestellten je einen Cappuccino. Mir fiel ein, dass ich noch nichts gegessen hatte. Rechten Appetit hatte ich keinen, und so orderte ich ein großes Glas Milch. Eine Entscheidung, die ich bedauerte, als die Bestellung gebracht wurde, denn der Duft des Cappuccinos, der über den Tisch waberte, war verlockend.

Über die Getränke hinweg schauten wir Frau Selig ins perfekt geschminkte Gesicht, das keinerlei Falten aufwies. Nach Botox sah sie nicht aus, sie hatte Mimik. Zudem war unverkennbar, wie wütend sie war.

„Ich war nie mit denen befreundet", stieß sie hervor.

„Das haben wir nicht angenommen", gab Sebastian freundlich zurück. „Wir haben inzwischen eine Ahnung von dem, was Herr Knüller, Herr Junker und die beiden Damen Beatrix und Silke während ihrer Schulzeit angerichtet haben. Und ich glaube, ihre Rolle darin zu verstehen. Nur leider wissen wir nichts über das Opfer."

„Meine Rolle darin?" Ihre Stimme klang heiser, der Ton leicht gereizt. „Die glauben Sie, zu verstehen?"

Eine Weile, in der ich das Glas Milch leerte, schwiegen wir uns an.

„Reden Sie weiter", durchbrach Sebastian die Geräuschkulisse aus Motorengeräuschen von draußen, Tassenklirren und Geschwätz. „Wir hören zu."

„Die Clique war der reinste Albtraum." Sie zuckte übertrieben affektiert mit den Schultern. „Die Jungs waren nur die üblichen Wichsakrobaten. Die Tussis waren wesentlich gefährlicher."

Das dachte ich mir. Jeder kannte solche Trullas aus der Schulzeit und war froh, wenn sie einen in Frieden ließen. Viktoria Selig war in Ruhe gelassen worden. Aus dem Buch, das Herr Pomm uns gegeben hatte, wussten wir, dass das Opfer sie bewundert hatte, ohne so sein zu wollen wie sie.

„Ich kann's mir vorstellen", versuchte ich, das Gespräch in Gang zu halten. Dabei dachte ich an Junker im Schließfach. „Sie hatten ein Lieblingsopfer, stimmt's? Sie haben es vermutlich ins Schließfach gesperrt oder ..."

„Es war einer dieser heißen Sommertage." Sie lehnte sich vor und spie mir fast ins Gesicht. „Dreiunddreißig Grad oder so. Stunden kauerte sie in das Fach gequetscht, weil es keiner mitgekriegt hat. Da drin müssen fünfzig Grad geherrscht haben. Als sie sie endlich fanden, musste die Schule einen Notarzt rufen." Sie lehnte sich zurück und verschränkte die Arme vor der Brust. „Aber glauben Sie mal nicht, sie hätte es gewagt, Namen zu nennen. Dabei konnte sich jeder denken, wer ihr das angetan hatte. Jeder wusste es."

Sebastian saß da in einer Haltung lässiger Überlegenheit, die niemand imitieren konnte. „Vielleicht verraten Sie uns den Namen des Opfers?"

Keine Antwort. Sah man von einem starren Barrakudablick ab.

„Es wäre uns eine große Hilfe", salbaderte Sebastian.

Vicky Selig griff in ihre eckige Tasche und zog einen knallroten Lippenstift hervor, den sie wie eine Pistole auf uns richtete. „Warum?"

„Damit wir den Mörder finden können", giftete ich. „Damit wir im Umfeld des damaligen Opfers ermitteln können. Denn wie Sie sicher eben auf dem Friedhof gesehen haben, leben zwei Beteiligte noch."

„Ach? Und Sie möchten, dass es so bleibt?" Sie schraubte den Lippenstift hoch, holte sich einen Handspiegel aus der Tasche und malte ihre Lippen knallrot an. Nicht ein Pigment ging daneben.

„Das ist unsere Aufgabe, Frau Selig." Sebastian taxierte sie. „Ich versichere Ihnen, dass wir Mobbing und Gewalt ebenso abscheulich finden wie Sie. Wir hatten das zweifelhafte Vergnügen, eine Art Tagebucheintrag des Opfers zu lesen, ohne hinter den Namen zu kommen."

„Was? Wo?" Wenn sie verdutzt guckte, war sie nur halb so attraktiv. Sofort sah sie wie ein Mensch aus.

„Uns ist eines der Bücher aus den Häusern um den Soldatenfriedhof …"

Sie lachte, und das machte sie wieder schön. Für eine Frau Mitte fünfzig war sie umwerfend, besonders wenn man sie mit jemandem wie Silke Schwarz verglich.

„Jeder von uns ging dorthin. Der Friedhof war beruhigend. Und die weiß getünchten Häuschen luden zum Verweilen ein. Ich bin sicher, das Liebesleben einer ganzen Generation dürfte sich in den Büchern spiegeln."

„Nicht nur das Liebesleben", murrte ich. „Auch die Geschichte von einem Besuch im alten Wartesaal Ende der achtziger Jahre. Sie schrieb davon, wie die Clique versucht hat, mit Ihrer Hilfe in den Subkulturtempel zu kommen, und damit scheiterte. Sie schrieb davon, dass Sie sie mit reingenommen haben. Und davon, dass sie wusste, dass sie dafür bezahlen würde."

„Kaum zu glauben", gab Frau Selig ohne rechte Begeisterung zurück. Sie atmete einmal tief ein und stieß die Luft aus wie ein Föhn. Dann sagte sie: „Vor drei Monaten hatten wir ein Klassentreffen. Ich war nicht sicher, ob ich überhaupt ..." Sie seufzte. „Ich war dann da. Wollen Sie davon hören?"

„Ja", sagte ich. „Wir wollen von diesem Klassentreffen hören."

Viktoria

Am Stehtisch unter luftschlangengeschmückten Lampen hörte ich mir Jürgens Gesülze über die Rentabilität seiner Zahnarztpraxis an. Aber mein Blick schweifte an den beieinanderstehenden schwafelnden Grüppchen vorbei und landete immer wieder auf ihr.

Sie stand da und lächelte. Ihre Hand, die das Weinglas umklammerte, zitterte nicht einmal, während sie dem Unsinn lauschte, den Bea absonderte. Sie verhielt sich, als wäre nie etwas gewesen. Und doch spürte ich eine vage Unsicherheit. Darin, wie sie beim Zuhören das Gewicht auf das linke Bein verlagerte. Daran, dass sie kaum merklich aufatmete, als Bea von jemandem anderen gerufen wurde, ihr über den Oberarm strich und mit ihrem Glas Kölsch in der Hand weiter stapfte.

Bea war immer schon ein Pummelchen gewesen. Deshalb fand ich das Getuschel über ihr Gewicht am Nebentisch zwar bescheuert, doch es war so vorhersehbar, dass es mir Übelkeit verursachte. Menschen taten das – wenn jemand nicht der erwünschten Norm entsprach, tuschelten sie. Sie waren so durchschaubar wie Glas. Jürgens Gelaber rauschte über mich hinweg.

„Entschuldige mich." Mitten in seinem Monolog ließ ich ihn stehen und glitt durch die Menge, um bei ihr zu ankern. „Hallo."

Zaghaft lächelnd sagte sie: „Hallo? Vicky?"

„Nicht schwer zu erkennen." Mit hochgezogener Braue deutete ich auf mein rotes Haar. „Fast wäre ich deinetwegen nicht gekommen."

Sie blinzelte irritiert.

Ich kann es nicht aussprechen. Wie du meine Schuld bist, meine Unzulänglichkeit, und ich oft daran denke.

133

Schulschluss im Sommer. Ich eile hinaus in die Helligkeit, in die von Gekreisch, Lachen und Johlen erfüllte Luft, stutze beim Anblick der Gruppe Schaulustiger, die einen Kreis bildet, aus dessen Mitte ein Weinen fließt. Und Beas Stimme, ordinär, laut. Ihre Gefolgsleute in vorderster Reihe, schäbig grinsend. Die Hinrichtung deiner Würde neigt sich dem Ende zu.

Die Gruppe zerstreut sich, sodass ich einen Blick erhasche. Dich sehe. Zusammengesunken im Dreck, das Gesicht rot, silberne Perlen deiner Tränen wie Sturzbäche aus deinen Augen. Aber Bea dreht sich noch einmal um. Mit wütender Wucht knallt sie dir einen gelben Plastikbecher mit Vanillepudding aus der Schulkantine auf den Kopf.

Ich hätte etwas sagen können, etwas tun. Wir saßen im selben Boot. Ich war anders. Unmöglich, dazu zu gehören. Und doch so anders, um mit respektvoller Angst beäugt zu werden. Das setzte ich nicht aufs Spiel.

„Vicky?" Ihre Stimme mühte sich ab, gefestigt zu klingen. „Wie meinst du das?"

Ich klappte die Lider auf. „Vergiss es." Ich lächelte verlegen. „Erzähl. Wie geht's?"

Jetzt

„Sandra Klarins." Auf Frau Seligs Stirn perlte der Schweiß. „Viel erzählt hat sie nicht. Ich sah ihr an, dass sie allen Mut zusammengenommen hatte, um überhaupt auf dem Klassentreffen zu erscheinen. So wie ich."

„Sie fühlen sich schuldig?" Sebastian hatte sein freundlichstes Gesicht aufgesetzt.

Selbst ich verstand es. Ich wusste gut, wie man sich verbogen hatte, um nicht ins Schussfeld solcher Idioten zu geraten. Wir waren zu jung gewesen, um tapfer zu sein.

„Ich war nicht mutig genug. Das mit dem Pudding geschah an dem Montag nach meiner Einladung in den Wartesaal." Sie kramte ein Papiertaschentuch aus der Handtasche. „Ich weiß nicht, ob Sie es verstehen, aber es war grenzwertig. Dass sie sich nicht wagten, mich … ich weiß nicht." Mit beiden Händen signalisierte sie die Unfähigkeit, die richtigen Worte zu finden.

Sebastian fand sie. „Es war brüchig", wisperte er, als ob er selbst wusste, wovon sie sprach.

„Ja." Sie nickte. „Es hätte jederzeit kippen können. Ich weiß, das entschuldigt gar nichts, aber ich kann es nicht vergessen. Ich kann nicht damit aufhören, mir die Schuld zu geben."

„Sie gehen zu hart mit sich ins Gericht", sagte ich und orderte mit dem leeren Glas in der Luft ein weiteres Glas Milch und einen Espresso.

Viktoria Selig guckte mich an, als wäre ich ein ausgefallenes Insekt.

„Ich gebe meiner Kollegin recht." Sebastian schob die leere Kaffeetasse von sich. „Es ehrt Sie, dass Sie sich überhaupt solche Gedanken gemacht haben."

Frau Selig kerbte nachdenklich die Zähne in die Lippen. Als sie wieder zu reden anfing, war nicht ein Pigment Lippenstift auf ihren schneeweißen Zähnen. Es interessierte mich plötzlich brennend, was sie beruflich machte. Ich glaubte außerdem, dass sie immer noch so aussah wie damals. Wie sie da saß, in einem knöchellangen schwarzen Rock, den spitzen Schuhen und dieser Frisur. Sie hatte einen Pepper&Salt-Mantel auf dem Unterarm liegen gehabt, der jetzt an der Garderobe hing. Ein Mantel, wie ihn Anne Clark im Video zu *Our Darkness* getragen hatte. Frau Selig konnte es nicht abstreifen, sie war immer noch New Wave. Ein Stil fürs Leben, variiert von Alter und Geld, aber sich doch treu.

„Ich kann nicht eben behaupten, dass ich den Tod dieses Wichsers bedaure", sagte sie kalt.

Ich verzichtete darauf, ihr zu erklären, dass es mittlerweile zwei tote Wichser gab. Junker hatte es bloß noch nicht in die Medien geschafft.

„Trotzdem verstehe ich, dass Sie den Täter aufhalten müssen", räumte sie ein. „Aber mehr, als Ihnen irgendwelche Namen sagen, kann ich nicht."

„Es gab keinen Verehrer? Niemanden, der Sandra Klarins den Hof machte?", fragte Sebastian.

Lange guckte sie an uns vorbei auf den Tresen, in dem hinter Glas die Torten und Teilchen, umschwirrt von Wespen, ausgestellt waren. Während sie nachdachte, rieb sie sich das Make-up vom Kinn. Als sie mir ins Gesicht sah, meinte sie: „Jonas vielleicht?"

„Jonas?" Da war er. Jonas. Nur welcher? Mir gelang es nicht, die Ungeduld aus der Stimme zu nehmen. „Es hilft uns wenig, wenn wir Ihnen alles aus der Nase ziehen müssen."

Erneut maß sie mich prüfend. „Es ist nicht so einfach, wie Sie denken, Frau Bracco. Natürlich will ich, dass sie den Mörder fassen. Aber der weitaus weniger intellektuelle Teil in mir will es nicht."

„Was?" Ich blinzelte.

„War jener Jonas auf dem Klassentreffen?", störte Sebastian meine Verwirrung.

„Ja. Zuerst habe ich ihn nicht erkannt. Als ich rausging, um eine Zigarette zu rauchen, kam er überraschend dazu. Es war verdammt heiß an dem Tag. Mir war unbegreiflich, warum nicht alle draußen herum lungerten. Aber ich erinnere mich nicht, dass ich menschliches Verhalten je verstanden hätte."

Das Klassentreffen, vor der Tür

Draußen setzte ich mich fernab der Gäste auf die Holzbank, die rund um den Stamm der alten Eiche vor dem Lokal montiert war. Fahrig kramte ich die Zigaretten aus der Handtasche, und wühlte lange nach dem Feuerzeug. Manche Dinge änderten sich nie. Jede Wette, dass mindesten fünf Feuerzeuge auf dem Grund der Tasche lagen, aber ich suchte ewig, kaufte sogar manchmal neue.

Jetzt wurde ich fündig. Das Feuerzeug klickte, ich inhalierte tief, lehnte mich an den rauen Stamm und mühte mich damit ab, den Schatten des hohen Laubdaches zu genießen, während ich resümierte, dass ich besser nicht hergekommen wäre. Dieses alte Lied, das ich immer schon mit Sandra in Verbindung gebracht hatte, leierte in meinem Schädel.

I don't Care. If only I could say that

Das dumpfe Dröhnen der Drums und Robert Smiths Stimme, die ich, wenn ich zynisch drauf war, die des weltbesten Jammerlappens nannte, und mich damit im Grunde nur selbst auf die Schippe nahm. Was hatte ich denn zu jammern?

Ich hörte die nahenden Schritte nicht. Als ich den Schatten eines Menschen auf mir spürte, der die Kühle vollendete, sah ich auf und legte den Kopf schief. „Keine Ahnung, ich rate mal. Jonas?"

„Ja." Sein Lächeln geriet verzweifelt. Ohne zu fragen, ob es mir recht war, setzte er sich neben mich.

Er hatte sich verändert. Natürlich hatte er das. Wir waren Anfang fünfzig, und ich sah ihn hier nach Jahrzehnten das erste Mal wieder. Sein Milchbubigesicht war einem leidlich attraktiven Antlitz der Durchschnittlichkeit gewichen. Immer noch groß und schmal, mit diesem erschreckend langen Hals, waren seine Bewegung athletisch. Als lauerten unter den Klamotten Muskeln und eine ungeheure Kondition. Ich war in der Lage, so was zu erkennen. Auch wenn sie das früher nicht von mir gedacht hatten; ich hatte selbst immer schon gerne Sport getrieben.

Ich erinnerte mich plötzlich, wie sie vor dem Squash-Court gehangen, sich die Nasen platt gedrückt hatten, als sich mich darin mit Erik hatten spielen sehen. Routiniert und semiprofessionell. Danach hatten sie eine Weile in der Schule getuschelt. Sie waren so verblüfft gewesen, mich Sport treiben zu sehen, als wären sie vorher davon ausgegangen, dass ich wegen meines Stils automatisch ungesund lebte, den ganzen Tag in gruftähnlichen Räumen abhing und den Zustand des Seins beweinte. Die hatten alle keinen Plan, aber ein Bild von mir, das mir zugutekam.

Ich gedachte damals nicht, es zu korrigieren, weil es Sicherheit suggerierte. Mich beim Sport gesehen zu haben, war geheimnisvoll. Welche Überraschungen lauerten da noch hinter Viktoria Selig? Mit der Frage durften sie gern ihre Abende zubringen. Ich hätte es ihnen sagen können. Schuld war eine davon. Aber wahrscheinlich hätten sie es nicht begriffen.

„Ich hab' dich eben bei Sandra stehen sehen, Vicky."

„Aha?"

„Was hat sie denn gesagt?"

„Nichts."

„Ich hab' sie doch reden sehen." Er guckte verblödet aus dem Karo-Hemd. Die Menschen waren eine Enttäuschung. Immer noch.

„Ja, Jonas, aber vielleicht hast du schon mal bemerkt, dass Menschen durchaus reden, ohne etwas zu sagen. Sie machen es unentwegt. Die meiste Zeit ihres Lebens." Ich schnippte die Asche von der Kippe und schlug, weiterhin angelehnt, ein Bein über das andere.

Er blieb lange still. Ich sah ihn nicht an, sondern geradeaus in das Lokal hinein, aber ich hörte seine Atemzüge. Vorne, an einem Tisch, brach eine Gruppe Gäste auf, und ich hoffte inständig, dass sich das Klassentreffen nach draußen verlagerte. Wenn ich überhaupt so lange bliebe.

„Na, ich dachte, vielleicht hat sie dir gesagt, wie es ihr geht."

Er hatte eine total normale Stimme. Nicht besonders dunkel, nicht sonderlich hell. Ein wenig heiser jetzt. Krampfhaft mühte er sich, seine Aufgeregtheit zu verbergen.

„Frag sie doch selbst, Jonas." Ich schnippte die Kippe auf den Boden und trat sie aus. Mit spitzen Fingern klaubte ich sie auf und legte sie neben mich, um sie später in einen Mülleimer zu werfen. Aber ich merkte, wie wütend er mich machte. Nein, es war Verachtung, die in mir hochkochte.

„Ich?" Er zeigte sich mit dem Zeigefinger auf die Brust.

Mit schmalen Augen fixierte ich ihn. „Ja, du, Jonas. Der verliebte Narr, der sich einen runterholte, bei der Vorstellung, sie zu retten. Aber im ... wie nennt man das heute?" Ich stieß mit der Hand in die Luft und linste sekundenlang in den Baum, als läse ich im Laubdach die Antwort. „Der aber im *Real Life* den Arsch nicht hochkriegt. Der zusieht, wie sie gedemütigt und erniedrigt wird. Sie hätten sie fast umgebracht, Jonas."

„Was hätte ich denn tun sollen?", winselte er.

„Was weiß denn ich?" Ich lehnte mich wieder an den Stamm. Die Sonne war über dem Horizont untergegangen und machte dem üblichen Dunst Platz. Die Luftfeuchtigkeit war drückend.

„Und du, Vicky?", presste er hervor. „Du hättest auch was tun können."

Oho, jetzt gibt er ab. Ich ziehe mir den Schuh nicht an, Jonas. Ich trage ihn seit Jahrzehnten.

„Natürlich hätte ich das. Wenn ich tapferer gewesen wäre oder nur in etwa die, die ihr alle in mir gesehen habt. Aber ich war nicht in sie verliebt, Jonas."

„Ich habe das nicht getan."

„Was? Sie gedemütigt? Nein. Aber du hast auch sonst nichts getan."

„Sie sind schuldig. Ich verstehe überhaupt nicht, warum Sandra mit ihnen spricht, als wären sie beste Freunde gewesen. Dass sie …"

„Das tut sie doch gar nicht", fuhr ich ihm schneidend dazwischen. „Sie müht sich ab."

Darauf kaute er eine Weile herum und kam dann mit was um die Ecke, was typisch für einfältige Gemüter war. „Dass sie nicht bestraft worden sind", krächzte er. „Sie hätten von der Schule fliegen müssen. Oder wenigstens das Schicksal hätte sie bestrafen müssen. Aber sie tauchen hier auf, mit ihren Karrieren, und Bea und Torsten mimen das glückliche Paar."

„Bestraft?" Ich hob eine Braue. „Wenn sie bestraft worden wären, Jonas, wenn alle, die etwas verbrochen haben, bestraft werden, dann denken wir Rechtschaffenen am Ende noch, wir wären unschuldig."

Er starrte mich lange an. Er begriff nichts. Ich hätte ebenso gut Farsi reden können. So war es früher gewesen, und es würde sich nie ändern. Für die meisten meiner Mitmenschen sprach ich eine Fremdsprache.

„Aber wir sind unschuldig", hauchte er auf eine Weise, die nach einer Bestätigung heischte.

„So? Sind wir das?" Ich stand auf, nahm den Zigarettenstummel und schritt hinein in das überhitzte Innere der Gaststätte.

Jetzt

Sebastian lehnte sich mit verstehender Miene zurück auf dem Stuhl zurück. In mir schrillten alle Alarmglocken. Heilige Scheiße, am Ende war die Frau Existenzialistin, genau wie er. Unter dem Tisch hibbelte ich nervös mit dem rechten Bein.

„Und?", sagte sie spitz. „Es stimmt. Wir sind nicht unschuldig, nur weil wir nichts tun. Schuld ist eine Geisteshaltung, Herr Avrenberg."

„Das weiß er", sagte ich hart. „Er denkt ja genauso wie Sie. Aber was heißt das jetzt für den Fall?"

„Den vollständigen Namen dieses Jonas' hätten wir gern." Sebastian klang so abwesend, als dächte er ein komplexes philosophisches Statement zu Ende.

Ich musste unbedingt verhindern, dass er hier einen Debattierclub mit der Frau aufmachte. Er schüttelte sich kurz, als stieße er Gedanken ab, die zwar fruchtbar, aber ermittlungstechnisch nicht relevant waren.

Frau Selig nannte einige Namen. Mit einem silbernen Kugelschreiber schrieb Sebastian diese Namen in seinen ledergebundenen Notizblock. Mitunter versicherte er sich, dass er sie richtig verstanden hatte, strich Geschriebenes durch und begann von Neuem.

Mein Puls schlug vor Eifersucht Purzelbäume. Diese Frau war gefährlicher als Carola. Diese hier suchte ihre Position in einer absurden Welt zwischen Verantwortung und Schuld. Genau wie er.

Unsanft wurde ich aus diesen Überlegungen gerissen, denn ich hörte, wie er nach ihrer Anschrift fragte. Im ersten Moment unterstellte ich ihm persönliches Interesse. Doch da wir schon mal dabei waren - das war absurd. Er verlangte nach ihrer Anschrift, weil wir Polizisten waren. Für uns musste sie auffindbar sein.

Während sie auf der Rückseite ihrer Visitenkarte herum kritzelte, murmelte sie: „Ich wohne derzeit bei einem Freund. Erik Savoy. Er hat eine Werbeagentur, ein großes Haus und ein Gästezimmer."

Ob das bedeutete, dass sie in Scheidung lebte? Ich nahm die Karte in Empfang und machte große Augen. „Sie wohnen in Neapel? Was machen Sie dann hier?"

„Ich halte eine Reihe Gastvorträge zu den jüngsten Funden bei Pompeji. Ausgrabungen an einer Villa in Civita Guilina."

„Sie sind Archäologin?" Ich verstaute die Karte in meiner Jeans.

„Nein. Ich analysiere die Ergebnisse. Ich bin Historikerin."

Ich blinzelte mehrmals hintereinander.

Sie verzog den Mund. „Damit rechnet man nicht, ich weiß", sagte sie. „Bei Historikerinnen hat man konkrete Vorstellungen von Frauen mit mausbraunem Haar und der grauen Gesichtsfarbe eines Stubenhockers." Sie stand auf. Ihr Stuhl kratzte über den Boden. „Es macht mir Spaß, dem Klischee nicht zu entsprechen. Und neben allem anderen ist ein gepflegtes, meinetwegen attraktives, aber extravagantes Erscheinungsbild immer schon ein recht nützlicher Schutzwall gewesen." Sie griff ihren Mantel vom Haken, ohne hinein zu schlüpfen.

„Und?", insistierte ich. „Funktioniert er? Der Wall?"

„Fragen Sie Ihren Kollegen." Mit dem Kinn deutete sie zu Sebastian. „Er wird es wissen."

Ich sah ihn an. Er lächelte, doch aus seiner Jackettinnentasche holte er sein Smartphone, wischte ein-, zweimal drüber und streckte es ihr hin. „Wir haben das Phantombild eines Verdächtigen. Ist das Jonas?"

Sie lachte lauthals los. Das sah derartig natürlich aus, dass ich sie mir ungeschminkt und in Loungeklamotten vorstellen konnte. Vor allem wirkte es ansteckend. Ohne das Phantombild gesehen zu haben, hatte ich eine Ahnung davon, wie es aussah.

„Das sieht aus wie ein …" Sie legte den Kopf schief und hielt das Smartphone in die Höhe. „Streifenhörnchen?"

Ich nahm ihr das Gerät ab. „Das ist mal eine Verbesserung", murmelte ich. „Normalerweise sehen die Typen, die Dirk malt, immer wie Frettchen aus."

Auch Sebastian grinste. „Trotzdem, Frau Selig. Immerhin können wir eine Frisur erkennen, die nicht …"

„… nach einem Monchichi aussieht, ich weiß." Sie riss sich zusammen. „Ich weiß nicht. Es könnte Jonas Richter sein. Der Jonas, von dem ich erzählt habe."

„Trauen Sie ihm zu, dass er nach Jahrzehnten einen Rachefeldzug durchführt?", wollte ich wissen.

„Wenn Sie mich das vor dem Klassentreffen gefragt hätten, hätte ich es verneint. Ich habe Ihnen unser Gespräch wiedergegeben. Es lässt ihn nicht los. Und es belastet ihn, dass das Schicksal sie nicht bestraft hat."

*

Vor dem Café blieben wir stehen und sahen ihr nach. Wie sie mit dem Mantel über dem Arm in einem warmen Nieselregen auf ein BMW-Cabrio zu schritt, sah schlicht ergreifend aus. Doch ich bemerkte auch, wie kalt meine Füße waren, denn ich stand in Nylons mit Laufmaschen auf dem feuchten Boden.

Sebastian telefonierte und befahl jemandem, die Adresse dieser Sandra Klarins ausfindig zu machen. Danach sprach er mit Katharina und verlangte, dass sie nach Jonas Richter suchte, um dessen Anschrift herauszufinden. Nachdem er das Gespräch beendet hatte, steckte er das Handy in die Jackettasche. „Jonas Richter war leicht zu finden. Er wohnt nicht weit von hier. Er dürfte die Knüllers jeden Tag gesehen haben."

„Große Freude, Sebastian, aber ich kann die Schuhe nicht mehr anziehen."

Er sog Luft durch die Nase ein und schaute sich um, bis er etwas gefunden hatte, das unser Problem lösen konnte.

„Komm mit." Sachte zog er mich in das Sportgeschäft neben der Bäckerei.

Ich stöhnte auf. „Zu Hause habe ich genügend Sportschuhe." Trotzdem tappte ich willenlos neben ihm her und in den Laden hinein, wo er mich vor die Auswahl an Damensportschuhen sämtlicher Marken schob.

„Zu Hause nützen sie dir nicht."

Ich gab den Widerstand auf. Während ich mit klobigen Joggingschuhen zu einem eleganten Kostüm missmutig vor dem Spiegel des Ladens posierte, saß er auf einem Anprobehocker und telefonierte offensichtlich wieder mit Katharina, denn er schrieb etwas in seinen Notizblock.

Ich zog die Nylons aus, weil sie eh kaputt waren, aber bei dem Blick in den Spiegel fiel mir etwas anderes auf. Zornig schnellte ich zu Sebastian herum. „Warum sagst du nie was?" Aufgebracht zeigte ich auf meinen Mund. „Warum lässt du mich mit Milchbart mit Zeugen sprechen?"

Mit dem Handrücken rieb ich mir die Peinlichkeit aus dem Gesicht. Statt sich zu entschuldigen, lächelte er nur dieses engelhafte Lächeln, das mich in den Wahnsinn trieb. Erregt stopfte ich die Pumps in den Karton der

Sportschuhe und stapfte zur Kasse, wo ich meine Kreditkarte zückte, um die überteuerten Laufschuhe zu zahlen. Ich war stinksauer.

Bis wir an seinem Auto waren, sagte ich nichts. Erst als ich die Tüte mit dem Karton in den Kofferraum pfefferte, schnappte ich: „Weißt du, Sebastian, manchmal denke ich, dass du nur mit mir zusammen bist, damit du was zu lachen hast."

Gekränkt schaute er mich an. „Nell, ich weiß nicht, wie oft ich es dir sagen soll. Ich liebe dich."

Tränen rannen mir aus den Augen. „Aber wenn das wahr wäre, dann wäre es dir doch wichtig, dass ich nicht so würdelos …"

Er zog mich an sich, doch ich ließ es nicht zu, kämpfte mich frei. Mit dem Handrücken wischte ich mir die Tränen aus dem Gesicht und zwang mich, wütend zu bleiben. „Warum höre ich Audreys Stimme, wenn ich mit dir telefoniere?", keuchte ich.

„Was?" Er blinzelte.

Wenn ich mich nicht so sehr um mich selbst drehen würde, wäre mir aufgefallen, dass ich ihm weh tat.

„Audrey! Als wir vorgestern Abend telefoniert haben."

„Ich war bei Robert", rechtfertigte er sich spröde. „Sie war da. Das ist alles."

Die Luft zwischen uns kühlte merklich runter. Als er an mir vorbei auf den Ausgang des Friedhofs guckte, drehte ich mich um und sah Beatrix herauswanken. Mit ihrem Hütchen nebst Schleier hing sie noch in den Armen ihrer mageren Freundin, die aussah, als würde sie unter der Last bald zusammenbrechen. Silke sah gereizt aus. Der Zug um ihren Mund war Niedertracht. Beatrix Knüller wirkte neben ihr wie ein Plüschkissen.

„Ruf mal bei Frau Klarins an." Er drückte mir einen Zettel in die Hand. „Frag, ob wir sie sprechen können." Er hastete rüber zu Frau Knüller.

„Aber ich dachte, wir besuchen erst diesen Jonas."

Er hörte mich nicht mehr. Ich begriff nicht, weshalb ich derartig eifersüchtig war. Bei all meinen früheren Beziehungen war ich es nicht gewesen. Mit dem Zettel in der Hand setzte mich bei offener Tür in den Maserati, recherchierte deren Telefonnummer und rief Sandra Klarins an. Keine Ahnung, was ich erwartet hatte, aber was kam, war unerwartet. Nicht Frau Klarins ging ans Telefon. Es war eine Frau Grabbel, die ihren Namen förmlich ins Telefon kläffte.

„Guten Tag. Mein Name ist Antonella Bracco", sagte ich. Ich bin Hauptkommissarin der Polizei in Köln und möchte Frau Klarins sprechen."

„Sie ist im Garten. Sie hat einiges an Gartenarbeit."

„Aber sie ist zu Hause? Wie gesagt, ich bin von der Polizei und würde sie gern …"

„Bracco? Ist das ein italienischer Name?"

„Ja, aber ich …"

„Wie können Sie dann bei der Polizei sein? Für das Beamtenverhältnis bedarf es der deutschen Staatsbürgerschaft!", bellte ihre harte Frauenstimme mir entgegen.

„Ich bin deutsche Staats…"

„Ja, ein Unding!", geiferte sie. „Wir werfen die Staatsbürgerschaft um uns wie Prinz Karneval die Kamelle. Was wollen Sie?"

Sie quatschte einfach über mich hinweg. Ich merkte, dass ich die Gesichtsfarbe einer reifen Tomate bekam. „Der Grund, aus dem ich Sie heute Vormittag …"

„Es ist Mittag", schimpfte sie. „Sie stören die Mittagsruhe."

„Es tut mir leid, Frau Grabbel, es wird nicht lange dauern. Wir hätten einige Fragen an Frau Klarins. Ich hatte gehofft, sie hätte ein paar Minuten Zeit für uns, sodass wir sie besuchen könnten."

„Uns?", quietschte sie. „Kommen Sie mit der ganzen Mafia? Das kommt überhaupt nicht infrage. Ich dulde keine Ausländer. Sie wird nur mit Ihrem Vorgesetzten sprechen. Es sei denn, er heißt Al Fatni oder so ähnlich."

„Ich bringe meinen Vorgesetzten mit", spie ich aus. „Er heißt Avrenberg. Ist Ihnen das deutsch genug?"

„Das klingt skandinavisch."

„Also nordisch", insistierte ich sarkastisch. „Das müsste doch passen. Der Kollege Ragnarök ist im Urlaub und Herr Odin ist letzten Winter in Pension gegangen."

Sie reagierte nicht. Vermutlich war sie resistent gegen Sarkasmus und hielt meine Worte für bare Münze. Mein Blick wanderte zu Sebastian, der wieder auf das Auto zu kam. Immerhin wirkte er weniger verkniffen als vorhin.

„Jetzt esse ich erst mal", kam es aus dem Telefon. „Sandra wird am Nachmittag fertig sein. Und bringen Sie Ihre Ausweise mit."

„Ja, das müsste gehen." Ich warf einen Blick auf die Uhr im Armaturenbrett. „Bis dahin dürfte ich es geschafft haben, meinen Ariernachweis zu Hause zu holen."

„Jetzt werden Sie nicht unverschämt." Sie kappte die Verbindung.

Sebastian saß mit hochgezogenen Brauen auf dem Fahrersitz.

„Frag nicht." Ich kochte vor Wut. „Sie arbeitet im Garten und hat am Nachmittag Zeit für uns. Lass uns vorher bei diesem Jonas Richter rein gucken."

*

Wegen meiner Füße fuhren wir das kurze Stück wenig umweltfreundlich mit dem Auto.

„Die Frauen wollen keinen Polizeischutz", quetschte Sebastian raus. „Sie behaupten, von nichts zu wissen, und beharren darauf, nicht in Gefahr zu sein."

„Es tut mir leid", meinte ich den Ausbruch von vorhin. „Ich verstehe nur nie, warum du mich so herumlaufen lässt."

Er legte eine seiner kraftvollen Hände auf meinen Oberschenkel. „Weil ich es nicht direkt merke."

„Was?"

„Du bist einmalig, so aufgeweckt, dass es mir nicht sofort auffällt."

„Ich? Sag mal, wann willst du aufhören, dich über mich …"

„Nelly." Er stöhnte genervt auf. „Es ist die Wahrheit. Wenn du das unbedingt anders sehen willst, sage dir einfach, dass Liebe blind macht." Er steuerte den Wagen auf einen weiteren Schotterparkplatz.

„Aber wenn du das siehst", flüsterte ich in den Fußraum, „dann könntest du doch was sagen."

„Ich will es künftig versuchen."

„Warum sagst du es denn nicht?"

„Weil ich es reizend finde. Weil das einfach du bist. Das ist alles."

Er nahm die Hand wieder fort, lächelte aber, was mir einen wohligen Stich versetzte. Ehe wir ausstiegen, lehnte ich mich zu ihm und küsste ihn. Und doch klopfte Audrey an meinen Hinterkopf. Wenn sie regelmäßig zufällig da auftauchte, wo Sebastian war, wollte sie ihn eindeutig zurück. Ich hatte keinen Schimmer, wie ich gegen sie bestehen sollte. Sie war berückend. So wie er. Nicht so aufgesetzt und erkauft wie Caro. Alles an ihr war völlig unverstellt, still, ausgeglichen und sanft.

An die Frage, wer diese ausländerfeindliche Trulla war, die beim vormaligen Mobbingopfer herumhing, verschwendete ich wenig Gedanken. Erst nachdem wir ausgestiegen waren und vor dem Auto standen, erzählte ich Sebastian von dem ärgerlichen Telefonat. „Ich hoffe, Frau Klarins selbst ist nicht so schräg drauf", schloss ich mit müdem Abscheu.

Er hob die Schultern. „Wenn es so ist, werden wir wenig daran ändern können."

„Das macht sie mir nicht eben sympathisch."

„Nein." Er legte eine Hand um meine Taille. „Aber darauf dürfen wir nichts geben."

*

Jonas Richter wohnte in einer Siedlung direkt hinter dem Friedhof. Man sah dem Gelände an, dass es früher eine Kleingartenanlage gewesen war. Alles wirkte willkürlich und ungeplant. Der Eindruck wurde von einer Vielzahl nicht asphaltierter Wege verstärkt. Einige Häuschen sahen wie aufgepimpte Gartenhütten aus. Ein paar warteten mit Anbauten auf, teils aus Stein, teils aus Holz. Nichts passte zueinander.

In den meisten Vorgärten herrschte akkurate Ordnung. Herbstblumen, orangefarbene Chrysanthemen und pinke Dahlien leuchteten uns zur Begrüßung. Manch anderer Garten spottete jeder Beschreibung. Dort wimmelte es von liegengelassenem Spielzeug. Umgestürzte, rostige

Dreiräder, Trampoline, die dem letzten Unwetter nicht standgehalten hatten - all das setzte Moos an. Es unterschied sich kaum von einem Trailerpark in Texas. In einem Vorgarten ruhte sogar ein Schrottauto auf Ziegelsteinen.

Nummeriert waren die Häuser selten. Daher standen wir eine Weile suchend auf dem Weg. Dabei fiel mein Blick auf eine Frau, die, in einen rosafarbenen Bademantel gekleidet, rauchend auf einer Bank vor einem Haus kauerte, im Haar gigantische Lockenwickler. Ich stupste Sebastian an, der sein Sternenstrahlenlächeln aufsetzte.

„Verzeihen Sie", sprach er sie an. „Wir suchen das Haus von Herrn Jonas Richter."

Die zerknitterte Frau gab mit dem glühenden Ende der Zigarette die Richtung vor, ohne ein Wort zu sagen. Stattdessen nahm sie wieder einen Zug.

Wir durchquerten einen ordentlichen Vorgarten auf sauberen Steinplatten, die einen Weg markierten. Das Gras war etwas trocken, aber so, als hätte man erst kürzlich aufgehört, den Garten zu wässern. Das Unkraut zwischen den bunten Blumen in den Beeten, die sich rechts und links des Weges wanden, war das Produkt weniger Tage. Die rostigen Hantelstanden und Scheiben direkt neben dem Eingang störten das Bild aufgeräumten Spießbürgertums.

Vor der Tür nahmen wir Haltung an. Eine Klingel war nirgendwo zu sehen. Sebastian klopfte. Nichts geschah. Wir wechselten einen Blick, und er hämmerte lauter gegen die Tür. Geräusche hinter uns ließen mich blitzschnell zu meiner Waffe greifen, aber als ich herum schwang, war es nur die komische Alte, die in dicken Pantoffeln in Form von Schweineköpfen zurück in ihr Häuschen schlurfte.

Sebastian schob die unverschlossene Tür auf. „Herr Richter?"

Keine Antwort.

Kaum im muffigen Flur des Hauses hielt ich die Luft an. Auf kleinstem Raum herrschte ein wildes Durcheinander. Mit einer Hand wischte ich über das Dielenschränkchen. Die hauchdünne Staubschicht passte nicht zu dem Chaos.

Nach wenigen Schritten erreichten wir die Küche, die nur aus einer kurzen Zeile mit den nötigsten Elektrogeräten bestand. In der Spüle türmte sich das schmutzige Geschirr zweier Tage. Der Raum war mit den brandneuen Lamellenjalousien abgedunkelt. In der gefilterten Sonne tanzten Staubkörnchen. Die Atmosphäre war gespenstig.

Wir zogen unsere Waffen und gingen von Zimmer zu Zimmer. Jedes war klein, nicht jedes chaotisch. Das Schlafzimmer zeigte uns ein ungemachtes Bett und herumliegende Klamotten. Über dem Bett hing, wenig originell, ein gerahmter Kunstdruck von Dalis fließenden Uhren, vermutlich in einem Möbelhaus erworben. Darüber hinaus waren die Wände kahl. Wenige herausragende Nägel und der rechteckige Farbunterschied in der Tapete deuteten auf Bilder hin, die abgehängt worden waren.

Staubsauger und Wasser standen wahllos herum, als suchten sie nach ihrer Bestimmung. Zwei leere Kartons waren an die Wand des Schlafzimmers geschoben. Es wirkte, als wäre das Haus mitsamt Mobiliar erst vor Kurzem an einen neuen Besitzer übergeben worden.

Ich rechnete hinter der nächsten Tür mit nichts anderem. Die Waffe im Anschlag stieß ich sie mit dem Fuß auf. „Ach du Scheiße", stöhnte ich und senkte die Pistole.

Sebastian, der an mir vorbei in das Zimmer schaute, pfiff anerkennend durch die Zähne. Diese Stube war akribisch sauber und voll mit Fitnessgeräten auf einem geschrubbten Linoleumboden.

„Sagen wir, er setzt Schwerpunkte." Sebastian schlenderte zu dem Feldbett, das unter dem Fenster stand. Darauf lagen eine kratzige Decke, ein Kissen und einige handbeschriebene Papiere. Aus der Innentasche seines Jacketts zog er ein paar Gummihandschuhe und stülpte sie über, ehe er das Papier an sich nahm.

„Das meine ich nicht." Ich strich mir eine Haarsträhne aus dem Gesicht. Von meiner Turmfrisur war nichts mehr übrig. Irgendwo hinten in der Bluse piksten mich Haarnadeln. Mit der Hand zuckte ich zur Wand, auf die Poster. „Ich meine das da."

Er hob eine Braue. Von der Sonne durch die Lamellen beschienen, in seinem Anzug, die kastanienfarbenen Locken wirr in der Stirn, sah er zum Anbeißen aus. Aber er stand auf einer verdammt langen Leitung.

„Die Poster!", drängte ich.

„Na, und?" Er schielte zur Wand, von wo ihm ein kurzhaariger blonder Kerl auf Papier mit blauen Augen unschuldig anlächelte.

„Sag mal, guckst du keine Serien? Das ist Dexter."

„Dexter?"

„Jaha!", quietschte ich. „Eine Serie über einen Serienmörder, der nur wahrhaft Schuldige mordet. Hat er sich mühsam antrainiert."

„Aha?"

„Das passt doch!"

„Ja." Er grinste. „Aber es ist bloß eine Serie. Das hier passt besser." Er streckte mir ein Heft aufgeschlagen entgegen. Darin lag das Foto einer verhuschten junge Frau, die dem Fotografen einen stummen Dank zu schicken schien, dafür, dass er sie bemerkt und abgelichtet hatte. Sie hatte ihr braunes Haar mit einem breiten grünen Stirnband aus dem Gesicht gestrichen, was ihr eine Aura der Offenheit verlieh.

Wenn das Sandra Klarins war, war jene Offenheit ihr größtes Verhängnis. Nichts an ihr wirkte argwöhnisch, nichts an ihr verschlossen oder zweifelnd. Naiv genug, stets vom Guten im Menschen auszugehen, war sie eine Einladung für die Achtlosen, sie mit Füßen zu treten. Über ihrem fragenden Antlitz leuchtete der Himmel azurn. Die Wiese, auf der sie stand, strahlte grün wie ihr Haarband, doch im Hintergrund malten sich die Konturen des grauen Betonklotzes ab, in dem sie zur Schule gegangen waren.

Was analysierte ich hier herum? War ich Frau Dr. Niedertracht-Adler? Ich reichte Sebastian das Bild zurück und fing im Heft zu lesen an.

Das Klassentreffen. Viktoria. Ich kann sie nicht begreifen, nicht einmal akzeptieren. Schon damals war das so gewesen. Wenn ich versuche, das Gefühl zu beschreiben, das sie in mir auslöste, fällt mir kein adäquates Wort ein. Es gibt etwas schwer zu Akzeptierendes in ihr. Ich glaubte, damals zu wissen, dass sie die Einzige war, die hätte helfen können. Die Frage war nur: Warum hat sie es nicht getan?

Jonas damals

„Zeig noch mal", geifert Torsten. Breit grinsend versucht er nicht mal, Mitgefühl vorzutäuschen.

Ich bemerke Sandras irritiertes Augenzwinkern. In den Sonnenstrahlen über dem Schulfest kommt sie nicht einmal auf die Idee, sich darüber zu wundern, dass ausgerechnet diese Jungs, diese Halbaffen, ein Interesse an ihrem verstauchten Fußknöchel haben. Ich schaue weg. Kann es nicht mit ansehen. Ich weiß genau, dass dies hier wieder ein Angriff auf Sandra wird.

Mutlos lasse ich den Blick über den qualmenden Grill und die Bierzeltgarnituren schweifen. Hinter den Brombeerbüschen und Birken erhebt sich bedrohlich der Klotz. Den Geruch verbrannten Fleisches in der Nase höre ich Torsten gackern. „Boah, ne! Ist die hohl!"

Im Augenwinkel sehe ich Bea sensationsgeil heranschlendern. Dabei öffnet sie zischend eine Büchse Coke. Ich denke nur: *Nein, bitte, Sandra! Bemerke es doch endlich!*

Das Grölen, der schiefe Chorgesang über 99 Luftballons, ist jazzigem Kontrabass gewichen, der aus dem Ghettoblaster eine Musik heranträgt, die mich an Viktoria denken lässt. Viktoria könnte die Situation retten. Ich kann den Gedanken nicht begründen. In mir drängt ein Impuls, doch ich fürchte mich, Vicky zu fragen. Sie ist eine Unberührbare. Eine, die man in Ruhe lässt.

Zuerst suche ich flehenden Auges bei der kleinen Gruppe Tanzender, bis ich mich erinnere, dass Vicky mal gesagt hat, *Love Cats* wäre der größte kommerzielle Scheiß, den *The Cure* je gespielt haben. Nicht zu mir, natürlich nicht. *The Untouchable* spricht nicht mit jedem.

Ihr wie Herbstlaub funkelndes, zu einem hohen Turm aufgestecktes Haar leuchtet in der Sonne. Ich gebe mir einen Ruck und sprinte zu ihr hin. Ziehe sie ein Stück von Philip weg, der auch für sich allein stehend niemals Ziel eines wie auch immer gearteten Angriffs werden wird. Er vertickt in der Oberstufe das Dope. Man weiß nie, welche Leute jemand wie Philipp kennt, und will es nicht herausfinden.

Viktoria runzelt die Stirn, streicht sich, ohne hinzusehen, mit dem kleinen Finger unter dem Augenlid, den durch den Sommerschweiß verschmierten Kajalstift weg.

„Vicky, kannst du es ihr sagen?" Ich zucke mit dem Kopf zu Sandra, die, umringt von einer triumphierend grinsenden Schar, bestehend aus Jürgen, Torsten, Bea und Silke, die Geschichte ihres Sportunfalls erzählt. Dabei bückt sie sich immer wieder zu ihrem bandagierten Fußknöchel. Torsten stößt Bea mit dem Ellenbogen in die Seite. Kichernd springt sie einen halben Meter zurück und übergießt ihn kreischend mit Cola.

„Was sagen?" Vickys schwarz umrandete Augen verengen sich. Ihr knallroter Mund spannt sich genervt.

„Dass sie nur wollen, dass sie sich bückt", haspele ich. „Sie hat ein weites V-Ausschnitt-Shirt an und keinen …"

„Sie hat keinen BH an. Man kann ihre Titten sehen, wenn sie sich bückt, verstehe. Und du kannst nichts machen, weil das deine Stellung als erster Arschkriecher Torstens gefährdet."

Ich betrachte das ausgedörrte Gras, auf dem wir stehen. Kurz bevor sie mit ihren ultraflachen, extrem spitzen Schuhen mit schnellen Schritten, nur gebremst von der Enge ihres knöchellangen schwarzen Lederrockes, auf die Gruppe zu geht, schenkt sie mir einen Blick tiefster Verachtung. Mein Herz zerreißt vor Schmerz. Denn sie hat recht. Ich bin wertlos. Feige.

Die kleine Gruppe teilt sich, nicht einmal Bea wagt bei Viktoria einen blöden Spruch. Das weite schwarze Shirt rutscht Vicky von der Schulter, als sie sich zu Sandra neigt und auf sie einredet. Die Bewegung offenbart den Blick auf den Träger eines schwarzen Spitzen-BHs und auf einen leichten Sonnenbrand.

Danke, denke ich erbärmlich. Ich bin angefüllt mit Dankbarkeit, die meine Ohnmacht übertüncht.

Bis Sandra aufschaut und zu mir hinüber schaut, bin ich erleichtert. Bis ich die Enttäuschung in ihren Augen sehe, die ein Loch in mein Herz frisst. Sie gilt mir nicht. Die Enttäuschung gilt den Menschen im Allgemeinen, aber ich fühle mich explizit angesprochen und drehe mich weg. Dabei fange ich Philips wissenden Blick ein. Philip, der mir mit seiner Flasche Kölsch vage zuprostet.

Aus den Boxen dröhnt *Two Tribes*.

Und immer mehr Mädchen tanzen.

Nelly

Ich ließ das Heft sinken. Bei Jonas Richter waren wir eindeutig richtig, nur war er leider nicht zu Hause.

Leise diskutierten wir, ob das wenige, was wir hatten, reichte, um ihn zur Fahndung auszuschreiben, und kamen zu dem Schluss, dass uns der Staatsanwalt fragen würde, ob wir noch alle Nadeln an der Tanne hätten. Zumal seine Klamotten auf ihrem Platz waren. Sie hingen im Schrank oder schmutzig über den Stuhllehnen. Nichts sah nach Aufbruch oder Flucht aus. So gut es ohne Durchsuchungsbeschluss ging, fahndeten wir nach Anhaltspunkten, die wir wegen des fehlenden Beschlusses niemals als Beweise würden vorlegen können. Wir suchten etwas, was uns erzählte, wo sich Jonas aufhielt. Ich kroch sogar unters Bett und kam mit Spinnweben überzogen wieder hervor. „Da liegt 'ne olle Reisetasche."

„Hoffen wir, dass er zurückkommt." Sebastian griff nach dem Handy, und während wir wieder hinaus marschierten, hörte ich, dass er Katharina zur Observierung des Häuschens bestellte.

Auf dem Weg zurück zum Auto begegneten wir keiner Menschenseele. Irgendwo dröhnte eine Radiofußballübertragung. Lachen flog über die Dächer, und von weit her lauschten wir dem Gebrüll eines handfesten Beziehungsstreites.

Ich wischte mir über den engen Rock und sah auf die neuen Joggingschuhe herunter. Am Morgen hatte ich meine Wohnung als elegante Frau mit Hochsteckfrisur verlassen und schon am Mittag waren nicht mal mehr Fragmente davon übrig. Das Kostüm war staubig, ich trug Sportschuhe, die Frisur war ein Wust aus Locken, weil die Dinger, die sie gebändigt hatten, hinten in der Bluse steckten und meinen Rücken malträtierten. Ich kratzte mich dort. „Meinst du, die beiden waren mal ein Paar?"

Er hielt mir die Wagentür auf und stieg auf der anderen Seite ein.

„Jonas und Sandra? Ich weiß es nicht, Nelly. Er war verliebt, und daran scheint sich in all den Jahren nichts geändert zu haben. Aber ob er jemals den Mut gehabt hatte, es ihr zu sagen? Keine Ahnung."

„Wie ein Held wirkt er jedenfalls nicht." Ich schnallte mich an. Darauf bekam ich keine Antwort.

Im Auto, auf dem Weg in die Kölner Südstadt, wo Sandra Klarins wohnte, telefonierte Sebastian. Er bat darum, alles über Jonas herauszufinden, was möglich war. Beruf, Aufenthalte in den letzten Jahren.

Ich klappte den Spiegel hinunter und versuchte, mein Haar zu sortieren, und als wir auf der Severinstraße einen Parkplatz suchten, streifte ich mir die Bluse über den Kopf, um die Haarnadeln loszuwerden, die sich darin verfangen hatten. Sebastian schenkte mir per Seitenblick ein Augenzwinkern, hinterfragte das aber nicht. Wie könnte er? Als er den Motor ausmachte, stieg ich aus.

„Nelly."

„Was?"

„Vielleicht ziehst du die Bluse wieder an." Mit dem Wagenschlüssel deutete er auf mich. „Ehe das hier zu einer unangemeldeten Versammlung führt."

Gehetzt kreuzte ich zuerst die Arme über dem weißen Baumwoll-BH, lehnte mich ins Wageninnere und schnappte mir die Bluse, die ich ruckzuck überzog. Tatsächlich raunten die ersten männlichen Teenager schon blöde Bemerkungen. Meine Wangen glühten. Zu Fuß Richtung Kartäuserkirche entfernten wir uns vom Auto.

*

Sandra Klarins, das vormalige Opfer grausamen Schulmobbings, war heute die Ehefrau eines evangelischen Geistlichen und wohnte in einer Wohnung des Gebäudekomplexes, der zur Kirche gehörte.

Für eine protestantische Kirche war sie alt. Das Gemäuer drumherum war einst zuerst ein Kloster, dann ein Beginenhaus gewesen. Wie es dazu gekommen war, dass man die einstmals katholische Kirche evangelisch geweiht hatte, beschloss ich, zu googeln.

An einem gepflegten Rasen vorbei über Kopfsteinpflaster erreichten wir das Wohnhaus. Irgendwo dröhnte ein Elektrogerät, dem Lärm nach wahrscheinlich ein Kärcher. Die Haustür wurde mit einem Keil offen gehalten. Wir gingen hinein und die Stufen zum ersten Stock hinauf. Ich klingelte.

Leider öffnete uns die Trulla, mit der ich vorhin telefoniert hatte. Sie stellte sich als Gabriele Grabbel vor, erklärte nasal, eine alte Freundin und momentan zu Besuch zu sein. Nach der verkniffenen Musterung unserer Dienstausweise versperrte sie uns weiterhin den Weg in die Wohnung. „Sandra macht den Gemeindegarten."

„Und wo ist der?", fragte ich steif.

Sie würdigte mich keines Blickes und antwortete Sebastian: „Hinter dem letzten Gebäude rechts."

„Rechts dürfte Ihnen ja gefallen", ätzte ich, bevor ich kehrtmachte und die Treppen wieder hinunter stakste.

Hinter dem letzten Gebäude rechts eröffnete sich ein kleiner, apart angelegter Gemeindegarten, der mit Herbstblumen und Stauden bepflanzt war, die alle blühten. Die dazugehörige Terrasse, mehr ein Grillplatz, war verhältnismäßig groß. Die sonst darauf platzierten

Gartenmöbel standen teils ineinander gestapelt auf der Wiese. Über die Terrasse bewegte sich eine Frau, die konzentriert damit befasst war, sie zu kärchern. Um diese Jahreszeit kam mir das absurd vor, doch vielleicht plante die Gemeinde ein Grillfest.

Der Kärcher war ohrenbetäubend. Ein weiterer Grund dafür, dass Frau Klarins uns weder sah noch auf Ansprache reagierte, dürften die Earpods sein, über die sie Musik hörte, die sie inbrünstig mitsang. Das Wasser und Fragmente der Fugen spritzten in alle Richtungen.

Sebastian versuchte, sie auf uns aufmerksam zu machen, und scheiterte. Mir wurde das zu blöd. Ich ging auf sie zu. Einige Spritzer bekam ich zwar ab, doch als ich ihr auf die Schulter tippte, schrie sie, schwang herum und erwischte mich mit dem Wasserstrahl mitten auf der Brust. Unter dem Wasserdruck geriet ich ins Taumeln. Hektisch ruderte ich mit den Armen und erwischte dabei Sebastian, der mich schließlich doch einfing, losließ und sich das Kinn rieb.

„Wer sind Sie?", brüllte Frau Klarins über den Lärm des Hochdruckreinigers, der wild in der Gegend herumspritzte. Sie sprühte eine Kaffeetasse vom Tisch auf der Wiese, verhalf einigen Astern zum Fliegen und hätte auch Sebastian durchnässt, wenn er nicht rechtzeitig ausgewichen wäre.

In Frau Klarins ansprechenden Gesicht lauerte noch der Schrecken, den wir ihr eingejagt hatten, ebbte aber ab, als würde sie begreifen, dass wir keine Monster waren.

Ich zupfte an meiner nassen, nun durchsichtigen Bluse herum und bat mit Gesten darum, das Gerät auszuschalten. Sie drückte den entsprechenden Knopf. Die plötzliche Stille war überwältigend.

Während sie die Earpods aus den Ohren fummelte, meinte sie entschuldigend: „Sie haben mich zu Tode erschreckt."

„Stimmt nicht", murmelte ich. „Sie sehen quietschlebendig aus."

Verwundert zog sie die Stirn kraus.

Sebastian zückte seinen Dienstausweis. „Mein Name ist Avrenberg von der Kripo Köln, und das ist meine Kollegin Antonella Bracco. Könnten wir uns einen Augenblick unterhalten?"

Einen Moment stand sie uns stumm gegenüber. Dann seufzte sie. „Ich habe befürchtet, dass Sie kommen."

Ohne eine Antwort abzuwarten, fing sie an, die ineinander gestapelten Stühle zu entstapeln und auf der Wiese zu verteilen. Als sie damit fertig war, deutete sie auf die Sitzgelegenheiten. „Wir könnten in meine Wohnung gehen", erklärte sie. „Dort könnte ich Ihnen etwas anbieten. Aber Gabi ist zu Besuch. Sie hat ihren Mann, der sie betrog, verlassen und wohnt in unserem Gästezimmer, bis sie eine Bleibe gefunden hat." Sie taxierte mich. „Sie haben bereits mit ihr telefoniert."

„Ich verstehe, dass sie ein Aufeinandertreffen vermeiden wollen", schnappte ich. „Womöglich geht sie mit einem Messer auf mich los, weil ich Ausländerin bin."

Frau Klarins schenkte der Wiese ein weiches Lächeln, während wir uns hinsetzen. „Ach, sehen Sie ihr es bitte nach, Frau Bracco. Normalerweise ist sie nicht so. Ihr Mann hat sie mit einer Marokkanerin betrogen, und er hat die Absicht, mit ihr zusammenzuziehen. Nein, sie …" Sie streckte den Rücken. „Gabi mischt sich nur in alles ein. Es ist schwierig, in ihrer Gegenwart zu reden."

„Weshalb haben Sie befürchtet, dass wir kommen?", fragte Sebastian mit neugieriger Miene, die mich rasend machte. Wir konnten es uns denken, aber er musste es natürlich von ihr hören.

Nicht weniger anstrengend war Sandra Klarins Hang zu stillen Momenten. Lange sagte sie nichts, als bedächte sie jedes Wort. Dabei musterte sie die Wiese ausgiebig. Sie sah aus wie auf dem Foto ihrer Jugend, nur eben älter. Das Haar trug sie mit einem Haarreif weit aus dem Gesicht geschoben, und ihre ruhige freundliche Art lud die meisten vermutlich dazu ein, sie näher kennenlernen zu wollen. Klassisch hübsch war sie nicht. Aber ihre empathische Ausstrahlung wirkte anziehend.

„Nun", sagte sie plötzlich. „Ich habe gehört, dass Torsten und Jürgen ermordet worden sind. Jürgen sogar in der Schule. Ich habe auch von den Zetteln gelesen, die bei ihnen lagen. Ich dachte, wenn Sie graben, was die beiden getan haben könnten, kommen Sie unweigerlich bei mir an." Sie lächelte strahlend, als wäre das Mobbing damals ein Witz gewesen.

Trotzdem sagte Sebastian: „Wir erinnern Sie ungern an die unschönen Ereignisse ihrer Schulzeit in der Stefan-Effenberg-Gesamtschule."

„Schon gut." Sie senkte die Lider. Als sie hochsah, lächelte sie uns schon wieder strahlend an. „Was möchten Sie denn wissen?"

„Hatten Sie in der letzten Zeit Kontakt mit Herrn Jonas Richter?"

Mit der Frage hatten wir sie überrascht. Ihre Hand schnellte zum Herzen. „Jonas", kiekste sie. „Glauben Sie, dass er der Mörder ist?"

Sebastian antwortete nicht. Ich fand, sie schaute ihm eine Spur zu lang in die Augen, und hüstelte. Dann starrte sie mich an, und da sah ich es. Ihre Mundwinkel zuckten, als versuchte sie, Freude zu verbergen. Wem oder was das

Vergnügen galt, lag da wie ein offenes Buch, doch sie glaubte nicht, dass ich es bemerkt hatte.

„Wir sind noch am Anfang der Ermittlungen. Wenn Sie unsere Frage beantworten würden?"

„Ich habe ihn Jahrzehnte nicht gesehen." Sie fummelte am rechten Saum ihres geblümten Langarmshirts.

„Aber?"

„Er war auf dem Klassentreffen im Frühsommer."

„Von dem Treffen haben wir von Frau Selig gehört." Sebastian legte ein Bein über das andere. „Sie erzählte, dass Sie dort waren."

„Vicky?" Sie guckte endlich wieder hoch, dabei leuchtete ihr ganzes Gesicht. „Wussten Sie, dass sie Historikerin ist? Und ja, Jonas war da. Er sprach ein bisschen mit mir. Er war eindringlich, wo es um Glaube ging. Er wusste, dass ich in der Kirchenarbeit aktiv bin, und meinte, er gelänge nicht zur Verzeihung. Irgendwas trägt er mit sich herum, dass er sich nicht vergibt. Ich schlug vor, dass er zu den Katholiken gehen solle, denn mit Schuld kennen die sich besser aus."

„Ach? Tun wir das?" Wenig diplomatisch starrte ich sie an.

Sie feixte ein wenig. „Es war komisch. Er erzählte, dass er alle Heilswege beschritten habe, dass er sogar nach Santiago gepilgert sei." Ihre Stimme war eine Spur ernster geworden. Nacheinander schaute sie uns an, wie um zu prüfen, ob wir die Bedeutung einer Pilgerreise nach Santiago di Compostela verstünden. Dann seufzte sie. „Ich habe ihn gefragt, was es denn wäre, das er mit sich herumträgt, aber er hat nur rumgedruckst. Er hat sich mir nicht geöffnet. Ziemlich überraschend ist er mitten im Gespräch rausgerannt, und ich habe ihn den restlichen Abend nicht mehr zu Gesicht bekommen." Sie schenkte dem Himmel, über den der Wind einzelne dunkle Wolken jagte, einen dieser nervigen stillen Augenblicke, ehe sie sagte: „Ich wüsste zu gern, was ihn bedrückt."

Oh, ich hatte da so eine Ahnung. Und sicher wusste sie es. Aber mir war kalt, was nicht wenig an der feuchten Bluse lag.

„Frau Selig erzählte uns, dass Jonas Richter während der Schulzeit in sie verliebt gewesen war", hakte Sebastian nach.

Sie guckte ihn verdutzt an. „Ach? Nein, das glaube ich nicht."

„Warum nicht?"

Ihr Gesicht überzog sich mit sanfter Röte. „Dann hätte er doch …" Fest sah sie Sebastian ins Gesicht. „Sie hätten einem Mädchen, das Sie lieben, doch geholfen, oder?"

„Er schon", rutschte es mir raus. „Aber die Menschen sind nicht alle gleich."

„Das wäre auch langweilig, oder?" Schon wieder lächelte sie. Und das ewige *oder* reizte mich bis aufs Blut.

„Sicher wäre es das. Aber Sie verstehen, was ich meine." Mich fröstelte. „*Oder?*", schob ich nach.

„Meine Kollegin meint, dass nicht alle Menschen in dem Alter selbstbewusst und gefestigt sind", sprang Sebastian mir bei.

„Hmm." Sie nickte. „Ich verstehe schon. Aber nein, ich glaube, ich hätte es bemerkt, wenn er in mich verliebt gewesen wäre. Er war einfach nur netter als die anderen."

Die Bluse trocknete nur langsam, und ehrlich gesagt ging mir die Frau auf die Nerven, wenn ich auch nicht direkt darauf kam, warum. Ihre bedächtige Art vielleicht? Oder weil sie mir das Gefühl gab, dass sie uns belog?

Wir waren gerade im Begriff, uns zu verabschieden, als ich eine Bitte an sie richtete, die sie ein wenig erblassen ließ.

„Es wäre nicht schlecht, wenn Sie für die Zeiträume beider Morde ein Alibi vorweisen könnten."

Rasch hatte sie sich wieder gefangen und bedachte uns mit ihrem Standardlächeln, das mich immer mehr nervte. „Das ist leicht. Seit Gabi bei uns untergekommen ist, bin ich selten allein zu Hause. Mein Mann? Warten Sie, ich glaube, als Torsten ermordet wurde, war er auch noch beim Frühstück in der Küche."

„Sie wissen genau, wann das war? Mir war nicht klar, dass die Zeitungen derartig detailliert berichtet haben."

„Aus psychologischer Sicht", summte sie mit einem Anflug von Humor, „dürfte es verständlich sein, dass mich die Nachrichten sehr interessiert haben. Meinen Sie nicht?"

„Oder?", fragte Sebastian.

Sandra

Nachdem die Polizisten gegangen waren, saß sie auf der Wiese, um nachzudenken. Eine Weile wusste sie nicht, was sie tun sollte. Da zog ein Widerstreit an ihrem Inneren. Ein Zank zwischen dem, wie sie fühlen sollte – und dem, was sie tatsächlich empfand. Erst als ihr Pudel mit wehenden Ohren über die Wiese zu ihr hin jagte, stahl sich ein Lächeln auf ihre Lippen. Sie stand auf, fing ihn auf, drückte ihn an sich, wisperte ihm lachend Liebkosungen ins Ohr, bis Gabis Stimme ertönte.

„Kann ich dir noch irgendwie helfen?"

Ach, Gabi, dachte Sandra.

Gabis Tonfall klang so lauernd, wie ihre Miene aussah. Helfen wollte sie gar nicht. In Wahrheit war sie nur daran interessiert, was die Polizei gewollt hatte. Klatsch und Tratsch, Skandale und Katastrophen anderer, um den eigenen Kummer zu übertünchen. *Im Vergleich zu den anderen ist das eigene Leben dann großartig.* Für diese Gedanken maßregelte sich Sandra stumm. Es war nicht einfühlsam, aber Gabi in der Wohnung zu haben, brachte sie an die Grenzen ihrer Empathiefähigkeit.

„Du könntest weiter kärchern", bat sie lieb, ehe sie sich bückte, um Toxi zu Boden zu lassen. Hechelnd himmelte er sie an.

„Äh." Unwillig betrachtete Gabi das Areal, das noch bearbeitet werden musste, gab aber nach. „Ja, gut."

Nelly

Vor der Kirche zog ich die Jacke enger, die ich vor dem Unfall mit dem Kärcher nur über der Schulter getragen hatte. Inzwischen liefen wir die Jakobstraße hoch zur Severinstraße, wo der Wagen stand, und tauschten Eindrücke aus.

„Ich weiß nicht, Sebastian. Ich habe das Gefühl, dass sie versucht, etwas zu verheimlichen."

„Wahrscheinlich Schadenfreude, derer sie sich schämt", antwortete er. „Aber wir werden ihr Alibi überprüfen." Er zog mich am Arm, damit ich nicht in einen Hundehaufen trat. „Interessanter ist, was sie über Jonas' Verhalten beim Klassentreffen gesagt hat."

„Dass er sich schuldig fühlte, ihr aber nicht hat sagen können, warum?", fragte ich. Wir bogen auf die Einkaufsstraße ab. „Frau Selig hat erzählt, dass er gar nicht mit Sandra gesprochen habe."

„Womöglich hat sie es nicht mitbekommen. Oder er hat es vor ihr verheimlicht, um sie seinerseits mit Vorwürfen zu ihrem damaligen Verhalten überhäufen zu können."

Ich ignorierte seinen gereizten Tonfall und sagte: „Ich bezweifle, dass Sandra während ihrer Schulzeit nicht gemerkt hat, dass Jonas in sie verliebt war. Gut, er hat es ihr nicht gezeigt. Aber ich glaube, dass sie es trotzdem gemerkt hat. Sie kann ja nicht total blind gewesen sein. Jetzt beschleicht sie ein Verdacht, was er getan haben könnte."

„Möglich. Und sie hat sich gefreut, dass die Peiniger von damals tot sind. Sie hat versucht, es uns nicht merken zu lassen", gab Sebastian zurück. In seiner Miene las ich latenten Ärger über die relativ fruchtlose Befragung.

Früher, bevor wir ein Paar geworden waren, waren mir menschliche Regungen an ihm nie aufgefallen. Allein von seinem perfekten Äußeren verärgert, hatte ich ihm Gefühle schlechthin abgesprochen, ohne zu akzeptieren, wie verliebt ich gewesen war.

Ich grunzte nur und latschte schweigend neben ihm her. Es wurde voller. Immer mehr Menschen hasteten bepackt mit Einkaufstaschen über die Severinstraße oder kamen mit gestressten Mienen aus den Geschäften. Es fing zu nieseln an. Wir kämpften uns durch und strebten dem Maserati zu.

Während Sebastian die Türen entriegelte, schlüpfte ich aus der Jacke und bemerkte die Schlammflecken auf meiner Bluse. Ich wollte drauf losschimpfen, doch vor dem Elektrowarengeschäft mit der Bimbo-Box vor der Tür lief eine Frau in uns hinein. Vor Schreck quietschte ich, öffnete den Mund zur Entschuldigung, die ich rasch wieder verschluckte, als ich sie erkannte.

Sie war klein und sie war zart. Sie trug einen schlichten, aber hochwertigen dunkelblauen Mantel, über ihren Jeans flache Halbstiefel und das aprikosenfarbene Haar hatte sie zu einem geflochtenen Zopf auf der Schulter liegen. Sie sah geradezu apart aus. Kurz - es war Audrey. Natürlich musste ich auf sie treffen, wenn ich mit Rock und Joggingschuhen unterwegs war. In einer Bluse mit Schlammflecken neben Sebastian, der unvermindert perfekt daherkam.

„Sebastian", flötete sie gleich. „Dich hier zu treffen."

Wie ich aussehe, dachte ich und guckte auf die Joggingschuhe. Ich entdeckte einen Bereich auf meinen linken Schienbeinen, den ich zu enthaaren vergessen hatte, und verdrehte die Beine so, dass das vollständig rasierte Bein die verräterische Stelle tarnte.

„Hallo Audrey. Wir waren dienstlich hier", grüßte er kühl.

Ich empfing sonderbare Schwingungen, von denen ich nicht wusste, ob sie in mir schwangen oder in den beiden. Besser fixierte ich die Bimbo-Box. Das Ding hatte schon da gestanden, als ich ein Teenager war. Um mich abzulenken, fragte ich mich, wie man das heute politisch korrekt nannte. Ich hörte Audreys Stimme, die sagte: „Oh, Antonella ist ja auch hier."

Toll, wie subtil sie mir zu verstehen gab, wie unbedeutend ich war. Übersehen haben konnte sie mich kaum. Am Arm zog Sebastian mich sanft vor.

„Wir arbeiten", schnappte ich anstelle eines Grußes.

„Hallo" hauchte sie. „Ich freue mich."

Das war gelogen und auch meine Freude hielt sich in Grenzen. Ich wandte mich ab und kramte nach einem 50 Cent-Stück, das ich in die Box warf. Sofort fingen die Figuren mit den Baströckchen zu spielen an. Leider dudelten sie nicht laut genug. Über das blecherne Gewinsel hörte ich Audrey sülzen: „Ja, wir sehen uns dann heute Abend."

Mein Herzschlag setzte einen Augenblick aus. *Heute Abend?* Wütend rupfte ich die Autotür auf und ließ mich in den Sitz fallen, aber Sebastian stand noch einen Moment auf dem engen Bürgersteig und schien seine Schuhspitzen zu begutachten. Irgendwann stieg er dann doch ein, startete den Wagen und parkte aus. Das Schweigen hing schwer im Inneren des Autos.

„Heute Abend?", zischte ich erst, als wir die Severinstorburg erreicht hatten.

Er antwortete lange nicht. Am Barbarossaplatz machte er den Mund auf. „Marco … das ist ihr Sohn …"

„Jaaa?" Ich verschränkte die Arme vor der Brust.

„Er ist demnächst mit der Schule fertig und will zur Polizei. Sie hätte es lieber, wenn er studierte. Wie sein Vater."

„Wie sein Vater? Was denn? Baugewerbekriminalität?"

Er stöhnte leise. „Seine Idee, Nelly. Ich weiß nicht. Aber er hat es sich in den Kopf gesetzt, und ich werde nur mit ihm reden, um das Aufnahmeverfahren, die Prüfungen und all das zu erklären. Sportlich genug ist er ja."

„Bei ihr zu Hause?"

„In einem Lokal."

„Wann wolltest du mir *das* sagen?" Ganz nah beugte ich mich zu ihm hin und ließ mich wieder zurückfallen. *Gar nicht,* dachte ich. Er hatte vorgehabt, es mir zu verschweigen.

„Nelly, du bist so ..."

„Was?"

„Eifersüchtig?"

„Und da denkst du dir, du verheimlichst es mir besser, wenn du zum Abendessen mit der Heiligen gehst."

Er presste nur die Kiefer zusammen und ließ seine scharfen Wangenknochen hervortreten. Es war besser so, denn egal, was er gesagt hätte, alles wäre falsch gewesen.

Während wir uns durch den Feierabendverkehr pflügten, bat ich kalt darum, dass er mich nach Hause brachte.

Fast schon in Riehl, wo ich wohnte, versuchte er es noch einmal, aber ich schnitt ihm das Wort ab, indem ich ausstieg und die Tür mit Krawall zuschlug. Wegfahren hörte ich ihn nicht.

Worauf wartete er, verdammt?

Darauf, dass ich wie ein kleines Mädchen zurückkam, um ihm ein Küsschen aufzudrücken? Ich wollte bloß in meine Wohnung, wo ich das Gesicht in Lilys weiches Fell drücken und hemmungslos weinen könnte.

Auf dem Weg zur Haustür strauchelte ich über die Wurzel des uralten Kastanienbaumes, der mein Wohnzimmer zu jeder Jahreszeit in eine schattige Gruft verwandelte. Doch ich stürzte nicht. Sebastian fing mich auf. Er war einfach da und hielt mich fest. Hatte ich die Autotür überhört? Einige Sekunden lang wurde ich weich.

Dann versteifte ich mich, und er gab mich frei, nicht ohne mir tief in die Augen gesehen zu haben. Ich las alles darin, aber vor allem die Trauer darüber, dass ich ihm nicht vertraute. Ich hatte mir ja schon den Kopf darüber zerbrochen, wo diese Eifersucht ihre Wurzeln hatte, denn auch wenn ich ständig an mir herum mäkelte – ich war eine Bracco. Dieser Name bedeutete hier in Köln nichts, in Florenz einiges. Und er gab mir eine Identität, auf die ich stolz war.

Den Bruchteil einer Minute überlegte ich, ob ich einen Therapeuten brauchte, aber die einzige Psychiaterin, die ich kannte, hieß Carola, und sie war die Letzte, der ich meine geheimen Ängste anvertrauen wollte. Ich warf seinen Arm ab und raste ins Haus, ohne mich umzudrehen.

*

Je weiter der Abend vorrückte, desto nervöser wurde ich. Vor meinem geistigen Auge sah ich Sebastian mit Audrey und deren Sohn in einem schicken Restaurant sitzen. Audrey konnte bestimmt Wein trinken, ohne zu kleckern. Gewiss traute sie sich auch, Rucola zu bestellen, weil sie ihn, im Gegensatz zu mir, unfallfrei essen konnte. Ganz sicher spreizte sie beim Kaffeetrinken den kleinen Finger.

Aufgewühlt riss ich mir das unsägliche Kostüm vom Körper und schleuderte es im Schlafzimmer zu Boden. Mir fiel ein, dass die Pumps noch in Sebastians Kofferraum lagen. Egal. Unter meinem Federbett angelte ich das karierte Nachthemd hervor, zog es über den Kopf und humpelte ins Bad, wo ich mir eimerweise Wasser ins Gesicht schaufelte. Im Spiegel guckte ich mich wütend an und schrubbte mir, ungeachtet der Tatsache, dass es erst achtzehn Uhr waren, wie irre die Zähne. Essen würde ich ohnehin nichts. Mir tat das Bein weh. Nicht so sehr, dass ich Medikamente brauchte, aber die Pumps forderten ihren Tribut.

Bei seinen Vorgängern, dachte ich, *war ich doch nie so …*

Ich rieb mir die Stirn. Hieß das, dass ich die anderen nie geliebt hatte?

Wenn ich so weitermachte, lief er mir weg. Ich verjagte ihn förmlich.

Um mich auf andere Gedanken zu bringen, spielte ich mit Lily. Wie eine Besessene wedelte ich mit Katzenspielzeug an der Angel vor ihrer Nase herum und war froh, dass sie darauf überhaupt reagierte. Schließlich war sie schon zwölf Jahre alt. Nach einer Stunde Spiel verlor sie die Lust. Sie klappte auf dem Teppich neben ihrem Kratzbaum die Pfötchen ein und blinzelte mir zu. Ich blinzelte zurück, stand auf und folgte dem Impuls, die Kiste mit den alten Fotos meiner Jugend aus dem unteren Teil des Wohnzimmerschrankes zu ziehen. Sie hatte keinen Deckel. Ewig nicht mehr hatte ich reingeschaut.

Heutzutage hatte man die meisten Bilder auf dem Smartphone, lud sie in den PC hoch, aber diese Bilder waren älter. Es hatte Nokias gegeben, mit denen man Fotos machen konnte. Die wenigsten von uns hatten es getan.

Mit gespenstiger Zielsicherheit zog ich ein Bild heraus, auf dem wir alle zusammen waren. Mein Bruder Lorenzo, seine Freunde Tiziano und Cherubino und ich. Die Jungs mussten auf dem Bild etwa neunzehn sein. Ich, mit meinen vierzehn und kleiner als jeder von ihnen, stand zwischen Lorenzo und Tiziano, schaute aber an dem vorbei zu Cherub, in dessen makelloser Miene nichts darauf hindeutete, dass er etwas fühlte. In meiner Miene lag Sehnsucht. Wir standen im Patio des Palazzo Bracco, hinter uns der wasserspeiende Erosbrunnen. Unsere Vier-Einigkeit stand kurz davor, auseinanderzubrechen, denn die einzige Methode, von der Cherubino geglaubt hatte, mit dem, was ihm widerfahren war, zurechtzukommen, war Rache.

Rache war auch das Leitmotiv unseres jetzigen Falls. Spät, verdammt spät. Jahrzehnte nach den Ereignissen, die gerächt wurden, was mir sonderbar vorkam. Eigentlich sollte man annehmen, dass sich die Gemüter nach so langer Zeit beruhigt hatten. Rasches Handeln, stehenden Fußes, konnte ich nachvollziehen.

Was wäre geschehen, wenn Cherubino so lange gewartet hätte? Nichts vermutlich. Er hätte Wege gefunden, mit dem, was geschehen war, zurechtzukommen. Ich schaute das Bild erneut an. Auf der anderen Seite sollte man Rache kalt genießen. Oder? Ich lachte leise.

Nachdem er den letzten Verantwortlichen an der Sache getötet hatte, derentwegen er derartig gelitten hatte, hörte er nicht auf. Er war Auftragsmörder geworden.

Mit einem Finger strich ich über das Foto, sah den Neunzehnjährigen an. Dunkle Locken, minimal heller als die Sebastians. Seine Augen waren grau. Nicht braun wie die Sebastians. Trotzdem – die scharfen Wangenknochen. Das Makellose. Damals schon hatte er sich mit einer Manieriertheit bewegt, die ich mitunter in Sebastian wiedererkannte.

Als er seine Entscheidung getroffen hatte, das Gesetz selbst in die Hand zu nehmen, war etwas zerbrochen. Es hatte ihn erkalten lassen und uns andere verändert. Tiziano war Polizist geworden, so wie ich später auch. Lorenzo hingegen zerriss sich zwischen ihnen, um beiden ein Freund zu sein. Bis letzten Sommer, als wir uns endlich wieder nähergekommen waren, hatte ich Lorenzo lange gemieden und mir eingeredet, er hätte etwas Kriminelles am Laufen, womit ich als Polizistin nichts zu tun haben wollte. Aber ich hatte mir etwas vorgemacht.

In Wahrheit, und das begriff ich erst jetzt, war das einzig Kriminelle an ihm, dass er die Freundschaft mit einem Killer nicht in den Wind schoss. Dass er ihn gut kannte und vermutlich regelmäßig traf. Wie sollte ich Sebastian so etwas erklären?

Musste ich das überhaupt? Soweit ich wusste, lieferte Cherubino ein passendes Pseudonym zu seinen Taten. Den talentierten Auftragsmörder konnte nie jemand identifizieren, und viel Mühe gab sich die Polizei auch nicht, denn nach allem, was Lorenzo sagte, suchte er sich seine Zielpersonen unter moralischen Gesichtspunkten aus. Offiziell war er einer der Söhne des früheren Staatsanwaltes Graziosa, der weggezogen war.

Aber weshalb grübelte ich über so was nach? Weil es in unserem Fall um Rache ging? Wegen der Frage nach Schuld? Weil er angerufen hatte, um mich vor Svetlana zu warnen?

Womöglich war alles davon teilweise richtig. Und weil ich mir wünschte, dass es zwischen Sebastian und mir keine Geheimnisse gab. Weil ich mir wünschte, er und Lorenzo könnten Freunde werden.

Ich legte das Foto weg, erleichtert nicht zu viel Ähnlichkeit zwischen Cherub und Sebastian erkannt zu haben.

Ich wankte zum Sofa und ließ mich fallen. Mit den Händen auf dem Gesicht versuchte ich angestrengt, nicht über meine Eifersucht nachzudenken, und konzentrierte mich wieder auf den Fall.

Ich glaubte Sandra Klarins, dass sie Jonas bis zu diesem Klassentreffen nicht getroffen hatte. Darüber hinaus glaubte ich ihr wenig. Stöhnend stemmte ich mich hoch, um mir einen Kuli und Papier zu holen. Am Küchentisch wollte ich mich auf ein simples Brain-Storming einlassen, aber dorthin kam ich nicht, denn es klingelte.

Ich humpelte zur Tür, drückte auf und linste durch den Spion. Durch das Guckloch starrte ich auf einen Berg roter Rosen. Als ich mit pochendem Herzen öffnete, las ein pickeliger Blumenbote in grüner Kluft meinen Namen von einem Zettel ab. „Frau Bracco?"

„Was steht denn auf dem Klingelschild?"

Er zog den Kopf zurück. „Bracco?"

„Genau."

„Das ist für Sie."

Den Strauß riss ich ihm aus der Hand. Blätter rieselten zu Boden. Die Tür knallte ich krachend zu, und als ich mit dem Gebüsch in die Küche rauschte, segelte ein weißes Kärtchen auf die Fliesen. Ich suchte nach einem Platz, wo ich den Urwald ablegen konnte, legte ihn in die Spüle, klaubte das Kärtchen auf und las.

Insieme per sempre.

Für immer zusammen. Darunter Sebastians Unterschrift.

Sofort flennte ich stumm, was sich mit Ärger vermischte, denn was dachte er, wie groß meine beiden Blumenvasen wären? Ich hatte keine Idee, wohin mit dem Gebüsch. Wie viele waren das überhaupt? Fünfzig?

Am Ende stand ein abgenutzter, knallroter 10-Liter-Putzeimer auf meinem Wohnzimmertisch und versperrte den Blick auf den Fernseher. Ich nahm den Blumeneimer mit ins Schlafzimmer und ging früh zu Bett.

*

In der Nacht bohrte jemand ein glühend heißes Messer in mein Bein und drehte es in der Wunde. Ich ruckte hoch, saß aufrecht im Bett und lauschte in mich hinein. Natürlich war da kein Messer, doch das hier geschah mitunter, wenn der verletzte Nerv muckte. Manchmal war es danach vorbei, als wollte der Nerv nur signalisieren, dass ich mich nicht in Sicherheit wähnen durfte, nur weil er eine Weile nicht geschmerzt hatte. Oft genug war eine solche Attacke der Vorbote für Schlimmeres.

Okay, ja, es wurde schlimm. In Abständen von circa 30 Sekunden jagte ein grellroter schriller Schmerz durch das Bein, verschwand und kam wieder. Nicht auf Supergau-Niveau, aber heftig genug, dass an Schlaf nicht mehr zu denken war.

Ich linste auf die Uhr meines Handys, das neben mir auf dem Nachttisch ruhte und vier Uhr anzeigte. Medikamente einnehmen wollte ich nicht. Das Zeug hatte einen gewaltigen Überhang, der mich die nächsten Stunden bei der Arbeit träge reagieren lassen würde.

Ich stand wieder auf und legte Musik von Raphael Gualazzi ein. Mein Magen knurrte wie eine Löwenmutter, also schlurfte ich in die Küche und fabrizierte ein Käseomelette, das mir fast vom Teller floss. Manchmal schrie ich auf vor Schmerz. Im Kühlschrank fand ich eine dreiviertelvolle Flasche Vernaccia di San Gimignano, die ich mit einem Glas zusammen auf den Tisch stellte. Während ich das Omelette in mich rein schaufelte und den

Wein wie Wasser trank, dachte ich an Katharinas Überwachungseinsatz vor Jonas' Haus. Wenn Jonas nach Hause gekommen wäre, wüssten wir das, dann hätte sie sich gemeldet.

Nach dem Mahl humpelte ich zum Eisschrank und nahm einen Schluck Limoncello aus der Flasche. Unter dem Druck des laufenden Falles wurde mir klar, dass meine Fähigkeiten als Ermittlerin in den Monaten dröger Verwaltungsarbeit in keiner Weise gelitten hatten. Was vor allem wieder anklopfte, war die Neugierde. Dieser Instinkt, der raubtierhaft forderte, die Leerstellen zwischen den Informationen zu füllen. Die fehlenden Puzzleteile machten mich nervös. Ich wollte wissen, ob Jonas Richter der Täter war. Und ob er zu Hause war.

Das schmutzige Geschirr ließ ich stehen und quälte mich ins Wohnzimmer. Mit der Flasche Wein in der Hand sank ich zu Lily auf den Teppich, streichelte sie ausgiebig, nippte ab und zu am Wein. Guallazzi spielte wie verrückt Piano und sang mit seiner kratzigen Stimme *Madness of Love*. Ich pflichtete jedem Wort bei, denn selbst ohne einen Gedanken an mich und Sebastian war Liebe ein gewaltiger Irrsinn. Jonas war in Sandra verliebt gewesen, hatte aber die Clique gewalttätiger Affen gefürchtet, die das Mädchen quälte. Und die Affenweibchen, die Sandra noch mehr zugesetzt hatten. Er hatte sich schuldig gefühlt, nicht weniger als Viktoria. Beide wurden von Schuldgefühlen geplagt.

Aber dass sie gemeinsame Sache machten, war eine Idee, die ich sofort wieder verwarf. Bei Viktoria war es eine Charaktersache. Sie war schlicht empathisch und verzieh sich selbst nicht, dass sie ihren Status nicht aufs Spiel gesetzt hatte, um zu helfen. Bei Jonas war Liebe im Spiel. Damals wie heute.

Mir war schwindelig. *Erzähl mir nicht, dass du von einem lausigen Wein schon voll bist.*

Ich kroch über den Teppich und versuchte, mich am Türrahmen hochzuziehen. Schwankend kam ich auf die Beine und humpelte zum Fenster. Von dort aus konnte ich es sehen. Mein Auto.

Die Frauen sind weg.

Plötzlich war ich völlig klar im Kopf. Ich ging jede Wette ein, dass Beatrix Knüller und Silke Schwarz entweder getürmt oder tot waren. Wenn die weg waren, war auch Jonas Richter weg, denn sollte er der Täter sein, woran ich immer sicherer glaubte, war er erst fertig, sobald er die Beatrix und Silke erledigt hätte.

Ich wankte ins Schlafzimmer, schlängelte mich in eine Jeans und suchte nach dem passenden Oberteil. Als ich angezogen war, schloss ich erneut die Augen und versuchte, alles vor mir zu sehen. Das war nicht besonders schwer. Überhaupt nicht.

*

Wie eine Piratin jagte ich im finsteren Morgen meinen Beetle die Rhein-Ufer-Straße gen Süden. Am Römerpark bog ich rechts ab und raste auf Zollstock zu. Nach und nach wurde der Verkehr dichter. Der Tag brach an, eine schieferfarbene Suppe breitete sich über uns aus. Die ersten Pendler strömten in die Stadt, sodass ich das Tempo zurücknahm.

Auf dem Weg zur Siedlung hinter dem Friedhof fuhr ich langsam am Haus der Knüllers vorbei. Im Carport stand sein Auto. Einen Kleinwagen sah ich nirgendwo, erinnerte mich jedoch nicht mehr, ob Bea Knüller ein eigenes Fahrzeug besaß.

Wieder beschleunigte ich, rumpelte den schlaglochbewachsenen Pfad entlang auf den Parkplatz vor der ehemaligen Kleingartenanlage und stieg aus. Kalte Morgenluft umfing mich auf dem Weg zwischen die Häuschen. Kreuz und quer parkten Kleinwagen älteren Datums, immer derart versetzt, dass sie die Straße nicht versperrten. Katharinas Lupo fiel dazwischen nicht auf. Der nächtliche Regen tropfte aus den Laubdächern.

Während ich auf ihren schwarzen Wagen zu stelzte, erkannte sie mich und verzog das Gesicht. Ich öffnete die Beifahrertür und glitt in den Sitz.

„Hallo Nelly", grüßte sie sparsam. „Was machst du hier?"

„Ich dachte, dir wäre langweilig", log ich. „Außerdem musst du müde sein. Ich wollte helfen."

„Ah." Misstrauisch musterte sie mich.

„Was passiert?"

Sie schüttelte den Kopf. Es wäre vielleicht netter gewesen, wenn ich uns Kaffee-to-Go mitgebracht hätte, doch das fiel mir erst jetzt ein. „Du kannst ein Nickerchen machen", schlug ich stattdessen vor.

Angriffslustig funkelte sie mich an. „Und du? Meinst du, du beobachtest besser als ich?"

„Ich habe es nur gut gemeint."

Vor dem Wagen eilte eine getigerte Katze über die Straße, im Mäulchen eine Maus. Mindestens eine Minute sagte Katharina nichts. Dann: „Na, gut. Ein Power-Nap schadet ja nicht."

Sie beugte sich über die Sitzlehne und schien nach etwas zu kramen, das hinten im Fußraum lag. Als sie wieder auftauchte, guckte ich ratlos aus der Wäsche, denn in Händen hielt sie ein helmförmiges Ding aus grauem, gepolstertem Viskosestoff und sortierte es so, dass eine ovale Öffnung nach vorne zeigte. „Ostrich Pillow", erklärte sie. „Das streift man über. Zum Power–Nap."

Ich guckte sicher ziemlich begriffsstutzig. Seufzend stülpte sie sich das Ding über und lehnte sich in den Fahrersitz zurück. Ich klappte die Kinnlade zu. Ob Sebastian das wusste? Oder Cornelius? Ich sollte es fotografieren, denn neben mir saß ... ja, was? Meine Kollegin Katharina, die einen Viskosehelm anhatte, der bis zu ihrem schmalen Hals herunterreichte, und der vorne am Gesicht einen minimalen ovalen Ausschnitt aufwies. Ich fragte mich, wozu das Teil an der Seite zwei Löcher hatte. Resigniert schüttelte ich den Kopf und starrte angestrengt durch die Windschutzscheibe.

Wenn Jonas Richter nicht längst weg war, wartete er auf eine Gelegenheit. Ich war drauf und dran, nachzusehen, und doch rang ich lange mit mir. Einmal nur wollte ich nicht tun, was von mir erwartet wurde, nämlich mich in eine chaotische Lage hineinmanövrieren.

Die Sonne spitzte über den Horizont, und die Siedlung erwachte zum Leben. Kinder mit Schulranzen und Rucksäcken verließen die Häuser. Ein Mann hastete zu seinem Wagen und wurde von einer Frau zurückgerufen, die ihm eine Blechdose mit auf den Weg gab. Männer in Handwerkluft radelten auf ihren Drahteseln von dannen. Sie alle hatten gemein, dass sie verwirrt in den Lupo glotzten, in dem eine Frau mit chaotischer Lockenpracht neben einem schnarchenden grauen Alien hockte und Löcher in die Windschutzscheibe starrte. Ich winkte lächelnd.

Seit zwei Stunden ratzte Katharina schon in ihrem Nap-Sack, und an Jonas' Haus tat sich nichts, sah man von den Raben ab, die vorne im Gras pickten. Innerlich war ich total hibbelig. Wenn Jonas Richter längst fort war, verplemperten wir eine Menge Zeit. Mich überfiel ein eingefrorener Augenblick. Sekunden, in denen ich Bea und Silke blutüberströmt und tot in einem Kofferraum vor

Augen sah. Mit einem Ruck erwachte ich aus der Lähmung und mich schwang aus dem Wagen.

Leider weckte ich Katharina damit. „Wo gehst du hin?", murmelte sie.

Trotz der Öffnung des Nap-Sacks sah ich nur den geringsten Teil ihres Gesichts „Ich geh' gucken, ob er nicht längst weg ist."

„Nein!", rief sie jäh hellwach. Okay, ich gebe zu, durch die Viskose hörte es sich nach „Nön" an.

Ich ließ sie links liegen und bewegte meine steifen Knochen auf das Haus zu. Licht brannte keines, es wirkte wie ausgestorben. Eine Autotür knallte. Als ich mich im Gehen umdrehte, guckte ich auf Katharina, die neben dem Auto stehend immer noch die Haube aufhatte und extrem beknackt aussah. „Steig wieder ein." Ich scheuchte sie mit der Hand zum Wagen. „Der ist längst weg."

Wie festgewachsen blieb das Alien stehen. Ich stakste über die Hantelscheiben im Gestrüpp vor dem Eingang zu Jonas Richters Haus und zog rein prophylaktisch die Waffe, als ich drinnen war. Ab hier ging alles rasend schnell.

Zuerst war da ein Scharren. Dann wirbelte jemand blitzschnell herum, schleuderte mich an die nächste Wand und fixierte mich dort, mit dem Unterarm unter dem Hals. Gleichzeitig verspürte ich einen unerträglichen Schmerz in der rechten Hand, der meine um die Pistole gekrallten Finger aufschnappen ließ. Der Kerl nahm mir die Waffe ab. Ächzend versuchte ich, mich frei zu kämpfen, aber angesichts seines privaten Fitnessstudios hätte ich mir denken können, wie kräftig Jonas Richter war. Meine Waffe hielt er am Lauf.

Unwillkürlich richtete ich mich auf einen gewaltigen Schlag ein, doch dann stürzte Katharina hinein. Oder das, was vielleicht Katharina war, denn sie hatte noch immer dieses Ding auf.

Verblüfft riss der Angreifer die Augen auf, trotzdem schlief sein Reaktionsvermögen nicht. Er gab aus meiner Waffe einen Schuss ab, der Katharina in den Fuß traf. Vor Schmerz schreiend stürzte sie in den Tisch, riss ihn um, stieß gegen die Anrichte, auf der die Kaffeemaschine zu wackeln begann, die ihr schlussendlich auf den Kopf krachte. Wegen des Viskosehelmes gab es nur ein leises Tock. Dann ein: „Ah." Und Ruhe war.

Das muss der Schock sein, dachte ich. Ich versuchte, etwas zu sagen, aber in meinen Lungen war keine Luft mehr.

Der Mann hob die Pistole wie zu einem Schlag. Dann fühlte ich heftigen doch kurzen Schmerz an der Schläfe. Die Lichter gingen aus.

*

„Nelly!" Die Stimme, Sebastians Stimme, hallte mit Echo in meinem Kopf. „Nell! Bitte, komm zu dir."

Seine Besorgnis holte mich aus der Ohnmacht. Ich klappte die Lider auf und fand mich auf einem speckigen Linoleumboden zwischen umgestürzten Stühlen und zerbrochenem Geschirr. *Wo ist er denn?* Mehrmals blinzelnd schaute ich mich um. Träumte ich seine Stimme nur? *Doch! Da ist er.* Ich brachte mich in eine aufrecht sitzende Position und wurde stetig wacher, während ich ihm dabei zuguckte, wie er vor Katharina kniete, und sie flehentlich bat, aufzuwachen.

Sie hatte noch immer das doofe Ding auf, diesen Helm. Mit gewaltigem Schädelbrummen tastete ich nach meiner Schläfe, aber ich schickte die Wut nicht fort, die mich aus der Benommenheit riss. „Sebastian", krähte ich.

Er ruckte herum, die Hände um Katharinas Schulter. In wenigen Sekunden durchlief seine Mimik die Stadien Verwirrung, Denken und Begreifen. Er ließ ihre Schulter los. Krachend sank sie zurück zu Boden. Endlich kam er rüber und setzte sich neben mich, fühlte sanft mein Gesicht nach. „Der RTW ist unterwegs", stieß er aus.

Ich zog mich mit seiner Hilfe auf die Beine, die Lippen zu einem wütenden Strich zusammengepresst.

„Himmel, Nelly, was ist denn?"

Ich wankte aus der Hütte raus in den kühlen Morgen. Als ich mich umdrehte, sah ich ihn mit ratloser Miene in der Tür stehen. Den Schotterpfad entlang kroch der RTW.

„Du hast nur gedacht, dass ich das bin, weil sie dieses bescheuerte Ding auf hat!" Ich zeigte mit beiden Händen zur Tür. „Weil du dir denkst, so was Beknacktes kann nur Nelly anziehen!"

Er schüttelte sich leicht.

„Dabei hättest du es an den Schuhen sehen können!" Die Sanis liefen mit einer Bahre an uns vorbei ins Haus. „Ich würde niemals Gesundheitsschuhe anziehen!"

Mit der Zunge leckte ich mir über die gesprungenen Lippen und torkelte zum RTW, in der Hoffnung, darin etwas zum Trinken zu finden. Da die Karre hinten offen war, kletterte ich hinein und durchforstete die Schubladen und Schränke. Notfalls würde ich mir eigenhändig eine Kochsalzlösung verabreichen.

Sebastian war mir gefolgt und fand eine ungeöffnete Wasserflasche im Fußraum, die er mir entgegenstreckte. Ich riss sie ihm förmlich aus der Hand.

„Und weshalb kippt die um?", regte ich mich weiter auf. „Was ist das denn für eine Polizistin!"

Die Flasche aufschraubend sah ich dabei zu, wie die Sanis Katharina auf der Bahre herbei schoben. Die halbe

Flasche soff ich leer. „Sie hat dieses Teil auf dem Kopf, Sebastian. So schwer ist eine Kaffeemaschine nun auch nicht, dass man davon das Bewusstsein verliert. Und der Schuss in den Fuß? Du lieber Himmel, es ist ein Fuß."

„Du hast da erfahrungsbedingt eine höhere Schmerztoleranz", verteidigte er sie, doch ich hörte ihm kaum zu.

„Nehmen Sie ihr endlich die bescheuerte Haube ab!", schrie ich die Sanis an. „Und vielleicht gucken Sie mal genauer hin! Man hat ihr in den Fuß geschossen!"

Der Befehl löschte das alberne Grinsen der Männer aus. Hektische Betriebsamkeit brach aus.

„Er hat meine Pistole", maulte ich.

„Hat er nicht. Sie liegt in der Diele."

„Oh." Ich hielt mir den Kopf, aber auf dem Weg zum Auto hängte ich mich an Sebastian. Dabei fiel mir auf, wie viele Leute sich schon um uns herum versammelt hatten. Schaulustige, aus deren Mitte sich überraschend ein Typ löste, dem die Fliegerseide-Jogginghose unter dem Bierbauch hing. Obenrum trug er ein Unterhemd, und doch hatte er nicht den Hauch einer Ähnlichkeit mit Bruce Willies. Mit einer Flasche Kölsch in der Hand löste er sich aus der Gruppe und wankte auf uns zu. Wir blieben stehen.

„Der Jonas is' gar nicht da", lallte er.

Natürlich nicht, dachte ich, *er hat uns eins übergebraten und ist getürmt.*

„Wie meinen Sie das?" Sebastian war mal wieder geduldiger.

„Der ist gestern früh gefahren", mischte sich eine dralle Brünette ein. „Hatte 'nen Rucksack mit und ist weg." Sie zog ein ausgeleiertes T-Shirt mit verblasstem Print tiefer über die Leggings, in die sie sich gezwängt hatte.

„Ich hab' ihn noch gefragt, wo es hingeht", drängelte sich eine dünne Blondierte dazwischen, die mich an Svetlana erinnerte. Die Ex-Geliebte meines Bruders Lorenzo, mit Vorliebe für Leo-Sprint-Kleider aus Spandex. Diese hier trug Hausschühchen mit Pfennigabsatz und Plüsch auf dem Schuhspann.

„Hat er es dir gesagt?", schnappte die Brünette, deren Brüste bald zu den Kniekehlen hingen.

„Nein", räumte Miss Pfennigabsatz kleinlaut ein und warf das Haar affektiert nach hinten. Dabei löste sich eine Extension und blieb wie ein totes Tier im Dreck liegen. „Aber wenn er es irgendjemandem erzählt hätte, dann mir." Und zack, hing das Näschen in der Luft.

„Du eingebildete Bitch!" Die Brünette schrie. „Nur weil er dich mal …"

„Ihr habt alle keine Ahnung!" Mit einem Nudelholz stürzte eine kleine schwarzhaarige Frau Mitte dreißig aus einem der Häuschen. „Ihr wisst nichts über ihn!"

Scheiße, was wurde das hier? Ein Eifersuchtsdrama? Mit dem Nudelholz in Händen blieb sie stehen. Das Küchenwerkzeug war mit Mehl überzogen, wie die gesamte kleine Person, was darauf hinwies, dass sie es nicht als Waffe aus der Schublade gezogen hatte. Sie buk. Das beruhigte mich etwas.

„Dann schlage ich vor, Sie erlösen uns von unserer Ahnungslosigkeit." Sebastian schaffte es, charmant und respektvoll zu klingen.

Sie wischte sich über die Stirn, wobei sie Mehl auf ihrem Äußeren verteilte. „Viel kann ich nicht sagen." Schon klang sie unschlüssig, als bereute sie es, sich so weit aus dem Fenster gelehnt zu haben. „Aber mehr als diese Zicken hier. Kommen Sie mit."

*

Sie stellte sich als Andrea Pütz vor. Wir liefen ihr nach in eine enge Küche, in der uns die quakende Stimme vor Eros Ramazotti umfing, der in seinem eckigen Italienisch etwas von Liebe faselte. Ehe wir uns versahen, hockten wir auf wackeligen Stühlen in einer Mehlwolke, in der Andrea sofort all ihre Energie in das Ausrollen eines Teiges investierte.

„Nicht, dass Sie denken, wir wären zusammen oder so was", plapperte sie. „Wir sind nur Freunde."

„Ich würde nicht wagen, etwas anderes anzunehmen."

Ich blinzelte. Hatte Sebastian das wirklich gesagt? Manchmal hatte er es nicht drauf, zu registrieren, wann eine Bemerkung ein Kompliment und wann eine Beleidigung war.

Frau Pütz hörte kurz auf, den Teig malträtieren, und guckte ihn mit erhobenem Nudelholz an. Ich fürchtete schon, mich dazwischen werfen zu müssen, doch glücklicherweise fing sie wieder zu rollen an, gab dabei aber ein kleines Geräusch von sich, das nach Verachtung klang.

„Vielleicht", meldete ich mich zu Wort, „erzählen Sie uns mal was von ihm."

„Er war Soldat." Der Teig musste hauchdünn sein, sie nudelte trotzdem weiter.

„War?"

„Die gehen ja schon früh in Rente."

„Pension."

„Was?" Sie hielt inne und schüttelte dann den Kopf. „Nee, keine Pension. Das Haus gehört ihm."

Genervt schnellte ich aus dem Hocker und starrte an den ausgebleichten Gardinen vorbei auf die Möchtegernstraße.

Die Schaulustigen hatten sich zerstreut, der RTW mit Katharina war weg. Ich drehte mich wieder in den Raum und fixierte die silberne Espressokanne auf dem Herd. Die Knoblauchzwiebeln, die an einer Kordel von der Decke hingen. Und den ollen Hocker, auf dem die Box thronte, die uns mit Eros' Gesülze quälte. Mir schwante, dass dies hier nur wieder eine dieser Deutschen war, die italienischer als die Italiener sein wollten.

„Er ist also in Rente", griff Sebastian den Faden unbeirrt auf. „Seit wann?"

„Erst seit einem Monat oder so."

Sie legte das Nudelholz weg und griff nach einem Beutel Mehl, aus dem sie den Inhalt großzügig über den Teig und über uns verteilte. „Er hat sich gefreut", gluckste sie dabei.

„Es ist immer eine Freude, wenn man …"

„Ne, nicht wegen der Rente." Sie schwang herum und stäubte Sebastian ein. „Er hat erzählt, dass er zu einem Seminar fahren wollte. Bewusstseinserweiterung durch Entspannung oder irgend so ein Kram. Ich hab' ihn gefragt, was das sein sollte. Zuerst hat er rumgedruckst. Dann gab er mir das hier."

Sie öffnete die Schublade unterhalb der Tischplatte, in die ich einen Blick hineinwarf. Zwischen Gummibändern, Kulis, Vitaminpillendöschen und nicht näher zu bezeichnendem Krempel wühlte sie nach etwas, das sie mir dann hinstreckte. Ich nahm das zerknitterte Papier in Augenschein. Werbung für einen Achtsamkeitskurs? Ballast abwerfen?

„Eine Urlaubsreise?" Ich reichte den Fetzen an Sebastian weiter, der in seiner Mehlschicht etwas amüsant Gespenstiges an sich hatte. Er warf nur einen flüchtigen Blick darauf, behielt es aber in der Hand.

„Urlaub ist das ja nicht", gab die Frau zurück. „Es ist etwas viel Wichtigeres." Sie seufzte verträumt. „Er hat einen Kameraden. Ich würd' das ja Freund nennen, aber er nennt ihn Kameraden. Der war in letzter Zeit dauernd hier." Sie hob eine Schulter. „Wenn einer was verbrochen hat, dann der. Ich mag den nicht. Kein guter Einfluss."

Ich wechselte einen Blick mit Sebastian. „Wie sieht der Mann aus?", hakte ich nach. Sie lehnte sich mit ihrem Po an den Tisch. „Kalte Augen."

Es war immer wieder erstaunlich, dass manche Menschen zwar gesprächig waren, man ihnen aber doch das Wichtigste aus der Nase ziehen musste.

„Wenn Sie etwas konkreter würden?", bat Sebastian mit Engelsgeduld.

„Na, er ist viel jünger als Jonas. Könnte sein Sohn sein, denk' ich." Das klang vielversprechend. Und nach dem zweiten Mann vor dem Hotel.

„Beschreiben können Sie ihn nicht näher?" Sebastian schraubte sich aus dem Stuhl und wischte sich über die anthrazitfarbene Anzughose, was das Mehl nur weiter verteilte.

„Nee. Aber wie gesagt, sie kennen sich von der Arbeit."

„Seinen Namen?", drängte ich.

„Also, das eine kann ich Ihnen sagen." Sie griff nach einem Teigroller und unterstrich damit die Ankündigung. „Ein Paar sind die nicht!" Sie fuchtelte mit dem Ding zu Sebastian und mir.

„Und wenn schon", schnaubte ich. Wegen einer Sache, die ich völlig normal fand, bedrohte sie mich mit dem Teigroller? Gern hätte ihr einiges gesagt. Zum Beispiel, dass es uns wumpe war, ob Jonas und sein Kamerad ein Paar waren. Und dass so dünne Ravioli sofort durchbrechen, wenn man sie füllt, aber etwas hielt mich zurück. Jedes Wort schmerzte in meinem Schädel. Ich schraubte die Anzahl der Wörter auf ein Minimum zurück. „Der Kamerad."

Sie fing an, Vierecke aus dem Teig zu schneiden. „Ja, der hat einen Schlüssel fürs Haus. Jonas hat mir letzten Monat gesagt, dass der ab jetzt öfter ein- und ausgehen würde, und dass es in Ordnung wäre. Nur für den Fall, dass ich ihn allein, ohne Jonas, beim Haus seh'."

Wieder wechselte ich einen Blick mit Sebastian. Am Ende war es nicht Jonas Richter gewesen, der mich und Katharina stumm geschaltet hatte.

*

Kaum draußen telefonierte Sebastian mit einem Kollegen im Präsidium. Was genau er verlangte, verstand ich nicht, ich hörte nicht zu, weil bei Jonas Richters Haus jemand meine Aufmerksamkeit abverlangte. Aus der Tür schritt Frau Dr. Carola Adler wie in einem Werbespot für Profilerinnen. In einer Hand trug sie ein Klemmbrett, mit der anderen lockerte sie ihren dichten blonden Pagenschnitt. Alles, was fehlte, war Slow Motion. Nachdem sie uns entdeckt hatte, winkte sie. *Dreiwettertaft,* dachte ich und stellte mich in Position. Sie zielte direkt auf Sebastian. Als sie bei uns ankam, steckte er gerade sein Handy weg.

„Was ist dir denn passiert?" Sachte schrubbte sie über sein Jackett, was das Mehl tiefer in die Fasern drückte.

Mir auch, dachte ich. *Mir ist das auch passiert. Und noch viel mehr. Ich bin sogar überfallen worden.*

„Carola." Er wischte ihre Hand fort. „Staatsanwalt Brügger hat uns das Okay gegeben. Du kannst dich im Haus umsehen."

Unvermittelt hatte sie ein Tuch in der Hand und fing an, an ihm herum zu reiben. Eine neue Mehlwolke stob von ihm auf. Ich explodierte nur deshalb nicht vor Wut, weil ich ihm ansah, wie unangenehm ihm diese Zudringlichkeit war. Zudem kam da gerade Maurice an gedackelt, Carolas Lebensgefährte.

„Nelly", grüßte er. Kurz trafen sich unsere Blicke. Das Saphirblau seiner Augen war weiterhin reizvoll, aber es spielte keine Rolle mehr für mich. Auf sein Räuspern hin huschte Caro beiseite und suchte verlegen einen Ort, an dem sie das Tüchlein verstauen konnte. Maurice mühte sich nicht mit weiteren Begrüßungen ab und legte direkt los. „Ich habe einen Uniformierten losgeschickt, um bei Frau Knüller und bei Frau Schwarz nachzusehen", erstattete er Sebastian Bericht. „Beide wurden nicht zu Hause angetroffen."

„Was?" Ich stemmte die Fäuste in die Hüften.

„Bitte?" Maurice blinzelte.

„Wann?", wollte ich wissen.

„Was?"

„Wenn die Kommunikation zwischen euch beiden immer so gelaufen ist, darfst du mir keine Schuld geben, Nelly." Mit gespreiztem Finger wischte sich Frau Dr. Adler die Wimpern zurecht, um anschließend mit ihnen zu klimpern.

Ohne mich anzusehen, hielt mich Sebastian am Oberarm fest und verhinderte einen Straßenkampf. „Weiter", forderte er von Maurice.

„Sie sind nicht erreichbar", erklärte dieser mit einem wachsamen Seitenblick auf mich. „Anscheinend verreist. Ich habe die Wohnung öffnen lassen, wegen Gefahr im Verzug. Das Haus der Knüllers auch. Alles sieht nach übereiltem Packen aus. Keine Spuren eines Angriffs. Der Wagen von Frau Schwarz ist verschwunden. Ein 3er BMW

Kombi Baujahr 2007, hellgrau. Fahndung läuft. Bisher ergebnislos."

Carola betrachtete ihre rot lackierten Fingernägel.

Ich lehnte mich gegen Sebastians Auto. „Das Hausboot", wisperte ich. Dann aufgeregter: „Gib mir mal den Werbeflyer."

Sebastian war nicht auf den Kopf gefallen. Sofort fischte er das zerknitterte Teil aus der Hosentasche und hielt es so, dass wir beide drauf schauen konnten.

„Der Achtsamkeitskurs …", fing ich an.

„Findet auf einer Havelinsel statt", schloss er. „An der Havel steht Knüllers Hausboot. Wenn die Damen dort sind, hängen ihnen Richter und sein Kumpel an den Fersen."

„Wovon redet ihr?" Maurice, inzwischen hinter uns, linste an unseren Schultern vorbei auf den Flyer. Sein warmer Atem in meinem Nacken wehte all die Enttäuschungen zu mir zurück, die er mir bereitet hatte.

Ich schnellte herum, wollte ihn wegstoßen, aber Sebastian griff nach meinem Arm. „Maurice, Sie zu, dass Sie etwas über Richters Bundeswehrzeit rausbekommen. Vor allem, mit wem er Freundschaften geschlossen hat."

Deutlich runtergekühlt spöttelte ich zu Carola: „Vielleicht versuchst du, herauszufinden, warum er sich mit seiner Rache so viel Zeit gelassen hat, Frau Dr. Adler. Im Haus liegen eine Menge Tagebücher herum."

*

Auf dem Weg ins Präsidium, der uns in einem innerstädtischen Stau kleben ließ, hatten Sebastian und ich genügend Zeit, eine hitzige Diskussion über unser weiteres Vorgehen zu führen. Ich verlangte, dass wir uns selbst ein

Boot mieteten. Das bot die besten Chancen, Bea und Silke zu finden und auf der Havel darauf zu warten, dass Jonas Richter die beiden aufstöberte. Dann hätten wir ihn.

Doch Sebastian warf mir vor, leichtfertig mit Menschenleben zu spielen. Er faselte etwas von Verantwortung, die es uns nicht erlaubte, unschuldige Menschen als Köder zu nutzen.

Unschuldig? Ich wunderte mich über dieses Attribut. Wieso waren diese beiden widerwärtigen Hexen schuldlos? Über Jahre hatten sie ein junges Mädchen gedemütigt. Sie hatten es gequält und ihm jegliche Würde geraubt. Ihm die Schulzeit unerträglich gemacht. Der Gedanke daran, dass Sandra inzwischen verheiratet war und glücklich wirkte, versöhnte mich nicht.

Ich redete mich in Rage, immer wieder unterbrochen von Sebastians Telefonaten, die ihn über den Stand der Fahndung nach Richter auf der einen Seite, und den abgängigen Damen auf der anderen Seite informierten.

Jonas Richter flog unter dem Radar. Doch das war nur ein Argument mehr für meine Idee. Ich rieb mir die Schläfen gegen die gigantischen Kopfschmerzen. Allein der Gedanke an Katharina, deren Fuß durchlöchert war, relativierte das Hämmern in meinem Schädel. Trotzdem - je lauter ich argumentierte, desto heftiger wurden die Schmerzen. Ich hatte keine Ahnung, ob Sebastian am Ende deswegen klein beigab. Als er das nächste Mal mit der Dienststelle telefonierte, befahl er einem Anwärter, uns ein Boot in Plaue an der Havel zu mieten.

„Nur, weil es eilt, Nell. Maurice nimmt Kontakt mit Richters letzter Dienststelle auf, um etwas über einen Kameraden in Erfahrung zu bringen, mit dem er enger befreundet und der jünger ist als er. So was dauert, und ich stimme dir zu, dass die beiden Frauen in Gefahr sind."

Zufrieden in den Sitz gelehnt konstatierte ich, dass wir nicht mehr auf dem Weg ins Präsidium waren. Er bog unter der Zoobrücke auf die Stammheimerstraße ab, auf den direkten Weg zu mir nach Hause. Der Himmel war aufgerissen und ließ zaghafte Sonnenstrahlen hindurch, die das feuchte Laub auf den Straßen beleuchteten.

Ich dachte an mein Auto, das wieder woanders stand, dieses Mal in der Kleingartenanlage in Zollstock. Nebenher verdrängte ich die Gedanken an Sebastians Abendessen mit Audrey am Vorabend. Dabei war das gefährlicher als die alberne Verwechslung vorhin wegen der Schlafhaube.

Endlich am Ziel, in zweiter Reihe parkend, sah er über die Entscheidung, meiner Idee nachzugehen, unglücklich aus. Trotzdem bat er mich, eine Tasche mit Reisekleidung für einen Bootstrip in Brandenburg zu packen. Bald würde er mich abholen, versprach er.

Zu Hause packte ich in aller Eile, immer wieder unterbrochen von Telefonaten auf zwei Geräten. Für meine Katze Lily brauchte ich eine Betreuung, was ich über das Festnetz regelte, als Sebastian mir auf dem Handy mitteilte, dass es keine Boote mehr zu mieten gab. In einigen Bundesländern waren bereits Herbstferien und Hausbooturlaub erfreute sich immer größerer Beliebtheit. Nicht einmal der polizeiliche Wunsch half da weiter, insbesondere, weil wir Inkognito reisen wollten. Seufzend kümmerte ich mich auch noch um ein Boot.

Als die Tasche gepackt war, nahm ich zwei Ibu mit Cola ein und hätte mich prima hinlegen können. Mein Schädel hätte es mir gedankt, aber es war mir wichtiger, ein Outfit nach dem anderen anzuprobieren. Bei meiner ersten Reise mit Sebastian wollte ich perfekt aussehen, es spielte keine Rolle, dass es eine Dienstreise war. Die Haare band ich mir hoch. Ich schlüpfte in eine weiße Jeans, wühlte ein dunkelblauweiß-gestreiftes Langarm-Shirt aus den Untiefen meines Schrankes und schrak beim Läuten der Klingel zusammen. Fröhlich hetzte ich zur Tür.

Mit der Hand an der Klinke kicherte ich beim Gedanken daran, was Sebastian anhaben würde. Yachtshorts und geblümte Hemden waren unvorstellbar, trotzdem reagierte ich verdutzt, als er die drei Stufen immer noch im Maßanzug hochkam.

„Wir kriegen kein Boot, Nelly", wiederholte er zwischen zwei Küssen. „Ich fürchte, wir müssen die Idee begraben." Er kam rein, nahm mir die Tür aus der Hand, um sie leise zu schließen.

„Ich habe mich drum gekümmert", verkündete ich nicht ohne Triumph.

Er zog die Brauen zusammen.

„Ich habe einen Cousin", erklärte ich auf dem Weg ins Schlafzimmer, um meine Reisetasche zu holen. „Der hat einen Hausmeisterservice, der jedes Problem löst."

„Das heißt?" Wachsam musterte er mich.

„Er hat mir eine Adresse gegeben. Wir fahren zu dir, packen dein Reisezeug ein und fahren dann nach Havelberg."

*

Doch so schnell kamen wir nicht weg. Vor Sebastians Wohnung warteten Maurice und Carola. Schon durch die Windschutzscheibe sah ich, wie aufgedreht sie waren. Als Carola uns entdeckte, winkte sie hektisch, und während Sebastian einparkte, registrierte ich Jonas Richters Tagebuch, das sie an sich presste.

„Was ist?", fragte ich.

„Lasst uns reingehen." Sie drängte sich an uns vorbei, und einen feinen Moment dachte ich, sie würde sich hier auskennen. Doch auf dem ersten Treppenabsatz blieb sie stehen. „Welche Etage?"

Einige Minuten später saßen wir in Sebastians eleganter Ledergarnitur und hatten ein Kaltgetränk in Händen oder auf dem Tisch. Wegen Lily waren wir häufiger in meiner Wohnung, doch jedes Mal, wenn ich hier war, wunderte ich mich darüber, wie ordentlich es aussah. Als wäre Sebastians Lebensraum ein verdammtes Museum. Und wieder fühlte ich mich unvollkommen. Ich würde ihn beizeiten fragen, ob er eine Haushaltshilfe hatte.

Carola schlug das Tagebuch von Jonas auf, dem sie einen beidseitig mit ihrer akkuraten Handschrift beschriebenen Bogen Papier entnahm. „Zunächst mal … die Tagebucheinträge zeugen davon, dass er häufig an Sandra und die Ereignisse gedacht hat. Es finden sich Gedanken dazu, überwiegend Schuldgefühle, aber auch Wut."

„Rachefantasien?", wollte ich wissen.

„Im Grunde nicht. Verwünschungen ja. Gelegentlich so ein altmodischer Satz wie, dass er ihnen die Pest an den Hals wünscht. Aber keine ausgetüftelten Pläne. Keine abnormen Zeichnungen."

„Aber?" Sebastian, mittlerweile ohne Jackett und Weste – beides ein Detail, das er mit Lorenzo gemein hatte – nippte an seinem Wasser.

„Wir suchen ja nach einem Kameraden", brummte Maurice an ihrer statt. „Ich habe morgen früh ein Treffen mit einem Hauptmann, der Jonas Richter recht gut kannte, aber nicht mit ihm befreundet war. Trotzdem hat Carola etwas entdeckt." Er bedachte sie mit einem verliebt funkelnden Blick.

Sie hielt Fotos in die Luft. „Die waren da drin." Nacheinander schauten wir uns die Aufnahmen an, die sie rundgehen ließ.

„Norwegen", mutmaßte Sebastian. „Ein Fjord, Felsen, an die sich dürre Birken klammern."

„Sieht kalt aus." Mich fröstelte es.

„Auf der Rückseite steht das Datum. Und ja, im April ist es dort kalt." Er lächelte.

„Zu den Bildern gibt es einen Text", führte Caro aus. Erst jetzt bemerkte ich, dass sie nur einen Hausanzug aus dunkelblauem Samt trug, als wären sie und Maurice sofort losgestürmt, nachdem sie die Entdeckung gemacht hatte.

Ich erinnerte mich, dass Maurice keine Bekleidung nur für zu Hause besaß, und daran, dass er die Angewohnheit hatte, nur in Unterhosen herumzulaufen, wenn er nicht mehr vorhatte, vor die Tür zu gehen. Zu Zeiten unserer Beziehung hatte mich das irrsinnig genervt. So was war ich nicht gewöhnt. Zu Hause in Florenz hatten alle selbst in der Freizeit vernünftig ausgesehen. Es gab schließlich bequeme Loungewear, die nach etwas aussah. Carola bewies es gerade, sah man von ihren komischen Hausschuhen ab, die wie gehäkelte Hüttenschuhe daherkamen. Allerdings war ich erleichtert, dass Maurice nicht in Unterhosen losgefahren war.

„Eine Nato-Übung in Norwegen", fing Caro an. „An einem Fjord. Und fast wären er und ein Kamerad nicht mehr zurückgekehrt."

Jonas, auf einem norwegischen Fjord zwei Jahre zuvor

Der Motor verreckte. Wir hockten da in einer Nussschale von einem Boot, nur weil Henning die Ruder nicht mitgenommen hatte. Die Kameraden, auf vier weitere Boote verteilt, brausten mit röhrenden Motoren von dannen und zogen schaumige Wasserspuren hinter sich her. Keiner drehte sich nach uns um, um zu sehen, wo wir blieben. Ich überlegte, ob es an Henning oder an mir lag. Vor wenigen Jahren hätte ich es allein auf mich bezogen, doch mittlerweile war ich fähig, diese uralten Minderwertigkeitsgefühle aus Schülertagen hinter mir zu lassen. Außerdem hatte ich mich seiner angenommen, *weil* er gemobbt wurde. Weil die Kameraden ihn ausgrenzten.

Henning zog und zog an dem Kabel des Außenbordmotors. Obwohl es saukalt war, stand ihm der Schweiß auf der Stirn. Hin und wieder sah er zu mir rüber, in seinem Blick Scham. Ohne Zweifel dachte er an die Ruder, die er auf dem Steg, kurz bevor es losgegangen war, zurückgelassen hatte. „Wir sind Flusspioniere", hatte er großspurig getönt. „Die brauchen wir nicht."

Das sahen wir ja jetzt. Den Vorwurf las er mir in der Miene ab. „Es tut mir leid", jammerte er.

Auf meinem Bänkchen im Bug des Bootes gegen die Kälte zusammengekauert starrte ich die Berge an, die uns umringten. Weit und breit kein Zeichen menschlichen Lebens. Die Luft flirrte vor Kälte. Unter meiner tropfenden Nase würden sich bald Eiszapfen bilden. Dennoch tat er mir leid. Ich hatte unendliches Mitleid mit ihm, wie er auf der Planke im Heck des Bootes in sich zusammenfiel. In der Eiseskälte herrschte ohrenbetäubende Stille, nachdem die gesamte Einheit verschwunden war. Nicht mal Wasser plätscherte.

„Wenigstens ist es windstill." Ich seufzte.

Hätte ich besser geschwiegen. Sofort fing er zu weinen an. „Ich bin ein Versager", jammerte er. „Die Kameraden haben recht. Ich bin zu nichts zu gebrauchen."

„Henning", beschwichtigte ich.

Er jaulte auf. „Das hat meine Mutter …meine Mutter …"

„Deine Mutter?" Ich runzelte die Stirn. Dabei hatte ich das Gefühl, Eis brechen zu hören. Auf meiner Stirn. „Was hat die damit zu tun?"

„Sie hat mich nicht gewollt. Und alle haben recht damit. Ich bin wertlos. Nutzlos …"

„Nu hör aber mal auf."

„Meine Mutter!", schrie er mit sich überschlagener Stimme.

Zuerst dachte ich: *Na, wenn das keiner gehört hat, ist uns nicht zu helfen.* Dann schämte ich mich. Dachte, dass ich nicht besser wäre als Torsten, Jürgen und die anderen, wenn mir nichts anderes einfiel, als diesen armen Tropf auszulachen.

„Deine Mutter?", hakte ich nach.

Lautstark zog er die Nase hoch, was auch besser war, denn sonst würde der Rotz unterhalb seiner Nasenlöcher zufrieren. Mir aus dem Gestammel die traurige Geschichte seiner Kindheit zusammenzureimen, die er stockend erzählte, war schwierig. Dauernd betonte er, dass ich der Einzige sei, der je zu ihm gehalten hatte. Das Bauchpinseln ging mir zwar auf die Nerven, doch mir kam ein Gedanke. Damals hatte ich Sandra nicht geholfen, aus Angst davor, dass die Clique mich in das Konglomerat ihrer Opfer eingliederte. Dafür hatte ich mich jahrelang gehasst. Jetzt hatte ich jemandem geholfen, der gemobbt wurde, und das hatte ich nun davon. Von den anderen wurde ich abgestraft, indem sie mich mit Henning in der kalten

Einöde dem Schicksal überließen. Ich war bereit, es als Strafe für meine zurückliegende Feigheit zu akzeptieren.

Das Boot geriet in Schieflage, als ich aufstand und nach hinten kraxelte, um den Außenborder zu starten. Hoffnungsvoll, als wäre ich ein Magier, starrte Henning mich an. Doch es war sinnlos. Der Motor gab orgelnde Töne von sich und erstarb. Ich kletterte auf meine Bank zurück und schwieg. Von Sandra, der Schulzeit und davon, wie ich mich gefühlt hatte, redete ich erst, als Henning wieder zu weinen begann. Davon, wie ich es hatte hinter mir lassen können, wollte ich berichten. Davon, dass ich erstarkt war, um ihm ein Beispiel zu geben.

Dass es nie hinter mir gelegen hatte, sondern mir wie ein Schatten auf den Fersen war, musste er instinktiv spüren. Er stellte Fragen. Ich hätte lügen müssen, um bei der Geschichte meiner Heilung zu bleiben. Lügen hätten uns hier nicht geholfen, und was sollte es? Wir würden hier elendig verrecken, was schadete es, Schwäche einzugestehen?

Wir starben nicht.

Wenn ich hier so auf dem Sofa liege und hinaus auf die Terrasse schaue, kommt es mir wie ein kleines Wunder vor.

Die Rettung hatte sich in tiefer Finsternis abends um 21:30 Uhr in Form eines Kreuzfahrtschiffes gezeigt. Die Boote der Kameraden rasten um das gigantische Monstrum herum. Mit einem Megafon forderte Major Haberecht die Herausgabe der Amateurvideos, die circa eintausendvierhundert Kreuzfahrtpassagiere von zwei dilettantischen Soldaten drehten. Dabei faselte er etwas von Sicherheitsstufen und Geheimhaltung.

Ich weiß nicht, wann mir zuletzt etwas so peinlich gewesen war. Meine Lebensbeichte hätte ich später gern zurückgenommen. Henning hatte nun etwas, wo er einhaken konnte. Warum er andauernd auf das Thema Rache zu sprechen kam, verstand ich zuerst nicht. Bis er mit einem Plan um die Ecke kam.

Nelly

Okay. Nun hatten wir einen Namen und ein Ereignis, das die beiden zusammengeschweißt hatte. Weshalb sich Henning instrumentalisieren ließ, blieb unklar. Carolas Theorie, er sähe in Jonas Richter eine Vaterfigur, fand ich abwegig. Zur Rettung im Fjord hatte der nicht beigetragen. Warum sollte er derart bewundert werden? Und schwang in den letzten Worten des Berichtes nicht etwas mit, das sich so anhörte, als wäre Henning die treibende Kraft? Der Tagebucheintrag war auf Februar dieses Jahres datiert. Unmittelbar danach war keiner der Mobber bedroht oder verletzt worden. Was immer die beiden ausgeheckt hatten, gleich auf wessen Betreiben, musste im Sommer in Gang gekommen sein. Weshalb?

Carola, dezent beleidigt, weil ich ihre Expertise infrage stellte, erhob sich wie an Marionettenfäden gezogen und strebte der Haustür zu. „Ich wollte nur helfen", schnappte sie. Maurice saß immer noch und guckte ihr nach.

„Maurice", zog Sebastian dessen Aufmerksamkeit auf sich. „Finde heraus, wie dieser Henning mit Zunamen heißt."

Maurice nickte. „Familienstand?"

„Auch das. Aber vor allem seine Herkunft. Diese Geschichte, die er da von seiner Mutter und seiner Kindheit erzählt hat …"

„Er ist traumatisiert!", rief Carola, mit einer Hand am Türknauf. „Er fühlt sich zurückgewiesen. Deshalb bewundert er Jonas Richter. In der Geschichte der soziopathischen Serienmörder gab es immer wieder Fälle von …"

„Carola!" Ich war außer mir. „Das klingt aber nicht so, als würde Jonas Richter ihn benutzen, um einen lang gehegten Racheplan auszuführen, für den er bisher keine Unterstützung gehabt hatte."

„Antonella", grätschte Maurice mir dazwischen.

Ich wirbelte herum, fuchtelte mit dem Zeigefinger vor seiner Nase herum. „Nicht in dem Ton." Zu Carola rief ich versöhnlich: „Ich will deine Qualitäten nicht grundsätzlich anzweifeln, aber denk nach."

Zuerst sog sie die Unterlippe ein. Dabei nickte sie vage. Dann räumte sie ein: „Vermutlich hast du recht. Es spielt sich selten wie im Lehrbuch ab. Wir finden mehr über diesen Henning heraus, und dann sehe ich, was ich mit diesen Informationen anfangen kann. Wann fahrt ihr los?"

„Sobald ich gepackt habe." Sebastian stand auf und leerte sein Wasserglas. „Wenn die Frauen nicht in Gefahr wären ..." Er breitete die Arme entschuldigend aus.

„Kein Ding." Maurice winkte großzügig ab. „Wir geben euch übers Handy durch, was wir rausfinden."

*

„Havelberg", las ich, kaum auf der Autobahn, aus Wikipedia vor. „Eine Stadt in Sachsen-Anhalt, staatlich anerkannter Luftkurort und Hansestadt mit einem Dom."

Letzterer spielte nur insofern eine Rolle, dass ich den Besitzer des Bootes, das wir nutzen durften, in einem Restaurant direkt gegenüber dem Dom antreffen würden. Ob er uns den Schlüssel dort gab, oder aber zu einem nächsten Kontaktmann schickte, wusste ich nicht. Mein Cousin hatte das etwas schwammig formuliert. Während der Fahrt diskutierten wir den Tagebucheintrag und das Ereignis auf dem Fjord.

„Wer instrumentalisiert wen?", überlegte Sebastian auf Höhe Braunschweigs. „Welches Interesse hat Henning an

Jonas Rache? Kennt er die Opfer?" Und dann, leider: „Wem gehört eigentlich das Boot?"

„Keine Ahnung. Ich weiß nur, wer uns ein Boot besorgt." Ich kramte den zerknüllten Zettel aus der Hosentasche. „Luigi. Und wir haben ein Kennwort."

„Ein Kennwort?"

„Ja, einen ganzen Satz." Ich presste das Eispack gegen meine Schläfe, das ich mitgenommen hatte und das feucht vor sich hin suppte.

„Warum bitte brauchen wir ein Kennwort, Nelly? Fürchtet der Mann sich vor etwas?"

„Er ist in einer Art Schutzprogramm." Ich beugte mich vor, um das Radio anzudrücken.

„Polizeilich?"

„Äh, nicht direkt." Ich drehte das Lied lauter, da ich nicht beabsichtigte, darüber zu reden.

„Vor wem wird er geschützt, Nell?"

Ich linste aus dem Seitenfenster und brüllte mit Nick Santos im Refrain.

Leiser fügte er an: „Und von wem?"

Ich sang lauter.

Er drehte das Radio ab und fragte schärfer: „Wer schützt ihn vor wem, Nell?"

„Ich darf nicht darüber reden." Im Augenwinkel beäugte ich sein ansprechendes Profil. Dabei entging mir nicht, dass seine Wangenknochen deutlicher hervortraten. Mit einer Vorahnung, in was er sich wieder versteigen würde, verschränkte ich die Arme vor der Brust. Und da kam sie auch schon. Die Frage, mit der ich gerechnet hatte.

„Hat dein Bruder Lorenzo etwas damit zu tun?"

Ich drehte den Kopf so schnell zu ihm um, dass der Halswirbel knackte. „Und wenn es so wäre?"

„Dann würde ich mich fragen, was ein Bankier mit Kriminellen ..."

„Mann, Sebastian, geht's noch?", schrie ich wütend. „Kapierst du nicht, dass der Typ, dieser Luigi, vor einer kriminellen Organisation versteckt wird? Was kann daran dann kriminell sein? Und was Lorenzo betrifft, verbeißt du dich da in was! Er ist Privatbankier! Er leitet die Bank, die meiner Familie seit dreihundert Jahren gehört! Er hat überhaupt nichts hiermit zu tun! Derjenige, der damit zu tun hat, ist nur ein Freund, der über meinen Cousin Verbindungen in Deutschland hat und umgekehrt! Lorenzo hat nicht das Geringste damit zu tun! Und selbst wenn! Es ist nicht illegal!"

„Aber Lorenzo hat einen Freund bei einer kriminellen Vereinigung."

„Nein! Einen Freund bei der Polizei!", ätzte ich. Mittlerweile standen wir im Stau, und ich ließ das Fenster ein Stück hinab.

„Was?" Sebastian schenkte mir einen verdatterten Blick. „Du sagtest eben, dieser Luigi würde nicht unter offiziellem Polizeischutz stehen."

„Es scheint kompliziert zu sein. Der Polizist ... Er heißt Tiziano. Er ist einer der engsten Freunde Lorenzos seit der Schulzeit. Er und ... ach, Mann, Sebastian. Als Kind ist Tiziano mit uns in den Skiurlaub gefahren. Er kannte mich schon, als ich fünf Jahre alt war. Florenz ist ein Dorf."

„Nelly, ich ..."

„Und diese Sache hier?", redete ich mich in Rage. „Nach allem, was mein Cousin mir erzählt hat, fand die Staatsanwaltschaft in Florenz nicht, dass dieser Luigi, zu dem wir gerade fahren, so besonders schützenswert wäre. Doch Tiziano sieht das als Polizist anders. Er hat keine öffentlichen Mittel, um den Mann unter Polizeischutz zu stellen! Also hilft man sich über private Kontakte. Wie in Köln. Man kennt sich und man hilft sich."

„Warum sagst du das nicht?"

„Weil man das nicht in der Weltgeschichte herum posaunt! Vor allem dann nicht, wenn es inoffiziell ist!"

„Du lieber Himmel." Sebastian warf einen Blick aus meinem weit geöffneten Seitenfenster, dem Fahrer des Fahrzeuges neben uns im Stau direkt ins Gesicht. Ertappt wandte sich der Mann ab. Sebastian knirschte: „Nell, es tut mir leid."

Ich schnaubte, nicht nur, weil mir das Herz im Hals pochte. „Du machst es mir nicht leicht, mit dir über meine Familie, meine Kindheit und die Jahre in Italien zu reden", schimpfte ich schon einige Nuancen leiser. „Du bist voller Vorurteile."

Er atmete schwer. „Ich kann nichts zu meiner Verteidigung vorbringen. Mich nur entschuldigen."

Ich ergriff seine Hand, um sie fester zu drücken. Damit akzeptierte ich die Entschuldigung. Eine lange Zeit redete ich nicht.

„Polizist und ein Freund von Lorenzo", sagte er dann sanft.

„Sein bester Freund", sagte ich belegt.

Wir rauschten durch den Verkehr. „Sie waren drei Freunde", flüsterte ich. „Lorenzo, Tiziano und Cherubino. Alles war gut. Es fühlte sich richtig an. Bis etwas passiert ist."

„Was?" Kurz streifte er mich mit einem Blick.

Ich kaute auf der Frage herum, wie viel ich ihm erzählen konnte, und kam zu keinem Ergebnis. „Es ist eine sehr lange Geschichte, okay? Blut, Schweiß und Tränen. Aber sie standen immer auf der richtigen Seite."

„Lieber Himmel", wisperte er. „Tut mir leid."

„Nur deshalb ist Tiziano Polizist geworden", sagte ich schon etwas lauter.

„Und der dritte?"

Ich antwortete nicht auf die Frage. Sagte leise: „Deshalb bin ich auch Polizistin geworden, Sebastian."

Weil einer von ihnen eine Entscheidung getroffen hat, mit der ich nicht einverstanden war. Die ich nicht verzeihen konnte.

„Das klingt ..."

„Lass es jetzt gut sein, bitte", bat ich.

Er ließ es gut sein. Erst nach gefühlt zehn Kilometern sagte er: „Wenn du drüber reden willst ..."

„Dann werde ich es einfach tun."

Wieder legte er seine rechte Hand auf mein Knie. Ich strich ihm weich über den Handrücken. Wenn ich drüber reden wollte, würde ich es tun. Aber ich war noch nicht so weit.

Beatrix

„Ich weiß nicht, ob es eine so gute Idee war, in einem Restaurant essen zu gehen." Beatrix stocherte lustlos in ihren Tortellini alla Panna. Hier war es ihr zu voll. Zu viele Menschen, deren Gerede und Gelächter wie die Kakofonie aus einer Irrenanstalt auf sie eindrang.

Silke, die eben nach dem Kellner geschnippt hatte, der ihr nun ein zweites Glas Weißwein kredenzte, schaute auf. „Mach mal 'nen Punkt. Ich bin sowieso nur mit, weil du die Panik gekriegt hast."

„Was?" Erschrocken riss Beatrix die Augen auf. „Panik? Sag mal, kriegst du irgendwas mit? Torsten ist tot."

„Ja, klar, aber das heißt ja nicht, dass …"

„Ermordet."

„Bea." Silke griff über den Tisch nach Beas freier Hand neben dem Teller, doch sie zog sie weg.

„Und er ist ja nicht der Einzige, der ermordet wurde." Beas Augen füllten sich mit Tränen. „Jürgen ist auch tot. Und wir waren zu viert."

Silke versuchte, ihre Schlauchbootlippen zu spitzen, und schluckte zweimal trocken, ehe sie sagte: „Bea, ehrlich, du steigerst dich da in was rein."

Auf Beatrix' Stirn erschien eine senkrechte Falte. „Wenn ich mich rein steigere, warum bist du dann hier? Und nicht zu Hause auf deinem Sofa?"

„Weil du mich brauchst." Silkes Hand tastete über den Tisch, um ihre zu erwischen, aber wieder zog Bea sie weg.

Die Wut, die sich in ihrem Magen ballte, ignorierte sie. Dabei sollte sie Silke anbrüllen. Stattdessen kauerte die Wut, wie immer, in der Ecke. Runtergeschluckt und nie ausgespien verkümmerte sie zu Selbsthass. Die Kräuselungen ihrer Erinnerungen wurden zu kleinen

Wellen. Sie wisperte: „*Was ihr getan habt*? Was soll es sonst sein, Silke? Etwas anderes haben wir nicht getan."

Silke, die ihren neuen Weißwein exte, musterte sie glasig. „Das traust du ihr zu?" In Silkes Stimme lag die Verachtung, die sie für Sandra empfunden haben musste.

Damals. Weshalb eigentlich? Beatrix stand der Schweiß auf der Stirn. Sie erinnerte sich nicht mehr, warum sie Sandra das Leben zur Hölle gemacht hatten. Undeutlich wurde ihr bewusst, dass es einen Zusammenhang mit dem Machtgefühl und Sandras Tränen gegeben haben musste. Doch warum ihr Macht so wichtig gewesen war, bekam sie nicht mehr auf die Reihe. So wenig wie jetzt das Gefühl, dass Silkes Freundschaft etwas zutiefst Egoistisches sein könnte. Macht? Ging es dabei auch um Macht? Macht durch ständige Hilfsbereitschaft?

Silke sah sie von oben herab an. „Bea, noch mal: Traust du ihr das wirklich zu? Sandra? Das Mäuschen auf dem Rachefeldzug? Nach all der Zeit? Warum?"

„Ich weiß es nicht", wimmert sie aus dem Gefühl heraus, eine Freundin zu verlieren, die sie nie gehabt hatte.

„Sie kann es nicht gewesen sein. Zu schwach. Es ergibt keinen Sinn. Es ist Jahrzehnte her."

Beatrix lehnt sich in den hochlehnigen gepolsterten Stuhl zurück. Die Tortellini waren längst kalt, Silkes Teller hingegen leer.

„Willst du einen Nachtisch?", fragte die. „Ach, du hast ja nicht mal deine Nudeln gegessen."

Nachtisch? War Silke verrückt geworden?

„Trink mal was Kräftiges", empfahl sie ihr jetzt und ruderte schon wieder mit dem Arm nach dem Kellner. „Haben Sie Cognac oder so was? Oder nein, bringen Sie meiner Freundin ein Glas Wodka. Pur. Auf Eis."

Bei dem Gedanken daran zogen sich Bea die Innereien zusammen. Sie wollte das nicht trinken. Irgendwo im Lokal lachte jemand meckernd. Silke schenkte dem Kellner, der das Glas auf den Tisch stellte, einen dankenden Blick. Und ihr einen befehlenden. Mechanisch griff Bea nach dem Glas und stürzte den Inhalt hinunter. Von dem alkoholischen Geschmack, der Schärfe, drohte die zusammengekrümmte Wut in ihrem Bauch zu implodieren. „Sie hat mir Weihnachtskarten geschickt", flüsterte sie.

„Wer?"

„Sandra. Jedes Jahr. Seit Jahrzehnten."

Silkes mit verschmiertem Kajal umrahmte Augen wurden zu Schlitzen. „Nicht dein Ernst."

Beatrix sprang auf. Die Gläser klirrten, einige Gäste sahen sich verdutzt nach ihr um, sodass sie sich zur Ruhe gemahnte und leiser weitersprach. „Seit Jahrzehnten schickt sie mir Weihnachtskarten."

„Davon hat Torsten nie was erzählt."

„Torsten hat nichts davon gewusst." Jedes einzelne Wort intonierte sie scharf. „Niemandem habe ich das gesagt. Aber wenn du mich fragst, Silke, sind Weihnachtskarten durchaus bedrohlich."

Ruppig beugte sie sich vor und klaubte ihre Handtasche vom Boden, die sie an sich drückte, und aus dem Lokal stürmte. Im Schein der Laternen, in der diesig feuchten Luft stolperte sie auf den Hafen zu, in dem ihr Hausboot lag. Das neue. Das Boot, über das Torsten so glücklich gewesen war.

Sie schluchzte. Klammerte sich an ihrer Tasche fest und gestand sich ein, dass sie das Boot hasste. Sie hatte es immer gehasst, so wie ihr ganzes Leben. Sie lauschte ihren Schritten, zählte sie, hörte mit Zählen auf, weil sie das Gefühl hatte, dass ihr jemand folgte. Doch dann bogen die

Schritte hinter ihr in eine Nebenstraße ab. Sie atmete auf, steigerte aber das Tempo.

Nelly

Als wir am frühen Abend in Havelberg einfuhren und den Schildern zum Dom folgten, kam die Dunkelheit aus allen Winkeln gekrochen, und wir hatten uns längst versöhnt. Die Straßenbeleuchtung war mau, es nieselte und sonderlich viele Menschen waren nicht auf den Straßen. Auf dem Parkplatz vor dem Dom standen nur wenige Autos. Vor dem Dom überhaupt keine. Ich sah nicht einmal einen Dom, obwohl ich mich suchend im Kreis drehte.

Sebastian nahm mich an der Schulter und schob mich rum. „Da", hauchte er mir ins Ohr.

„Das da?" Entgeistert schaute ich nach vorne.

„Das ist der Dom."

„Das ist eine Ziegelwand."

„Nein, der Dom, mein Schatz."

„Das soll ein Dom sein?" Ich hörte selbst die Enttäuschung in meiner Stimme. „Mann, ich komme aus Florenz. Neben dem Meisterwerk Brunelleschis ist der Kölner Dom nur eine Bahnhofskapelle. Und wenn dem schon so ist, Sebastian, was ist dann das?"

„Eine dreischiffige Basilika mit Kreuzrippenelementen. Die Bauart nennt man sächsischer Westriegel." Er küsste mich auf den Scheitel, drehte sich um und marschierte auf das einzige gegenüberliegende Gebäude zu, das warm beleuchtet Eis und italienisches Essen versprach.

Ich rannte hinterher und prompt gegen die Bronzefiguren, die unbeleuchtet auf dem Platz standen. Mein Kopf drohte zu bersten, aber ich verschwieg Sebastian das dämliche Missgeschick, derweil wir die Stufen zum Lokal hoch latschten. Galant hielt er mir die Tür auf und wir traten ein.

An einer blitzeblanken Theke schenkte eine junge Frau zwei Gläser Weißwein ein. Eine Gesellschaft nahe bei der Tür palaverte und lachte. An einigen Tischen in den Ecken saßen Paare. Wir grüßten einen Kellner, der mit dampfenden Tellern für die große Gruppe vorbeiging. Hinter ihm lief ein Mann. Offensichtlich auch ein Kellner, was ich aus dem Outfit, bestehend aus weißem Hemd auf schwarzer Hose, schloss.

Auf ihn passte die Beschreibung meines Cousins. Recht schlank, von durchschnittlicher Größe mit einem ansprechenden, doch verlebten Gesicht, balancierter er ein Tablett voller Gläser. Zwei Flaschen Wein in der anderen Hand schob er sich zur Tischgesellschaft. Sein angestrengtes Grinsen gefror beim Anblick Sebastians. Mit panisch geweiteten Augen warf er das Tablett in dessen Richtung und sprintete auf die hintere Terrasse. Ein Tumult brach aus.

Sebastian, irritiert aber mit effizienten Reflexen, sprang rückwärtig aus der Wurfbahn und rannte dem Flüchtigen nach. Ich humpelte unentwegt fluchend hinterher, denn ich ahnte, was in diesem Luigi vorging. Hoffentlich konnte ich den Mann beruhigen.

Ich fand Sebastian leicht planlos im Freien und fasste ihm an den Arm. „Was ist los?"

„Wie vom Erdboden verschluckt", murmelte er.

Wir suchten die menschenleere Terrasse ab. Tische und Stühle waren verwaist aneinandergekettet, als drohte von deren Seite Fluchtgefahr, aber von dem Flüchtigen keine Spur.

„Er hat sich versteckt", zischte ich und schlang mir die Arme um den Körper. In meiner Sommerbekleidung fror ich mir das Gesäß ab.

„Was ist nur in ihn gefahren?" Sebastian fuhr sich mit der Hand durchs Haar.

„Guck mal in den Spiegel."

„Was?" Er zupfte an seinem Jackettärmel.

„Er denkt vielleicht, dass ihn ein Auftragskiller gefunden hat." Ich ging weiter auf die Terrasse hinaus und scannte die Umgebung ab. Ein leerer Besteckwagen, eingeklappte Sonnenschirme. Aber da vorne war etwas, das als Versteck taugte.

Sebastian kam mir nach. „Ich sehe aus, wie ein Auftragskiller?" Das Wort klang wie eine Ohrfeige.

Ich zuckte nicht zurück. Er war voller Vorurteile und merkte nie, dass er selbst zu ihnen einlud.

„Findest du, dass Lorenzo aussieht wie einer?", spielte ich auf meinen großen Bruder an, derweil ich mich dem potenziellen Versteck näherte und davor stehen blieb. Mit in die Taille gestützten Fäusten starrte ich hinab.

„Das nun nicht, aber … Ja."

„Egal, Sebastian. Guck mal." Ich wies zur gigantischen Eistruhe.

„Die ist ziemlich groß. Willst du das damit sagen?"

„Sieh mal genauer hin."

Schulter an Schulter beugten wir uns über den beschlagenen Glasdeckel. Darunter krümmte sich ein Mensch.

„Das gibt es doch nicht", murmelte Sebastian. Vorsichtig hob er den Deckel an.

Mit vor Angst und Kälte verzerrter Miene flehte Luigi Unverständliches in einem süditalienischen Dialekt, den ich noch nie gehört hatte, und streckte dabei abwehrend die Hände aus.

„In Bocco di Lupo", sagte ich fein intoniert. „Ich weiß, dass es fantasievollere Kennworte gibt. Aber das ist es. Das Kennwort."

„Antonella Bracco?", fiepste Luigi.

Ich nickte.

Eis knirschte, während Luigi zögerlich aus der Truhe kraxelte und schließlich, überzogen mit einer hauchdünnen Eisschicht, vor uns stand. „Und das ist Polizei?" Schlotternd deutete er auf meinen Begleiter.

„Bei uns sieht die Polizei manchmal so aus", gab ich angestrengt zurück. „Wir haben es eilig und brauchen das Boot."

Zähneklappernd bat Luigi uns, zu warten, bis er seine Jacke und den Schlüssel geholt hatte. Halbwegs aufgetaut kehrte er zu uns zurück. „Ich fahre mit euch", klapperte er. „Ist hier im Hafen."

Förmlich rennend machte er sich zum Parkplatz auf und wartete hopsend vor unserem Auto. Darüber, dass er den Maserati uns zuordnete, wunderte ich mich nicht mehr. Das Leben war voller Klischees und Vorurteile. Kaum war die Tür auf, schwang er sich rein.

Sebastian drehte die Heizung auf volle Pulle. Bis wir den kleinen Hafen der Stadt erreichten, hatte Luigi mit dem Bibbern aufgehört, und ich war in Schweiß gebadet. Beim Aussteigen umfing mich die Kälte wie ein eisiger Mantel.

Sebastian, dem ich ansah, dass er auf der Frage nach seinem mafiösen Äußeren herum kaute, holte unsere Taschen aus dem Kofferraum. Ich unterließ es, ihm zu erklären, dass Bosse und Killer normalerweise selten so aussahen. Dass es einen jedoch gab, dem der Ruf zurückhaltender Eleganz vorauseilte, und sich Vögel wie Luigi bei seinem Anblick vorstellten, dieser eine Sniper hätte sie gefunden.

Im schlappen Licht der Hafenfunzeln schritten wir am Kai an einer Reihe Boote und Hausboote entlang. Vor einer mittelgroßen Yacht blieb Luigi stehen. „Die Kajaks, die ihr wolltet, sind hinten dran."

„Kajaks?" Sebastian guckte fragend.

„Das Seminar ist auf der Kanincheninsel. Irgendwie müssen wir vom Boot zur Insel kommen, falls die keinen Anlandungssteg hat." Mir fiel der Name der Yacht auf. Ich zuckte mit der Hand hin. „Ragnarök? Ist das dein Ernst?"

Luigi nuschelte etwas in den Dreitagebart.

„Bitte?"

„Tarnung", sagte er. „Hier hält niemand ein Boot mit so einem Namen für das eines Italieners."

Da waren sie wieder. Die Vorurteile. Lust zu diskutieren hatte ich keine. Deshalb sagte ich nur: „Da ist was dran."

Ich nahm den Schlüssel und kletterte zu Sebastian an Deck. Erst als er noch mal zum Auto ging und mit einer Tüte Lebensmittel zurückkam, fiel mir auf, dass ich etwas Entscheidendes vergessen hatte. Etwas zu essen. Glücklicherweise hatte er daran gedacht.

*

Sebastian schaltete die Positionsleuchten an. Nach vorn hin strahlten sie weiß, an den Seiten rot und grün, wie es sich im Dunkeln gehörte. Das Hausboot der Knüllers hatte seinen offiziellen Liegeplatz in Plaue, was auf der Wasserstraße der Havel verteufelt weit weg war. Wir vermuteten sie auf dem Weg zur Kanincheninsel. Vielleicht ankerten sie für die Nacht in einer Bucht davor. Wir würden sie finden, im Vergleich mit einem Hausboot, das meist nur einen läppische 6 PS Außenborder vorwies, hatten wir das schnellere Boot. Wir aßen die Stullen, die ich unterwegs schmierte. Über seinem Anzug trug Sebastian eine dicke Jacke mit Innenfutter. Ich hatte mich in einen Parka gehüllt, der hinten in der Koje gelegen hatte und nach Paco Rabbane stank, und war froh, dass wenigstens

Sebastian die richtigen Klamotten mithatte. Selbst meine Regenjacke war zu dünn.

„Ich kann auch ans Ruder", plapperte ich mit vollem Mund. „Dann kannst du dich umziehen."

„Später." Zischend öffnete er eine Flasche Corona. „Lass uns erst mal gucken, wie weit wir heute Abend kommen. Wie heißt das Hausboot?"

„Trixi zwei"

„Mach mir bitte mal eine Zigarette an, Engel."

Ich hechtete in die Kajüte und wühlte nach seinem Silberetui. Als ich einen Glimmstängel herausfischte, fiel mir das Fernglas ins Auge, das an der Bordwand an einem Nagel hing. Ich schnappte es mir und nahm es mit heraus. Dankbar griff er nach der Kippe.

„Ich gucke, ob mir was Auffälliges auffällt", beschied ich.

„Okay."

„Kuss."

Er beugte sich vor und küsste mich.

*

Die Havel schlängelt sich bis Plaue wie eine bleierne Kette, an der Seen wie Perlen aneinandergereiht da lagen. In jeden dieser Seen tuckerten wir langsam rein. Mittlerweile war es stockfinster, von der überwältigenden Natur war kaum was zu sehen. Das Schilf raschelte, die Nachtvögel riefen und kleine Wellen schlugen gegen den Rumpf unseres Bootes. Mit dem Feldstecher suchte ich in jeder Bucht nach dem Namen des Hausbootes. Trixi die Zweite. Sehr originell. Daneben achtete ich auf Ungewöhnliches, wie beispielsweise Verfolger. Die Bungalow-Hausboote des Verleihs in Plaue stachen deutlich von den anderen ab. Die konnte ich getrost links liegen lassen. Aber da vorne im Schilf rührte sich etwas. Ich stutzte. „Sebastian!"

Flott stand er neben mir und verlangte nach dem Fernglas. Ich strahlte, dass mir die Wangen spannten. „Ein Biber", hauchte ich ehrfürchtig.

Seine einzige Antwort war ein liebevolles Lächeln. Ich seufzte. Es könnte so romantisch sein, wenn wir nicht arbeiten müssten. Nach dem Fall mussten wir unbedingt gemeinsam verreisen. Nach einer Weile verschwand der Nager wieder im Schilf, und ich suchte weiter. Ich nahm das Glas von den Augen. „Nichts."

Sebastian gab bis zum nächsten See Gas. Ich war hundemüde und hätte ihn am liebsten gebeten, es für heute dranzugeben, doch das wäre voreilig gewesen, denn wir fanden die Frauen zwei Seen weiter. Am bebauungsfreien Ufer ankerten nur vier Hausboote und drei davon waren vom Verleih. Zwei Kajütenboote dümpelten festgezurrt an einem Steg, der ins Nirgendwo führte. Auf keinem der Gefährte rührte sich etwas. Alles schlief. Aber das vierte Hausboot war Trixi die Zweite. „Das sind sie", flüsterte ich.

Sebastian suchte einen Ankerplatz nahe beim Schilf. Direkt gegenüber von Trixi richtete er das Boot geschickt so aus, dass die Wellen unseren Schlaf nicht allzu arg stören würden.

„Was machen wir jetzt?" Ich legte den Feldstecher auf den Klapptisch im Inneren der Kabine.

„Schlafen." Er schlüpfte aus den Klamotten und holte den Kulturbeutel aus seiner Reisetasche, mit dem er in dem Mini-Bad verschwand. Die Tür ließ er offen.

„Wir werden es hören, wenn sie weiterfahren oder ein anderes Boot reinkommt", rief er.

Schlafen. Endlich. Bis er das Bad frei gab, wartete ich draußen am Ruder. Dabei ließ ich die Blicke übers Schilf schweifen und bewunderte die Idylle. Ich hörte das Yacht-WC pumpen, danach Wasser rauschen und schwang mich wieder rein.

„Da, neben dem Schilf hinter uns sieht es so aus, als gäbe es einen schmalen Seitenarm der Havel", sagte ich. „Ich paddel morgen mal mit dem Kajak rein."

Beatrix

Silke war spät aufs Boot zurückgekommen und hatte sich beschwert, dass sie die Restaurantrechnung zahlen musste. Bea fragte sich, was mit ihrer Freundin los war. Sie an deren Stelle hätte nach den Weihnachtskarten von Sandra gefragt. Stattdessen wechselte Silke vom Vorwurf in die Beschwichtigung, als sie ihre Einsilbigkeit bemerkte und registrierte, wie sie auf dem Klappstuhl der vorderen Plattform des Hausbootes aufs bleigrau schimmernde Wasser starrte. Die Arme vor der Brust verschränkt brütete Bea stumpf vor sich. Silke rumorte hinten in der Koje. Dann rauschte das Wasser im kleinen Bad. Bea hörte die Tür.

„Na ja. Der Kurs wird bestimmt lustig", meinte Silke.

Lustig? Die Kräuselungen in Beas Bewusstsein waren zur Brandung geworden und drängten ihr in den Schädel. Fast konnte sie das Wort formen, das dringend hineinwollte. „Ich verspreche mir etwas davon", murmelte sie.

„Was?" Silke tauchte in schlabbrigen Jogginghosen vor ihr auf, in einer Hand ein Handtuch, mit dem sie sich das Gesicht rieb. Das Wort wollte hinaus. Schuld.

„Ich verspreche mir etwas davon", wiederholte Bea mit dem Blick auf Silkes Handtuch, das seine reinweiße Farbe eingebüßt hatte. Make-up-Reste verunzierten das Frottee. „Es ist ein Kurs, bei dem man lernen soll, die Vergangenheit hinter sich zu lassen."

„Die liegt sowieso hinter einem." Silke kicherte.

Bea grunzte und stemmte sich aus dem Stuhl. *Hinter* ihr lag nichts. Sandras Karten hatten verhindert, dass sie vollständig vergaß, welch niederträchtiger Mensch sie früher gewesen war. Sandras freundliche Weihnachtsgrüße, Silke und ja, auch Torsten, ihr Mann –

sie alle hatten es ihr unmöglich gemacht, irgendetwas hinter sich zu lassen. Nur Jürgen nicht, den hatten sie nach dem Abi nie wieder gesehen. Sah man von diesem unseligen Klassentreffen im Frühsommer ab.

„Ich gehe schlafen", beschied sie. „Wir müssen morgen früh raus."

Sie hatte keinen Nerv, mit Silke zu reden, bemerkte aber, dass sie nie mit ihr geredet hatte. Sie hatten immer irre viel gelabert, aber nie etwas gesagt. Ehe sie in ihrer Koje verschwand, drehte sie sich noch mal um, taxierte die magere Silhouette Silkes im Silberlicht des Mondes und dachte, dass sie ihre Freundin früher um ihre gute Figur beneidet hatte. Dass sie Silke um alles beneidet hatte. Um das dichte Haar, das jetzt nur noch feine Fäden in der falschen Farbe waren. Aufgepimpt. Ihr Selbstbewusstsein hatte sie ihr geneidet.

Beatrix, die Runde. Der Kloß, wie sie selbst über sich gedacht hatte, war neben Silke immer nur her gerollt und hatte Spiegel gemieden. Sie hatte alles getan, um der allseits begehrten Silke gerecht zu werden. Obwohl Torsten nie mit Silke geflirtet hatte und nie auf deren Flirtversuche eingegangen war, hatte Bea stets gefürchtet, ihn an ihre Freundin zu verlieren.

Sie zog die gelb-weiß-karierte Bettdecke bis über die Ohren und fröstelte. Hatte sie jemals etwas aus eigenem Antrieb getan? Gab es einen Moment in ihrem Leben, an dem sie keine Angst gehabt hatte, die Menschen an ihrer Seite zu verlieren? Natürlich war es unfair, Silke die Schuld an dem zu geben, was sie mit Sandra gemacht hatten. Sie alle hatten es getan. Aber sie verstand nicht mehr, warum.

Nelly

Ich absolvierte die Kajaktour anderntags im Morgengrauen. Dabei hielt ich krampfhaft Abstand zu den drei Schwanenfamilien, die von Hausboot zu Hausboot schwammen, um Brotkrumen von Frühaufstehern abzustauben. Schwäne waren mir nicht geheuer. Letzten Sommer hatte ich leidvoll erfahren, wie gefährlich die Viecher waren.

Obwohl es nicht regnete, trug ich ein Basecap, unter das ich so viele meiner dunklen Locken gestopft hatte, wie drunter passten. Ich hatte vor, zur Trixi II zu paddeln, und wollte vermeiden, dass eine der Trullas mich erkannte.

Mit weißer Regenjacke und rotem Cap paddelte ich, froh darüber, nicht laufen zu müssen, in den schmalen Seitenarm der Havel, der sich geradeaus immer weiter verjüngte. Links und rechts vor dem hohen Schilf breiteten sich zunehmend Seerosen aus und verengten die Fahrrinne. Haubentaucher kreuzten meinen Weg. Es war zauberhaft.

Nur einmal hielt ich inne, weil ich ein platschendes Geräusch hörte. Kurz darauf tauchte ein Kajakfahrer auf, der sich in einem hochpreisigen Gefährt über die Wasserstraße pflügte. Gehüllt in eine zweite Haut aus Goretex, mit einer Gepäcktonne im Schlepptau, den Blick geradeaus gerichtet, schien er mich nicht zu bemerken.

Eine Weile schaute ich ihm hinterher, dann legte ich einen Zahn zu und paddelte zurück. Ein stattlicher Reiher flog über mich hinweg und landete auf dem Bug eines Bootes. Ich bemerkte, dass auf Trixi II Unruhe ausbrach. Sie lichteten die Anker. Gehetzt warf ich den Kopf herum, um zu sehen, ob Sebastian den Aufbruch mitbekam.

„Scheiße", schimpfte ich leise. „Was macht der da?"

Wenigstens fertig angezogen, in Jeans, Polohemd und Hoodie, lehnte er an der Reling unserer Yacht und warf Brotkrümel ins Wasser. Gierig fiepend machten sich die Schwanenküken über das Frühstück her. Sebastian grinste beseelt, was einen Mordärger in mir entfachte. Es war sonnenklar, dass er in Erinnerungen an meine Auseinandersetzung mit einem Schwan im Zuge einer Ermittlung letzten Sommer schwelgte. Wütend paddelte ich schneller. Dabei spritzte ich so viel Wasser auf, dass ich mich komplett durchnässte.

Nahe genug an der Yacht zischte ich: „Sebastian." Ich beäugte die Schwäne misstrauisch. „Sie fahren weg."

Der Schwanenvater stieg halb aus dem Wasser und fauchte Sebastian an. Der hob die Brauen, warf eine letzte Handvoll Krümel in die Havel, damit die Vögel beschäftigt waren, und kam an die Seite, um das Kajak festzuhalten. Unsicher kletterte ich aus dem wankenden Teil und zog mich an der Leiter hoch.

An der Kordel lotste Sebastian das Kajak ins Heck, wo er es vertäute. Als er den Anker lichtete, rief er: „Fahr los!"

Ich? Mit einem Blick auf Ruder und Gashebel beruhigte ich mich. Das erklärte sich ja von allein. Trixi II tuckerte an uns vorbei, ein Doppelkajak im Schlepptau. Ich gab Gas. Der Motor der Yacht übertönte den schlappen 6-PS-Motor.

Sebastian lief außen an der Reling entlang. Plötzlich strauchelte er.

„Was ist das?", bellte ich panisch.

„Hör auf! Nimm Gas weg!"

Als wäre er glühend heiß, ließ ich vom Gashebel ab.

Sebastian tauchte neben mir auf. „Wir sind auf Grund gelaufen, Nell."

Mir schoss das Blut in die Wangen. „Und jetzt?" Ich sah mich um. In den anderen Booten rührte sich nichts. Trixi II lahmte Richtung Wasserstraße. Die Schwäne hatten ihr Interesse an uns längst verloren und glitten in Formation am Schilf entlang.

„Ich gehe ins Wasser und schiebe uns raus." In seiner Stimme deutete nichts darauf hin, dass er genervt wäre. „Mach dir keine Sorgen. Wir holen sie wieder ein."

Verlegen registrierte ich die elektronische Wasserkarte neben dem Ruder, die unter anderem die Wassertiefe anzeigte. Hätte ich das doch vorher gesehen, verdammt! „Ich kann ins Wasser gehen", schlug ich vor.

„Nein, Nell, ich …"

„Du musst nicht den Helden geben, Sebastian. Ich habe Mist gebaut." Ich streifte mir die Hosen von den Beinen. „Außerdem würde ich am Ruder alles schlimmer machen. Besser bleibst du der Captain."

Zuerst zögerte er, dann nickte er. Ich kletterte die Klappleiter hinab ins kalte Wasser und zischte. Auf dem Boot rechts vor uns war der Reiher zu einer Art Wetterhahn erstarrt. Zwar kam mir das eigenartig vor, weil er uns zu taxieren schien, aber ich schob den Gedanken zur Seite und das Boot, gemäß Sebastians Anweisungen, mal nach rechts mal nach links. Trotzdem linste ich hin und wieder zu dem Vogel. Inzwischen schien er etwas anderes zu beobachten. Unvermittelt breitete er die Flügel wie Schwingen aus und startete, ohne einen Laut in die Lüfte.

Nur eine Sekunde später, fast gleichzeitig, fiel der Schuss. Alles geschah in Sekunden. Unser verdutzter Blickwechsel. Mein Untertauchen. Erst in der Deckung des Yachtrumpfes tauchte ich mit dem Kopf wieder auf. Gierig sog ich Luft ein und sah, wie Sebastian geduckt in die Kabine huschte. Mit der Dienstwaffe in der Hand kam er zurück, entdeckte meinen aus dem Wasser ragenden Kopf und signalisierte mir spärlich, dass ich in Deckung bleiben sollte.

Erneut peitschte ein Schuss die Wasseroberfläche. Nah beim Rumpf, indem ich mich immer wieder abstieß, dümpelte ich zum Heck, das in das offene Gewässer ragte. Dort schnürte ich das Kajak los, ohne das Schilf, aus dem die Schüsse kamen, aus den Augen zu lassen. Auf der Yacht kauerte Sebastian hinter der Holztruhe mit den nautischen Geräten und entsicherte seine Waffe.

Was war hier los? War das Svetlana? Hatte sie einen Killer gefunden? Oder war das Jonas Richter? Oder dieser Henning?

So geräuschlos wie möglich und mit einer Hand am Heck der Yacht, stemmte ich mich ins Kajak. Kaum saß ich drin, entdeckte ich etwas aus dem Schilf ragen, das sich bei genauerem Hinsehen als Schaluppe entpuppte. Ich verengte die Augen. Ein Anglerboot mit abblätternder grauer Farbe, mit einem Mann darin, der eine tarngefleckte Bundeswehrschirmmütze auf dem Kopf hatte, und mit ein Sniper-Gewehr im Anschlag. Irgendwas an dem Burschen kam mir bekannt vor. Außerdem zielte er auf Sebastian. Mit Svetlana hatte der nichts zu tun, sonst würde er auf mich zielen.

Mit den Händen zog ich mich an der dem Fluss zugewandten Seite auf Sebastians Höhe. Ich hatte eine Idee. Ein paar Mal tastete ich auf dem Deck der Yacht ins Leere. Endlich bekam ich den Jutebeutel mit den Brotkrumen zu packen. Weil der Arsch im Boot sich weiterhin abmühte, Sebastian vors Rohr zu kriegen, bemerkte er nicht, dass ich mich dem Schilfrand vorsichtig näherte.

Das Zielfeuergewehr nützte wenig, auch der nächste Schuss ging glücklicherweise daneben. Was war das für ein Lappen? Als Sniper war der ein Vollversager. Der traf nicht mal den Rumpf der Yacht. Vorsichtig fing ich an, die Schwäne auf mich aufmerksam zu machen. Dabei linste ich zum Boot. Sebastian erwiderte das Feuer nicht, um mich nicht zu gefährden. Nur eine Sekunde lang erlaubte ich es mir, unterhalb der Nervosität, glücklich zu sein. Er vertraute darauf, dass ich einen Plan hatte. Ach was, er wusste es.

Ich steuerte das Kajak ins Schilf. Eine Formation vier grauer Schwanenküken glitt auf mich zu, im Schlepptau ihre wachsamen Eltern. Am hohen Gras schob ich mich näher an die Schaluppe, streute aber unterwegs eine Spur aus Brotkrumen für die Schwäne. Der Plan ging auf. Vom Brot angelockt rückten zwei weitere Schwanenfamilien nach. Im Schutz des Schilfs linste ich zum Angreifer rüber, der sich unter seiner Kappe am Kopf kratzte und das Gewehr senkte. Der musste völlig unterbelichtet sein, der sah nicht mal die Wasservögel, die ihn in wachsender Zahl umringten.

Tief atmete ich ein und pfefferte den offenen Beutel voller Brotkrümel vor das Anglerbötchen. Erschreckt zuckte der Typ zurück. Die Küken schnappten gierig nach dem Brot und umzingelten sein Boot jetzt förmlich. Der Mann schrie auf, als seine Schaluppe ins Wanken geriet. Mit dem Gewehrkolben versuchte er fuchtelnd, die Küken auf Abstand zu halten, doch die Tiere wichen ihm geschickt aus. Die älteren Schwäne glitten zur Verteidigung ihrer Brut blitzschnell heran, was den Sniper veranlasste, noch zielloser herum zu zappeln. Die großen Schwäne stiegen nah an der Schaluppe auf und stießen zornig auf den Mann hinab, dem in der Hektik das Gewehr entglitt, das platschend ins Wasser rutschte.

Alles wäre nach Plan verlaufen, wenn ich nicht ins Kreuzfeuer geraten wäre. Mit dem Paddel wehrte ich einen Schwan ab. „Sebastian! Jetzt!" Dann brachte ich mich mit einer Eskimorolle in Sicherheit.

*

Als ich mit Seerosen und Entengrütze überzogen auf unsere Yacht kletterte, fixierte Sebastian den Schützen mit Handschellen an der Reling. Ich traute meinen Augen kaum. „Das ist doch ..." Mit der Hand fegte ich dem Knaben die Tarnfleckmütze vom Schädel.

„Ich weiß." Sebastian glitt in die Kabine und holte mir ein Handtuch. Ich griff danach und rieb mir zumindest das Gesicht ab, bevor mir siedend heiß einfiel, dass ich mich darin einwickeln musste. Meine Klamotten waren nass und durchsichtig, und die gefangen genommene Dumpfbacke war seit dem Sommer schockverliebt in mich. Während des letzten Falls hatte er mich entführt, und ich war nur davongekommen, weil ihn die verblüffende Mischung aus Doofheit und Verliebtheit davon abgehalten hatte, mir auch nur ein Haar zu krümmen.

„Hat Svetlana dich wieder am Haken?", ätzte ich.

„Was? Nein! Ich versteh' nicht." Er zappelte. „Nelly?"

Ich briet ihm eins mit dem Handtuch über. „Was willst du hier?"

Beschämt starrte er die Planken an, auf denen sich eine Pfütze um seine Füße gebildet hatte. „Auftrag", wisperte er.

Ah, das war es also. „Sie haben dich engagiert, um Luigi zu killen?" Mit dem Handtuch drosch ich auf ihn ein. „Dich? Die im Süden müssen vollkommen den Verstand verloren haben! Wie man darauf kommen kann, in dir einen zuverlässigen ...!"

Meinen ausholenden Arm fing Sebastian am Handgelenk auf. „Lass es gut sein, Nelly."

Sein Blick schweifte zu dem in sich gesunkenen Möchtegernkriminellen. „Sie haben mich für den Besitzer des Bootes gehalten?"

„Ja", krähte Dario und heftete seinen Blick verliebt auf mich. „Es tut mir leid."

„Entschuldige dich bei meinem Freund", zischte ich.

„Ich werde es wiedergutmachen", schmachtete er. „Meine Schwanenkriegerin."

Genervt stöhnend stapfte ich in die Kabine, um mich umzuziehen. Eine flotte Dusche wäre jetzt nicht übel. Ich hörte, wie der Motor startete.

„Was machen wir jetzt mit ihm?", rief ich, während ich in meiner Tasche nach Wechselkleidung wühlte.

„Wir nehmen ihn erst mal mit. Wir müssen Trixi II einholen. Keine Zeit für einen Hafen und Erklärungen."

Das Anfahren riss mich fast von den Füßen. Ich hielt mich am Türrahmen zum Bad fest.

„Ich werde keinen Ärger machen", winselte Dario. „Aber mir ist kalt. Bitte. Darf ich mich abtrocknen?"

Mein Kopf lugte hinaus. „Sobald wir sie eingeholt haben. Und nur unter Bewachung."

„Nie würde ich dir schaden, Nelly. Ich wusste ja nicht… Es tut mir so leid."

Ich warf ihm einen meiner Segelschuhe an den Kopf. „Nelly ist nur für Freunde."

Dann stellte ich mich unter die heiße Dusche.

*

In einem Affenzahn heizte Sebastian von See zu See. Darin verringerte er das Tempo, ließ die Yacht nur driften, derweil ich die Hausboote abscannte. Dario hatten wir

229

erlaubt, zu duschen. Danach an die Reling gefesselt, hockte er im Schneidersitz auf den Planken und löffelte einen Grießpudding.

„Ihr müsst mir glauben", sagte er, während er den Becher auskratzte. „Wenn ich gewusst hätte, dass mein Ziel etwas mit der Familie Bracco zu tun hat, hätte ich den Auftrag nie angenommen." Er stellte den leeren Becher auf den Boden.

Ich guckte auf seinen komischen Krauskopf runter. „Aber Auftragsmörder?", spie ich aus, „Das ist nicht eben ein ehrbarer Beruf." Ich bezweifelte, dass er überhaupt schon mal jemanden getroffen hatte. Das wäre nicht das Schlechteste.

„Was soll ich machen?" Er zuckte mit den Schultern. „Ihr habt mein Bauunternehmen zerstört. Von irgendwas muss ich ja leben."

Mit glutroten Wangen ging ich vor ihm in die Hocke. „Das hast du dir schön selbst zerstört, das Bauunternehmen. Muss ich dich daran erinnern, wen du erpresst hast?"

Auf der Innenseite seiner Wangen kaute er und starrte die Planken lange an. Das Boot jagte über die Havel. Wasser peitschte auf Deck. Als Dario wieder hochsah, stand ich längst, das Fernglas in der Hand. Dennoch entging mir der verliebte Blick nicht. „Was?"

„Darf ich …?" Er zuckte mit dem Kinn zu meiner dreckigen Jeans, die auf Deck lag. „Meinetwegen."

Er grapschte förmlich danach, und drückte den Stofffetzen mit verklärter Miene an sich wie ein Kleinkind sein Kuscheltier. Seufzend suchte ich die Landschaft mit dem Fernglas ab. Wir waren auf Höhe des Plauer Hafens. Sebastian nahm das Gas weg, und ich suchte den Anlegesteg ab. Nur wenige Hausboote hatten festgemacht.

„Nichts", stellte ich fest.

„Dann sind sie dumm." Sebastian gab Gas.

„Wieso dumm?"

„Hinter der Brücke ist der Plauer See. Mit dem Hausboot, bei einer Windstärke wie dieser, ist die Fahrt nicht zu empfehlen."

„Nicht?"

Er schüttelte den Kopf, warf einen Blick auf die Wassertiefenkarte und fuhr einen Schlenker, um eine Gruppe Ruderer zu überholen. Der einsame Kajak-Sportler kam mir in den Sinn. Im Nachhinein kam er mir eigenartig vor, doch warum? Weil er allein unterwegs war? Ich hatte schließlich auch keine richtigen Freundinnen, die mit mir einen Kajakurlaub machen würden. Ich rieb mir die gischtfeuchten Haare aus der Stirn. „Kaffee?"

„Gern."

Gerade als ich an dem selig an meine Jeans geschmiegt eingeschlafenen Dario vorbei wollte, rief Sebastian: „Da sind sie!"

Ich griff nach dem Fernglas und spähte hindurch. Vor uns im Wind schaukelte das Hausboot Trixi II um sein Leben. Sebastian nahm Tempo zurück. Ab jetzt hatten wir Zeit, und die wollte ich nutzen.

Zuerst fabrizierte ich Sebastian einen Kaffee, lief wieder rein und warf mich in die Koje. Dort wühlte ich aus meiner Handtasche das Smartphone und tippte die Nummer der Kripo in Florenz. Nach zweimaligem Läuten meldete sich die Vermittlung, von der ich mich zu Tiziano durchstellen ließ. Inzwischen hatten wir so selten Kontakt, dass ich nicht mal seine dienstliche Telefonnummer besaß.

„Antonella", sagte er mit leiser Verwunderung.

„Tiziano. Euer Luigi in Havelberg ist aufgeflogen. Hier …"

„Woher weißt du von Luigi?" Er klang wachsam.

„Ach." Ich winkte ab. „Das ist eine lange Geschichte. Er …"

„Erzähl sie mir."

Ich seufzte. „Also gut. Wir brauchten für unsere Ermittlungen ein Boot oder eine Yacht mit Übernachtungsmöglichkeit auf der Havel. Daniele hat mir den Kontakt zu Luigi vermittelt und angedeutet, dass du ihn, in deiner Eigenschaft als Polizist, schützenswert findest, obwohl eure Staatsanwaltschaft das anders sieht und behauptet, er wäre nicht in Gefahr. Und nun hat ein Auftragsmörder auf meinen … äh … Kollegen geschossen."

„Warum das denn?"

„Er hielt ihn für Luigi."

„Wie kann er ihn für Luigi halten?" In seiner Stimme lag ein Vibrato, das mich an früher erinnerte.

„Na ja, er sieht ein wenig aus wie Cherubino. Wenn du verstehst, was ich meine. Also irgendwie so, wie sich Nicht-Italiener, die zu viele Filme gesehen haben, gutaussehende Italiener vorstellen, die was mit organisierter Kriminalität zu tun haben." Hastig guckte ich zum Ruder. Von dem Vergleich musste Sebastian nichts mitbekommen, zumal er nicht mal wusste, wer Cherubino war.

Aber Tiziano wusste es. Er las sogar, was es bedeutete. Ich sah ihn förmlich blinzeln. Deshalb benötigte er lange, bis er mir antwortete. „Der Hitman scheint mir ja eine Leuchte zu sein. Ist deinem Freund etwas zugestoßen?"

„Ich habe Kollege gesagt. Wie kommst du darauf, dass er mein Freund ist?"

„Antonella", seufzte er.

„Mach dir keine Sorgen", redete ich weiter, bevor er mehr sagen konnte. „Der sogenannte Killer ist ein

Dilettant. Ich fand nur, dass du Bescheid wissen solltest. Luigi braucht einen neuen Unterschlupf."

Nach einer weiteren Pause, in der ich bloß das Palaver seiner Kollegen im Hintergrund hörte, bekam ich das Gefühl, dass wir uns nach so langer Zeit so immens viel zu erzählen hätten, dass uns die Worte fehlten, um den Anfang zu machen. Mir brach der Schweiß aus. „Wenn ich das nächste Mal in Florenz bin, sollten wir alle zusammen essen", sagte ich und meinte es ernst.

„Gut", gab er zurück und legte auf. Einfach so.

Ich war ein wenig gekränkt und brauchte Zeit, bis ich bereit war, wieder rauszugehen. Ich fand es anstrengend, in zwei Leben aufgeteilt zu sein. Eines nach meinem hitzköpfigen Teenager-Umzug nach Köln zu meiner Mutter und eines davor, zu Hause bei Papa, seiner neuen Frau und bei all den Freunden von früher. Als ich mich dazu bereit sah, ging ich wieder raus.

*

Am frühen Nachmittag tastete sich das wankende Hausboot an die Kanincheninsel heran. Innerlich zollte ich Beatrix Knüller meinen Respekt. Das Monster bei dem Wetter so geschickt zu manövrieren, war eine Glanzleistung. Unsere Yacht driftete in den Flachwasserbereich nahe der Insel, vor der einige Hausboote in respektvollem Abstand zur Privatsphäre der anderen Urlauber ankerten. Der Wind schob fette Wolken über den Himmel, doch immer wieder blitzte die Sonne durch, und es wurde merklich wärmer. Der Geruch nach Mulch lag in der Luft.

„Hier ist die Hölle los", sagte ich und guckte mithilfe des Fernglases zu, wie Bea und Silke ihr Boot ausrichteten und ankerten. Sebastian hatte ein lauschiges Plätzchen gefunden und driftete darauf zu. Von der Mitte der baumbewachsenen Insel stieg Rauch auf. Heulen hallte zu uns rüber. Ich schraubte am Rädchen des Fernglases und suchte den Baumbestand der kleinen Insel nach einer Lücke ab, bis ich eine Lichtung fand, in die ich hineinspähte. „Da ist eine Gruppe", wisperte ich. „Frauen in Yogahosen. Ich glaub', die singen."

„Nur Frauen?"

„Nee." Ich sah länger hin, suchte dann das Ufer ab und entdeckte zahlreiche bonbonfarbene Kajaks, die am sandigen Ufer lagen. Erneut Fokussierte ich die Lichtung.

„Ein Lagerfeuer", zählte ich auf. „Da sind sieben Frauen und ein Kerl auf Yogamatten und der Yogi. Ein verhutzelter Vogel im Flatterdress, der um das Feuer herum hopst. Die Frauen sind obenrum nackt."

Darios Kopf ruckte hoch. „Echt?"

Ich ignorierte ihn, legte den Arm um Sebastians schmale Taille und gab ihm das Fernglas, durch das er hindurchschaute.

„Man erkennt nur wenig", murmelte er. „Ich schätze, dass dies der Achtsamkeitskurs ist. Der Mann ... Ich kann nicht erkennen, ob es Jonas Richter ist."

Wieder nahm ich ihm das Glas ab und guckte selbst. „Wir brauchen ein Foto von diesem Henning", sagte ich. Doch selbst von Jonas Richter hatten wir bloß ein altes Foto. Wenn er es darauf anlegte, würde er sich bewusst verändern können. Und auf diese Entfernung war es ohnehin schwierig, einen Menschen zu erkennen.

„Dazu müssten wir zuerst wissen, wer er ist", gab Sebastian zurück.

Ich senkte das Fernglas. „Und nu?"

Beatrix Knüller und Silke Schwarz schienen es eilig zu haben, auf die Insel zu kommen. Nur in Pluderhosen kraxelten sie steifbeinig in ihr Doppelkajak und verstauten zusammengerollte Yogamatten darin. Asynchron paddelten sie auf die Insel zu. Durch die Luft flogen Fragmente ihres Streits, der sich offenbar aufs Paddeln bezog, weil sie das mit dem Gleichklang nicht hinbekamen. Das Wasser war so flach, dass sie aufhörten zu paddeln und sich mit Stößen ins Erdreich ans Ufer bugsierten. Fünf Stöße - und der Bootsrumpf scharrte auf Sand. Die dürre Silke sprang von Bord und zog das Kajak mit beiden Händen aufs Ufer. Ein Unterfangen, das Bea, die förmlich im Kajak thronte, erschwerte. Erst an Land kletterte sie raus und hopste beschwingt auf die baumumstandene Gruppe zu. Silke trottete lustlos hinterher. Das Singen schwoll zu einem begrüßenden Jaulen an.

Ich gestikulierte zum Ufer. „Wenn Richter auf der Insel ist, sollten wir in der Nähe der beiden bleiben."

„Wir gehen an Land."

„Okay." Zufrieden ging ich in die Kajüte, um eine Wolldecke und Proviant in einen Rucksack zu stopfen. Die Regenjacken würden wir anziehen.

„Es ist Mist, dass sie uns kennen", schimpfte ich, als ich wieder draußen ankam. „Es wäre hilfreich, wenn einer von uns inkognito an dem Kurs teilnehmen könnte."

Sebastian musterte mich lange nachdenklich. Dann wanderte sein Blick zu Dario. „Ich schätze, dass hier jemand sitzt", sagte er kühl, „der verhindern möchte, dass wir ihn auf die nächste Polizeiwache schleppen."

*

Wir quetschten den dicklichen Dario in eine von Sebastians lange Sporthosen, legten ihm eine Wolldecke um die Schultern und statteten ihn mit der Isomatte aus, die wir in der Sitzbankklappe vor dem Esstisch gefunden hatten. Als Yogamatte sollte sie genügen. Ich überreichte ihm meinen kleinen Rucksack und befahl ihm, er möge ihn mit Wasser und Müsliriegel auffüllen. Dann paddelten wir in unseren beiden Kajaks ans Ufer der Kanincheninsel. Meines, mit dem Blödmann völlig überladen, wäre auf dem kurzen Stück fast gekentert. Wir zogen die Dinger an Land und schoben uns wachsam durchs Unterholz, bis wir eine geeignete Stelle fanden, von der aus man, im Schutz diverser Büsche und Bäumchen, prima auf die Lichtung schauen konnte. Ich breitete unsere Decke aus.

Dario trat von einem Fuß auf den anderen. „Und ich?"

„Vermassel es nicht", stieß ich aus.

„Ich will nicht." Flehentlich sah er mich an.

„Du musst."

„Aber ich …"

„Es könnte uns vergessen lassen, dass Sie auf zwei Polizeibeamte geschossen haben", bot Sebastian großzügig an.

„Ich weiß nicht."

„Ich könnte vergessen, Lorenzo und Davide zu sagen, dass du auf ihre Schwester geschossen hast." Ich guckte angriffslustig.

„Okay, ja, klar." Er schlurfte los.

„Die Frauen sind obenrum nackt", zischelte ich hinterher.

Er beschleunigte.

*

Dass Dario durch das Dickicht brach wie eine Erscheinung, löste erschrecktes Quietschen aus. Wir waren nahe genug, um alles mitzubekommen, auch um alles zu hören, und mussten nur aufpassen, nicht entdeckt zu werden.

„Hallo." Dario, in Jogginghose, über deren Saum seine üppig behaarte Plauze ragte, in Springerstiefeln, unter dem Arm die zusammengerollte Matte, auf dem Rücken einen rosafarbenen Rucksack, von dem ein Pinguin baumelte, hob kurz die Hand.

„Wer bist du, Bruder?" Der Oberyogi breitete die Arme zum Willkommen aus und machte einige Schritte auf ihn zu. Die anderen lauschten mit glühenden Gesichtern. Auch Bea und Silke, die sich erst seit kurzer Zeit in der Gruppe aufhielten.

„Ich mach' hier Urlaub", kratzte Dario raus und deutete zum Ufer. „Und ich hab' euch gehört. Ich dachte, ich könnt' hier mitmachen?"

„Bist du leidend?"

„Na ja." Dario hob eine Schulter.

„Wenn du deine Mitte finden, die Ursache all deiner Sorgen und Nöte in das weite Universum schicken willst, dann sei willkommen." Einladend schwang der Obersänger den Arm über die Lichtung, auf der die Frauen und der Mann im Schneidersitz entspannt wirkten. Getuschelt wurde nicht, es schien ein äußerst disziplinierter Haufen zu sein.

Dario guckte, als suchte er Orientierung. Ich wettete stumm, dass er nur die größten Hupen suchte. Offenbar hatte er sie gefunden. Zwischen zwei Körbchengrößen 90 C rollte er seine Isomatte aus.

Erst jetzt registrierte ich die verschiedenen Gegenstände, die jeder der Teilnehmer vor sich auf der Matte liegen hatte. Das Feuer knisterte romantisch. Ich nahm Sebastian das Fernglas ab, um erkennen zu können, was das für Sachen waren. Eine Frau hatte da ein kleines Federkissen. Das schien mir normal zu sein. Eine andere hatte einen Footballhelm vor sich liegen. Wieder eine Weitere einen BH, der nicht ihrer zu sein schien, weil er wesentlich zu klein aussah.

„Wir sind die Brüder und Schwestern der Achtsamkeit", salbaderte der Guru. „Wir haben uns hier versammelt, um auf den heiligen Gestaden der Insel des Kaninchens all unseren Ballast zurückzulassen, der unsere Seele beschwert. Ein jedes Leid hat sein Ding, das es personifiziert. Wir werfen es von uns. Wir beschwören die Seelenpein und stoßen es davon, auf dass das Kaninchen es fresse."

„Habt ihr was getrunken?", krähte Dario.

Durch das Fernglas sah ich den Anführer irritiert blinzeln. „Äh, nein. Alkohol und Drogen lehnen wir ab. Wir waren dabei, Doro zu ermutigen, ihre Seele zu entlasten."

Die Frau mit dem Footballhelm gab sich fröhlich winkend zu erkennen.

„Hast du ein Ding dabei, dass deinen Kummer personifiziert?"

Ich sah Dario nicken. Er nahm den Rucksack vom Rücken, stellte ihn ab, ohne ihn loszulassen, ging in die Hocke und wühlte so lange darin herum, bis er meine Jeans hervorzaubert.

„So ein Schwachkopf", wisperte ich.

Sebastian hatte das alles ohne Fernglas mitbekommen und lag schon auf dem Bauch, um das Lachen zu unterdrücken. Jetzt setzte er sich aufrecht hin und schaute wie gebannt nach vorn. Ich freute mich, dass wir denselben Humor hatten.

„Doro", forderte der Guru. „Lass uns dort weitermachen, wo wir waren, bevor uns der neue Jünger mit seiner Anwesenheit beglückte."

Die Angesprochene stimmte einen Sprechgesang an. Dabei umfasste sie den Helm mit beiden Händen, steigerte den Gesang zu einem schrillen Crescendo und stieß ihn von sich. Mit einem hohlen *Tock* knallte er Dario direkt an den Hinterkopf. Er schrie.

Neben mir sank Sebastian leise quietschend auf den Rücken. Er kugelte sich auf die Seite, dabei liefen ihm Tränen still die Wangen hinab. Mir erging es nicht besser. Es war schwierig, die Contenance zu wahren und nicht laut los zu prusten. Es war absurd.

Dario rieb sich den Hinterkopf. „Was soll das?", blaffte er.

„Errege dich nicht, Bruder." Der Yogi hob eine Hand. „Gewiss wollte Doro dir nichts Böses. Es war ein Wink der Vorsehung."

„Was?" Entsetzt starrte Dario auf Doros kleine Brüste und schnappte nach Luft.

„So bin ich sicher, du wirst das Zeichen deuten, wenn du von deiner Seelenpein berichtest." Mit der hirnlosen Zuversicht der Selbstgerechten lächelte der Mann in die Runde.

Mir wurde das zu blöd. Ich hatte keine Lust, Darios Seelenqualen zu lauschen und zuzugucken, wie er irgendwem meine Hose an den Kopf warf. Ich stieß Sebastian an. „Wir sollten mal sehen, ob Jonas Richter oder

Henning der Unbekannte die Zeit der Abwesenheit der Trullas vom Hausboot nutzt."

„Hm", hickste er und räusperte sich verstohlen. Aktuell hätte er das auch laut tun können, denn da vorne ooohmte es wie aus tausend Kehlen. „Gut. Gucken wir, ob er an ihrem Hausboot zugange ist."

Ich nickte.

„Hier wird ohnehin nicht viel passieren", räumte er ein und faltete die Decke.

Hintereinander schlichen wir zu unserem Kajak zurück.

*

Wir huschten gebückt zuerst ans Ufer und liefen dann das kleine Stück nordwärts zu den Kajaks. Eines wollten wir für Dario zurücklassen, doch als Sebastian mich aufforderte, einzusteigen, sah ich im Augenwinkel etwas, das sich bei genauerer Betrachtung als der Extremsportler im Kajak entpuppte, der die Insel mit zügigen Schlägen zu umrunden schien. Ich trat an Sebastian heran und wisperte eine Erklärung. „Aber verdächtig wirkte er nicht", schloss ich. „Es ist nur blöd, dass man ihn mit der Kappe nicht so genau angucken kann."

Sebastian zog das Kajak etwas tiefer ins Wasser, stieg dann selbst ein und stieß uns mit dem Ruder ab. „Wir paddeln mal in seine Richtung", murmelte er und legte los.

Nach einer Weile fanden wir einen identischen Rhythmus, der immer wieder vom Flachwasser gestört wurde. Wiederholt schrammte ich mit dem Ruder auf den steinigen Grund. Mittlerweile war der Nachmittag weiter vorgerückt. Lange würde es nicht mehr hell bleiben.

Ich fragte mich eben, wann die Esoterik-Vögel mit ihrer Symbol-Wegstoß-Session fertig wären und was Dario zu berichten hätte, als Sebastian auffiel, dass wir den Kajak-Fahrer aus den Augen verloren hatten.

„Aber die Insel ist klein." Mit dem Paddel fuchtelte ich so energisch herum, dass Sebastian uns ausbalancieren musste.

„Wir suchen an Land." Er paddelte auf das Ufer zu, und erneut stiegen wir aus. Sebastian kippte Wasser aus dem Kajak, ehe wir losgingen.

Zwar bewegten wir uns wachsam, aber ein Geheimnis wollten wir aus unserer Anwesenheit nicht machen. Es gab kaum etwas Auffälligeres, als der Versuch, unauffällig zu bleiben. Die Insel war öffentlicher Raum, der Besuch nicht verboten. Trotzdem zog ich mir mein eigenes Cap tiefer ins Gesicht.

Händchenhaltend spazierten wir am Ufer entlang, bis wir einen Seitenarm der Havel, nicht mehr als ein Rinnsal, im Dickicht verschwinden sahen. Diese Mistinsel war übersät mit Ranken und Unterholz. Nach einem Blickwechsel folgten wir dem Seitenarm circa einhundert Meter, bis wir auf eine Lichtung stießen.

Am Handgelenk zog Sebastian mich in den Schutz eines Gebüschs. Durch das Dickicht sahen wir das rote Kajak und ein Zelt. Von dem Mann selbst fehlte jede Spur. Wir könnten ihn suchen. Doch eine polizeiliche Routinekontrolle würde nur den Esoterik-Fuzzis entgehen, weil die, einmal in Trance geschaukelt, eh nichts mitbekamen. Die Verdächtigen aber wären alarmiert.

„Wir sollten abwarten", meinte Sebastian. „Die Insel ist zu klein, dass der Täter nichts von einer Kontrolle mitbekäme."

„Wenn Jonas Richter überhaupt der Täter ist", schob ich nach. „Ich hab' so ein seltsames Gefühl, Sebastian."

Stirnrunzelnd sah er mich an. „Wegen des zweiten Mannes? Henning?"

„Ja, überleg mal", flüsterte ich. „Der Concierge hat gesagt, dass Jonas das zweite Opfer, Jürgen Junker, in die Obhut eines weiteren Mannes übergeben hat. Was, wenn er der Täter war, also Jürgen umgebracht hat?"

„Welches Motiv sollte er haben? Wir wissen zu wenig über den Mann, um das zu erraten, wohingegen uns Jonas wie ein offenes Buch vorkommt."

„Stimmt." Ich verscheuchte ein Moskito. „Ich komme nicht dahinter. Wir müssen mehr über ihn rausbekommen, und zwar schnell."

„Lass uns zur Yacht zurück." Er nahm meine Hand. „Ich rufe Maurice an und frage ihn, ob er neue Informationen hat."

Ohne einen Schritt weitergekommen zu sein, schlichen wir zuerst, dann spazierten wir zu unserem Kajak zurück und paddelten zur Yacht. Ich hatte einen solchen Hunger, dass ich, kaum an Bord, den gasbetriebenen Kühlschrank nach Essbarem durchforstete. Mit knurrendem Magen schmierte ich mir ein paar Leberwurstbrote und Sebastian gleich zwei mit.

Bei Sonnenuntergang saßen wir satt und zufrieden, jeder mit einer Flasche Bier in der Hand, auf Deck und warteten auf Dario. Oder auf die Weiber. Oder auf Jonas. Oder auf Maurice' Rückruf. Ich weiß es nicht. Wir erwarteten schlicht, dass etwas geschah.

Henning

Henning nahm das Wingpaddel hoch und legte es vorn auf dem Kajak ab. Er fühlte, wie sein Handy vibrierte, das ihm im wasserfesten Beutel auf der Brust lag. Das Boot dümpelte leicht, als er das Telefon raus fummelte und das Gespräch annahm.

„Wir brechen ab", hörte er Jonas sagen.

Henning warf einen Blick über die Schulter, entdeckte nichts, das darauf hindeutete, das sie auffliegen könnten. „Warum?"

„Muss ich das begründen?" In Jonas' Stimme lag etwas, das Henning nicht sofort identifizierte. Angst? Unmöglich.

„Ich verstehe nicht, warum du etwas abbrechen willst, das wir so sorgfältig …"

„Henning, darüber reden wir jetzt nicht. Wir beenden das hier."

Henning sog die Unterlippe ein. Dachte nach. Zweifel – in Jonas Tonfalls schwang der Zweifel mit.

„Hör mal, ich weiß nicht, was es zu diskutieren gibt. Das sind Monster. Diese Beatrix …"

„Beatrix ist im Grunde harmlos, Henning. Doch darum geht es nicht … Ich …"

„Was soll das?", zischte Henning böse. „Torsten Knüller ist tot, und ich habe ein Recht darauf, dass auch diese Schlampe kriegt, was sie verdient. Ich …"

Jonas Richter hatte das Gespräch beendet. Verdutzt beäugte Henning das Smartphone. Er dachte nach, versuchte, den Ärger hinunterzuschlucken. Doch es gelang ihm nicht.

Nelly

Als Dario am späten Abend zurückkehrte, war er noch im Besitz meiner Hose. Ansonsten war sein Anblick beunruhigend. Er sah wie eine Vogelscheuche aus. Der schwabbelige nackte Oberkörper war zerschrammt, die Augen traten ihm fast aus den Höhlen und seine eigene Hose war verschwunden. Verzweifelt presste er meine Jeans an sich wie eine Reliquie. Nie wieder würde ich sie tragen können, ohne an diesen Anblick zu denken, sie war eindeutig ein Fall für den Altkleidercontainer. Aber all das resümierte ich später.

Zuerst sahen wir ihn verwirrt am Ufer stehen und sprangen auf.

„Du lieber Himmel!", rief ich aus. „Was ist passiert?"

Er tappte herum, wie der Vollidiot, der er war. Mit einem Seitenblick sah ich die zwei Frauen, die zu Trixi II gehörten, schwafelnd und mit eingerollten Yogamatten unter dem Arm aus dem Grün hervorkommen. Dario stand da wie auf dem Präsentierteller. Wenn die beiden sahen, wohin er unterwegs war, würde er uns enttarnen.

Sebastian, der dasselbe zu denken schien, schwang sich ins Kajak, um das kurze Stück zu Dario mit abgewandtem Blick zu paddeln. Nahe am Ufer redete er beschwichtigend auf ihn ein und bewegte ihn dazu, zu ihm ins Boot zu klettern. Keine zwei Minuten später waren sie beide an Deck. Ich fand eine Plane, die ich Dario, sobald er auf einen Stuhl gesunken war, bis zum Hals umwickelte. Ganz selbstsüchtig ersparte ich mir so den Anblick seiner schwammigen Nacktheit.

„Was ist passiert?" Sebastian reichte Dario ein frisches Bier, das er dankbar leerte.

Doch er stottere nur. „Ich … äh, na ja … weiß nicht, wie …"

244

„Mann!" Ich versetzte ihm mit dem nackten Fuß einen Tritt. „Versuch' noch mal."

„Also ich … Die Session ist fertig."

„Das sehen wir." Ich verschränkte die Arme vor der Brust.

„Ich wollte nicht so auffällig neben den Frauen her laufen. Bin 'nen Umweg gegangen. Da sprang ein Monster aus dem Gebüsch und wollte mich massakrieren."

„Ein Monster?" Sebastian gab ihm eine Zigarette.

Er nickte hektisch, während die Versuche, sich die Zigarette anzuzünden, an seinen zittrigen Händen scheiterten. Dann endlich klappte es. Er inhalierte tief und nuschelte dabei: „Doro. Diese dünne Frau." Er stieß den Rauch aus. „Sie hatte einen Football-Helm, der ihrem Ex gehörte. Und als sie ihn von sich gestoßen hatte, schwafelte dieser Obi von Vorsehung und so."

Ich wechselte einen Blick mit Sebastian. „Sie wollte sich an dich ranmachen", riet ich.

„Vergewaltigen wollte sie mich." Dario keuchte entsetzt.

„Am Anfang scheint es Ihnen ja gefallen zu haben." Sebastian wies knapp auf seinen unbekleideten Unterleib, „Immerhin haben Sie die Hose ausgezogen."

„Nein!" Erregt gestikulierte er. „Ich bin auf allen vieren getürmt. Sie hat versucht, mich an den Hosenbeinen festzuhalten. Ich … Oh, Gott, ich konnte nur Nellys Jeans retten."

Ich spannte die Lippen. „Danke."

„Lass uns mal drüber nachdenken, was genau die da machen."

„Ist doch egal, Sebastian", grätschte ich ihm dazwischen. „Sie wollen Ballast abwerfen und haben einen Gegenstand mit, der den Ballast symbolisiert. Was spielt es für eine Rolle …"

„Genau, Nelly." Er berührte mich sanft am Arm, schäl beäugt von Dario, den er wieder ansah. „Hatten Bea und Silke einen Gegenstand mit?"

„Äh, nö."

Ratlos guckten wir uns an.

*

Am Abend rief Maurice endlich an und stattete uns mit weiteren Infos über Jonas Richter aus. „Das wird eine lange Geschichte", fing er an und machte eine Pause, als suchte er nach einem Anfang. „Das Wichtigste zuerst. Ich denke, wir haben den zweiten Mann identifiziert. Es gibt da einen Kameraden, von dem alle Befragten sagten, Jonas hätte sich im ihn gekümmert."

„Gekümmert?" Ich angelte mir eine Flasche Wasser aus dem gasbetriebenen Kühlschrank der Yachtküche und schraubte sie auf. „War der besonders bedürftig?"

„Scheinbar schon. Er heißt Henning Lehmann und ist deutlich jünger als Richter. Altersmäßig könnten sie Vater und Sohn sein. Sind sie aber nicht. Nähergekommen sind sie sich offenbar … Einer erzählte von einer großen Nato-Übung im Inland vor vier Jahren. Vor der Anekdote im Fjord. Es war ein bisschen komisch, die Leute, mit denen ich geredet habe, lachten immer, wenn sie davon erzählten. Hennings Feldwebel hat ihm bei der Übung befohlen, in Bewaffnung aus dem Fenster des Kasernengebäudes zu klettern. Der Übungsplan sah wohl vor, dass die Türen zerstört wären. Tatsächlich waren sie das aber nicht, und exakt darauf hatte Lehmann andauernd hingewiesen. Das Konzept einer solchen Übung schien er nicht zu begreifen, und bestand darauf, durch die Tür zu gehen. Jonas Richter hat das dadurch entstandene Gebrüll deeskaliert."

„Oh je." Ich stellte die Flasche auf den Tisch und sah aus dem Fenster.

„Später verlagerte sich die Übung ins Gelände. Henning Lehmann hat ständig vorgeschriebene Fakten und Zustände infrage gestellt. Ich weiß nicht, ob du dir das vorstellen kannst, Nelly, aber bei so einer Übung heißt es ja dauernd, dass dieses oder jenes zerstört wäre, der Feind da und dort lauert. Die Gebäude sind aber real intakt und ein echter Feind nicht in der Nähe. Lehmann machte da Gewese drum, weigerte sich, nicht reale Zustände zu akzeptieren. Damit hat er die Übung verkompliziert."

„Ich stelle fest, dass er eindeutig den falschen Beruf gewählt hat."

„Er ist Zeitsoldat. Aber ja, du hast recht. Die anderen fingen an, ihn zu mobben. Nicht subtil oder so. Das schien in Jonas Richter den Beschützerinstinkt auszulösen. Carola sagt, das hätte mit seiner Schulzeit und den Schuldgefühlen zu tun, die …"

„Schon gut." Ich hatte keine Lust auf eine psychologische Expertise, die sich für jeden, der einen klaren Verstand hatte, von selbst erklärte. Er ersparte sie mir auch.

Ich hörte Papier rascheln.

„Also", sagte er. „Noch während der Übung, etwa zwei Tage später, ließen die anderen ihn in der Pampa zurück. Man brach das Camp ab, doch weckte Lehmann nicht. In dem Durcheinander aus Befehl und Gehorsam hat Jonas Richter erst spät gemerkt, dass man Henning zurückgelassen hatte. Gegen jeden Befehl kämpfte er sich zu dem Vergessenen zurück. Richter und Lehmann blieben drei Tage wie vom Erdboden verschluckt, weil sie nicht zu den anderen zurückfanden."

„Herrgott, wo war das? In der Wüste Gobi?"

„Da, wo ihr jetzt seid. In Brandenburg."

Ernüchtert sank ich auf die Küchenbank. „Und weiter?"

„Am Ende fand man sie auf einer Landstraße. Sie trotteten in Richtung Potsdam, bis auf Mückenstiche unversehrt. Seitdem sind sie wohl dicke Freunde."

„Scheinen echte Elitesoldaten zu sein", ätzte ich. „Was gibt es zu Lehmanns familiären Hintergrund? In dem Tagebucheintrag, den Caro gefunden hat, in dem sich Jonas die Erinnerungen an diesen anderen Einsatz in Norwegen von der Seele geschrieben hat, schien Henning von seiner Kindheit geschwafelt zu haben. Dass er nicht gewollt gewesen war oder so."

Wieder raschelte es am anderen Ende der Leitung. „Ein Findelkind. Die tragische Geschichte eines Babys, das im Mülleimer eines Parks gefunden wurde und überlebte. Der Mann, der ihn damals gefunden hatte, hieß Henning Hecht. Daher bekam er dessen Vornamen."

„Normalerweise kriegen solche Kinder den Namen des Heiligen des Tages", murmelte ich. „Was war das denn für ein Tag?"

„Ich hab' schon nachgeguckt, weil ich wusste, dass dich das interessiert. Wenn man es so gemacht hätte, würde er Pankreas heißen."

„Ach du lieber Himmel."

Maurice lachte. Eine Seltenheit im Gespräch mit mir. Womöglich waren wir auf dem besten Weg, einander hinter uns zu lassen und so was wie gute Kollegen zu werden. Ich fand es sogar niedlich, dass er nach dem Heiligen des Fundtages geschaut hatte, obwohl es ermittlungstechnisch nicht relevant war.

„Erzähl weiter", bat ich. „Hat man rausgefunden, wie er in den Müll gekommen ist?"

„Die Ermittlungen damals, Aufrufe im Fernsehen et cetera, führten zu nichts. Er kam in ein Heim, wurde adoptiert und offiziell schien es ihm in der neuen Familie gut zu gehen."

„Und inoffiziell?", fragte Sebastian, der zuhörte, seitdem er hereingekommen war und mich gebeten hatte, das Handy auf laut zu stellen.

„Gar nichts. Ich habe mit den Adoptiveltern gesprochen. Sie waren am Boden zerstört und erzählten, dass er mit etwa vierzehn selbst herausgefunden hatte, dass er adoptiert ist. Als er ihre Schränke nach Zigaretten durchforstete, fand er die entsprechenden Papiere. Er kam nicht damit klar und hat eine Menge Energie darauf verwendet, herauszufinden, wer seine Eltern waren."

„Hat er es rausbekommen?" Sebastian beugte sich zum Handy.

„Soweit sie es wissen, nicht. Aber seine Adoptiveltern hatten in den letzten fünf Jahren keinen Kontakt mehr zu ihm."

„Danke, Maurice." Ich kappte die Verbindung und blieb lange nachdenklich am Tisch sitzen.

Sebastian, der vermutlich dachte, ich würde über die Infos nachgrübeln, setzte sich neben mich. „Und?"

„Nichts, und. Ich finde ihn undankbar."

„Das ist er vielleicht, aber weshalb bedrückt dich das?"

Ich schnaufte. „Wir hatten …" Ich atmete tief ein und versuchte es neu. „Einer von Lorenzos Freunden, Tiziano …"

„Der jetzt Polizist ist?"

Ich nickte. „Er hatte total unfähige Eltern. Nichts, was er tat, war richtig für sie, dabei hatte er etwas Traumatisches zu verarbeiten gehabt und hätte echt Hilfe gebraucht. Stattdessen … Ach, er stand kurz davor, sich vom Campanile zu stürzen. Weil er schon volljährig, aber mittellos war, hat Papa ihn aufgenommen. Er bekam ein

Zimmer im Palazzo Bracco und wurde wie ein Familienmitglied behandelt. Er war nie undankbar."

„Deinen Vater hätte ich gern kennengelernt." Sanft strich er mir über den Rücken.

„Dann lerne Lorenzo kennen. Sie sind sich so irre ähnlich, dass ich vor seiner Fürsorge förmlich davonlaufe." Ich kam zum Fall zurück. „Aber was, wenn einer der ermordeten Männer oder eine der beiden Damen da im Hausboot ein Elternteil sind? Ein leibliches, meine ich?"

„Das wäre ein unglaublicher Zufall, oder? Dass sich Jonas und er dann beim Bund treffen."

„Aber das Leben ist voller Zufälle", widersprach ich. „Du sagst es selbst dauernd, und bei der Arbeit haben wir schon die schrägsten Sachen gesehen."

Er wiegte den Kopf. „Angenommen, du hast recht und Jonas hat Henning im Laufe der Zeit die Geschichte über das Mobbing erzählt. Es fielen Namen, und sie erkannten ein gemeinsames Interesse?"

„Hm." Ich rieb mir die Nase. „Sie könnten sich in ihren Rachefantasien gegenseitig bestärkt haben."

„Ob sie gleichermaßen motiviert sind oder einer den anderen antreibt, wissen wir nicht, Nell."

„Stimmt." Ich erhob mich, drängte mich an Sebastian vorbei, bis ich zwischen Mini-Küchenzeile und Essbereich stand, um mehr Raum zum Reden zu haben, denn mir zwang sich ein Gedanke förmlich auf. „Denk mal an die Frage, die wir uns immer gestellt haben, seit wir in Jonas Richter den Verdächtigen haben." Ich merkte, wie ich jedes Wort mit Gesten unterstrich. „Warum hat er so lange mit der Rache gewartet?"

„Vielleicht hatte er nie ernstliche Rachegedanken", führte Sebastian die Idee fort. „Denk an die Tagebucheinträge, die Carola bemerkt hat. Er verdammt die Täter von damals, aber selbst das hielt sich in Grenzen. Überwiegend war er mit Selbstvorwürfen und Selbstzweifel befasst."

„Genau!" Ich machte einen Satz nach vorn. „Wenn sich Henning und Jonas erst vor vier Jahren kennengelernt haben …"

„Dann sind vier Jahre immer noch ein langer Zeitraum", schränkte er meinen Enthusiasmus sofort wieder ein.

„Schon, aber, Sebastian, sie haben sich ja nicht von Anfang an voll vertraut. Das ist doch nie so. Es dauert eine Weile, bis sich Freundschaft verfestigt und man sich gegenseitig seine Lebensgeschichte erzählt."

„Okay, nehmen wir an, einer der Täter von damals ist ein leibliches Elternteil von Henning Lehmann", griff er auf. „Wer spielt aktuell keine Rolle, aber angenommen, Lehmann ist voller Hass …"

„Die Mutter!", rief ich. „Es ist die Mutter, die ihn als Säugling in den Müll geworfen hat."

„Meinetwegen, und ich gebe zu, dass es traumatisch ist, so etwas als Heranwachsender zu erfahren. Er will Rache und erfährt, dass Jonas Richter eigene Gründe hat, diese eine Person zu verabscheuen. Dann ist Henning Lehmann die treibende Kraft. Aber vier Jahre bleiben immer noch eine lange Zeit, die es brauchte, um Jonas Richter anzustoßen, die Schuldigen zu bestrafen." Er malte Anführungszeichen in die Luft.

„Wenn Jonas aber nicht wollte?", rief ich. „Wenn er sich so lange sträubte, bis …" Ich rieb mir den Mund. „Ja genau, bis … was? Was ist passiert, das seinen Widerstand gebrochen hat?" Nachdenklich ging ich die drei Schritte, die die Küche ermöglichten, hin und her.

„Das Klassentreffen?", schlug Sebastian vor.

„Möglich wäre es", stimmte ich zu. „Zumal er sich in den Tagebucheinträgen immer so in Viktoria verbeißt. Er kommt nicht klar mit ihr und ihrer Vorstellung von Schuld."

Den halben Abend debattierte ich mit Sebastian über die Frage, wer wen antrieb oder ob beide gleichermaßen dem Rachewahn verfallen waren. Wir konstruierten Szenarien und stellten uns jeden der vier Mobber als Mutter oder Vater von Henning Lehmann vor. Einig wurden wir uns nur darin, dass es eine der Frauen sein musste, und das bedeutete, dass Henning seine Rache noch nicht hatte ausführen können.

Am Ende klappten wir die Küchenbank für unseren ungebetenen Gast aus, und ich kroch in die einzige Kabine. Nacheinander wollten wir mit dem Feldstecher das Hausboot observieren, um einzugreifen, falls Jonas oder Henning auftauchte. Doch als ich an der Reihe war, das Hausboot zu beobachten, döste ich im Liegestuhl an Deck ein.

Zum Glück erwachte ich vom Trillern und Zwitschern dieser blöden Weiber. Wenn ich daran dachte, wie Bea Knüller geheult hatte, als ihr Mann gefunden worden war, wurde mir übel. Dieses hier Schau gestellte Vergnügen war der Gegenentwurf ihres vormaligen Verhaltens, und es legte offen, dass sie weniger um ihren Torsten geweint hatte als um sich selbst. Vor Angst hatte sie geflennt. Vermutlich hatte sie von Anfang an gewusst, was das Post-it auf der Stirn ihres ermordeten Mannes bedeutete.

Übermüdet blinzelte ich in den märchenhaften Oktobermorgen. Licht flutete in den wolkenlosen Himmel und offenbarte die Bäume auf der Insel in den buntesten Herbstfarben.

Zu meiner grenzenlosen Überraschung schlief Dario nicht. Er kochte Kaffee und strahlte mich an. Er hatte meine

Hose derart um den Kopf gewickelt, dass ihm die Hosenbeine den Rücken hinab hingen. Ansonsten trug er nur seine eigene tarngefleckte Cargohose.

Sebastian kam in Sweatshorts aus der Kajüte, das kastanienfarbene Haar vom Schlaf zerwühlt, und drängte sich an ihm vorbei. „Warum hat er deine Hose auf dem Kopf?" Mit dem Daumen zuckte er zu Dario.

„Frag mich nicht", knirschte ich. „Ich finde es schwer behandlungsbedürftig."

„Die Jeans hilft mir, Erleuchtung zu finden." Dario brachte uns lächelnd zwei gefüllte Kaffeebecher.

„Ich hätte gewettet, sie wäre das Symbol all deiner Sorgen", ätzte ich, ehe ich in den heißen Kaffee pustete.

„Aber nein." Er himmelte mich an. „Wenn ich das Symbol meines Kummers fortstoßen müsste, hätte ich 'nen ganzen Sack davon anschleppen müssen."

Ich schnaubte. Dachte an Audrey in einem Jutesack, den ich ins Feuer werfen würde.

„Ich muss los." Unter unseren Augen hastete der kleine Mann über Deck, kraxelte die Klappleiter runter und stieg ins schwankende Kajak. Kurz darauf sahen wir ihn gegenüber anlanden und beschwingt ins Gebüsch hopsen.

„So schlimm scheint der Doro-Überfall ja nicht gewesen zu sein", meinte ich.

„Anscheinend genießt er die Sache. Das Seminar." Sebastian klopfte mit den Fingern an die Bordwand.

„Du meinst, Hornbach spricht eine tief verborgene Sehnsucht in ihm an?" Zum wiederholten Mal fuchtelte ich eine Mücke weg. In dem Moment, in dem sich die Sonne vom Horizont löste, verblasste sie von Rot zu Honiggelb.

„Obi", korrigierte er. „Es ist eigenartig, dass nichts passiert."

*

Am späten Nachmittag passierte etwas. Bis dahin hatten wir gekuschelt, gefrühstückt und jeweils allein eine Erkundungstour im Kajak um die Insel gemacht, bei der uns weder etwas aufgefallen war, noch hatten wir den einsamen Kajakfahrer gesehen.

In der Dämmerung tauchten die Seminarteilnehmer als choralsingendes Grüppchen auf der Höhe des Hausbootes Trixi II am Ufer auf. Nur in Hosen und ansonsten nackt. Ohne zusammengerollte Yogamatten, aber dafür mit glimmenden Stumpenkerzen in einer Hand, blieben sie am Rand der Insel stehen.

Sebastian und ich wechselten einen verdutzten Blick. Ich drückte mich an die Bordwand, um Dario in dem Pulk zu finden, und entdeckte ihn, wenig überraschend, mit verklärter Miene zwischen zwei großbusigen Frauen. Wie alle, die sich hier versammelt hatten, hielt er eine Kerze und schützte die Flamme mit der anderen Hand vor dem lauen Wind. Kollektiv starrten sie das Hausboot an.

„Was bedeutet das?", flüsterte ich.

„Ich weiß es nicht, Engel", wisperte Sebastian. „Am Hausboot ist alles normal."

Ich ließ den Blick drüber schweifen und stimmte ihm still zu. Derweil die Leute, die nichts mit dem Seminar zu tun hatte, irritiert auf ihren Hausbooten oder Yachten standen, teils mit Bierflaschen, teils mit Weingläsern in Händen, dümpelte Trixi II neu glänzend im kabbeligen Wasser.

„Aber was zum Henker machen die da?" Ich gestikulierte lasch zum Ufer und nahm einen Schluck

Wasser aus der Plastikflasche, die neben dem Ruder auf der Wassertiefenkarte stand.

Als der irre Haufen ein vielkehliges Ooohm anstimmte, das Beatrix Knüllers jaulenden Singsang umrahmte, verschluckte ich mich fast. Auf einem anderen Hausboot, auf dessen vorderer Terrasse ein Feuer in der Feuerschale glimmte, lachten alle. Ein Teenager äffte die Seminarteilnehmer nach, doch die machten unbeeindruckt weiter.

Ich stellte die Flasche ab und beobachtete fasziniert, wie Beatrix Knüller in eine Art Bettlaken gehüllt in der Mitte des Halbkreises halbnackter Jünger hin und her wogte wie eine Tanne im Wind. Na ja, wie eine dicke Tanne im Orkan. Vor zurück, vor zurück, die Arme weit nach vorn gestreckt, wiegte sie sich in Ektase.

„Du lieber Himmel." Sebastian feixte. Für sein Bier hatte er nichts mehr übrig, es stand unbeachtet auf dem Klapptisch.

Beatrix bebte und wogte. Das unheimliche Oohm wurde leiser und brach abrupt ab, derweil Bea unvermittelt auf der nassen Erde zusammensackte.

„Ergeben haben wir auf ein Zeichen gewartet!", rief eine Männerstimme salbungsvoll. „Nun ist es dir zuteilgeworden. Bis du bereit, meine Schwester?" Mit ausgebreiteten Armen erhob sich Obi aus der Mitte der Jünger. Seine Stimme trug weit auf die Havel hinaus.

Beas Antwort hörten wir nicht, wohl aber, wie der einzige Mann der Gemeinschaft davon hastete und kurz darauf mit zwei Benzinkanistern zurückkehrte, ohne ein Geheimnis daraus zu machen.

Ich zog die Stirn kraus. „Das ist nicht ihr Ernst."

„Ich fürchte, schon." Endlich leerte Sebastian die Bierflasche.

„Sie will das Hausboot verbrennen?" Aufgebracht zeigte ich zum Ort des Geschehens. Seminarteilnehmer ruderten in Barken auf das Hausboot zu und überschütteten es mit Benzin. „Das ist bestimmt verboten!", entrüstete ich mich.

Er schlang einen Arm um mich. „Ich bin sicher, dass es wenigstens eine Ordnungswidrigkeit ist. Aber wir sollten das Ordnungsamt nicht anrufen."

Mit vor Verblüffung glühenden Wangen schmiegte ich mich an ihn.

Die Kanistertypen stakten zurück und kreuzten das mit Blumen und Girlanden geschmückte Kajak, in dem Bea mit entschlossener Miene thronte, die fülligen Wangen rot, auf dem Kopf einen Blumenkranz und in einer Hand einen brennenden Stecken. Ungläubig schüttelte ich den Kopf. Den Stecken warf sie Richtung Hausboot, doch sie verfehlte es, und er sank zischend auf den flachen Grund der Havel. Ich unterdrückte ein Kichern, erkannte aber, dass Hilfe herannahte.

Eine weibliche Person stapfte ins flache Wasser, um Bea eine brennende Fackel zu reichen, die sie in die Richtung des Hausbootes warf. Es machte *wusch!* Und das neue Hausboot Torsten Knüllers ging vor den Augen der andächtigen Menge in Flammen auf.

„Es muss sie belastet haben, wenn sie es verbrennt", resümierte mein Freund.

„Wahrscheinlich war sie eifersüchtig." Ich starrte auf die blakenden Flammen. Jemand hustete. Hinten rechts am Hausboot, dessen Bug lichterloh brannte, registrierte ich eine verstohlene Bewegung. Rasch schnappte ich mir das Fernglas, sah hindurch, um gerade noch mitzubekommen, wie eine schmale, schwarz gekleidete Gestalt vom Heck des Hausbootes hustend ins Wasser sprang.

„Da!", rief ich, warf das Fernglas von mir und klappte unsere Klappleiter aus, die ich hastig hinunter kletterte, direkt ins Kajak.

Sebastian eilte hinterher. Hoffentlich brachte er seine Waffe mit, denn der Mann raste auf die Gruppe zu. Was er in Händen hatte, konnte ich nicht richtig erkennen, aber es blinkte in der Sonne. Die Gruppe konnte den Blick nicht vom Hausboot in Flammen lösen. Als sie es konnte, begriffen sie nicht direkt, dass ein Mann im Neoprenanzug und Sturmhaube mit einem gezückten Walmesser auf sie zuraste. Sie litten an einer Art Schwarmblödheit.

Gleichzeitig weiteten sich aller Augen erst, als wir hintereinander angerannt kamen. Vorneweg der Mann mit dem Messer, dann Sebastian und, weitaus weniger schnittig, ich selbst. Alle schrien gleichzeitig: „Aaahh!", warfen die Arme in die Luft und stoben auseinander. Beatrix, die schon wieder an Land war, walzte ins Grün. Der weiße Umhang flatterte ihr wie ein kaputtes Segel hinterher.

Sebastian hastete ihr nach. Rief mir zu: „Kümmer dich um Silke!"

Ohne zu zögern, schlug ich einen Haken und versuchte gleichzeitig, Silkes Schopf in der panischen Menge auszumachen. Dabei rempelte mich jemand an und ich stürzte auf den mit Tannennadeln übersäten Boden. Fluchend entdeckte ich aus dieser Position immerhin Silke, die kopflos ins Wasser raste. Dabei schrie sie wie am Spieß. Ihr dicht auf den Fersen war ein Mann, von dem ich zuerst annahm, dass er sie bedrohte, dann jedoch den Eindruck hatte, er beschwichtigte sie.

„Silke", hörte ich ihn dumpf brüllen. „Bitte! Bleib stehen!"

Mühsam rappelte ich mich auf. Hinter mir hörte es sich an, als jagte eine Horde tollwütiger Nashörner durchs

Unterholz. Vom Zentrum dieses konkreten Lärms setzte ich mich ab, rieb mir den schmerzenden Oberschenkel und humpelte auf die beiden Gestalten zu, die sich eine platschende Verfolgung im Flachwasser lieferten.

Silke kaperte ein Kajak, hektisch bereit zur Flucht mit dem Paddel fuchtelnd. Der Mann rannte ins Wasser, das unter seinen ausholenden Schritten auf platschte. Er schnappte nach dem Kajak. Silke kreischte. Er kippte das Kajak um. Sie landete schreiend im Nass, kam wieder hoch und guckte dem davon trudelnden Kajak nach. Sie kämpften. Planschend tauchten sie beide unter.

Es war so absurd, ich musste es beenden. „Stopp!", rief ich.

Und tatsächlich – der Mann, in dem ich Jonas Richter erkannte, blieb stehen. Leider holte das Silke Schwarz nicht aus der Panik. Mit den Armen rudernd kämpfte und schrie sie mit sich selbst weiter.

„Lieber Gott", seufzte ich und sah mich nach Sebastian um. Ich fand nur Dario, der angsterfüllt im Wipfel einer Birke hockte und auf uns hinunter gucken. Ich drehte mich zum Ufer um und taxierte Jonas. Einen mittelgroßen, nichtssagenden Mann in Pluderhosen, mit nacktem sehnigem Oberkörper, der mir seine Kapitulation entgegen schrie: „Es reicht! Ich gebe auf!" Ohne meine Antwort abzuwarten, schlurfte er ans Ufer.

Einschätzen konnte ich die Situation nicht. „Wie kommt's?"

„Ich werde mich der Polizei stellen!", brüllte er.

„Das habe ich verstanden!", rief ich zurück.

Er streckte mir die Handgelenke entgegen. „Ich stelle mich."

„Wo soll ich denn jetzt Handschellen hernehmen, du Vogel?", spie ich aus. Mein Blick schweifte zu Silke

Schwarz, die in sich zusammengesunken nicht ertrinken würde, weil ihr das Wasser nur bis zu den Schultern ragte.

„Ich gebe auf", wiederholte Jonas.

„Ich kann es nicht mehr hören!", gellte ich zurück. Doch was sollte ich nun tun? Die Frau da hocken lassen? Wir hatten nur einen von zwei Tatverdächtigen. Die Gefahr war keineswegs gebannt. Ich stemmte die Fäuste in die Hüften. „Wo ist Lehmann?"

Jonas Richter schüttelte so heftig den Kopf, dass das Toupet davonflog, mit dem er sich getarnt hatte, damit die Damen ihn nicht erkannten. „Ich weiß es nicht. Aber er ist gefährlich."

„Das dachte ich mir", stieß ich aus. Mit dem Fuß scharrte er an einer Baumwurzel. Silke heulte.

*

Ich lotste Richter – die jaulende Silke Schwarz im Schlepptau – zur Lichtung, wo ich hoffte, Sebastian zu finden. Und tatsächlich suchte er dort nach mir. Die Erleichterung in seinem Gesicht war zum Dahinschmelzen.

„Gott sei Dank", murmelte er. Er wollte Jonas Richter am Arm greifen, doch den schubste ich dermaßen, dass er neben den müde glimmenden Resten des Lagerfeuers auf die Knie fiel. Seufzend rappelte er sich auf und verstaute seine Beine in den Schneidersitz.

„Er hat sich freiwillig gestellt", erklärte ich. „Aber dieser Lehmann ist noch im Widerstandsmodus."

Mit den Fingerspitzen seiner rechten Hand rieb sich Sebastian die Stirn. „Mist."

„Hast du …?"

„Ich habe telefoniert, ja", grätschte er mir dazwischen. „Maurice und ein paar Kollegen aus Plaue sind unterwegs." Er wandte sich an Richter. „Sie waren Teil der Versammlung aus Brüdern und Schwestern der Achtsamkeit, weil Sie wussten, dass Frau Knüller und Frau Schwarz hier auftauchen würden?"

Jonas nahm die Hände vom Gesicht und nickte. „Wir haben sie hergelockt", sagte er so leise, dass nur wir ihn verstanden.

Sofort dachte ich an den Werbeflyer, den wir in der Siedlung, in der er wohnte, in der Hand gehabt hatten. Statt mich zu freuen, wenigstens einen Verdächtigen erwischt zu haben, war ich total geladen, weil von dem anderen weiterhin Gefahr drohte. Ich versetzte dem sitzenden Jonas einen halbherzigen Tritt. „Hat er ein Versteck auf der Insel? Ist er mit einem Kajak unterwegs?"

„Ich weiß es nicht! Ich weiß nur, dass ich nicht weitermachen kann!"

Sebastian setzte eine einfühlsame Miene auf. „Was hat denn zu Ihrer Planänderung geführt, Herr Richter?"

Richter schaute so verdutzt, als beantwortete sich die Frage von allein. „Äh?", kratzte er raus. „Obi?"

„Obi? Der Oberoscho hier?" Ich gab nichts auf Feingefühl. „Geht das etwas genauer?"

„Ja, also, ich mein', ich war ja in dem Seminar, *bevor* Bea und Silke ankamen. Und sofort hat mich Obi geleitet. Durch das Feuer hindurch zum Licht. Er zeigte mir, dass der Hass mich auffrisst." Er warf die Arme in die Luft. „Ich begriff, dass Verzeihen der einzig richtige Pfad ist, den es zu beschreiten gilt."

Eine Weile war nichts anderes zu hören als das kabbelige Wasser, knackendes Geäst und ein paar trillernde Vögel. Dann sagte ich: „Yippijajayippiyippiyeah."

Sebastian, der vage amüsiert den Kopf schüttelte, drehte sich zum Gestrüpp um, in dem es knisterte und knackte. War das Henning? Ich spannte alle Muskeln an und entspannte sofort, als ich registrierte, dass es nur die Brüder und Schwestern der Achtsamkeit waren, die mit verstörten Mienen wie die Zombies durchs Gestrüpp brachen. Ihre einzigen Kleidungsstücke, die Hosen, waren nass von der Flucht wenige Minuten zuvor. Mit fleckigen Gesichtern guckten sie von einem zum anderen.

Nur Obi riss die Augen auf und watschelte mit ausgebreiteten Armen auf Jonas zu. „Bruder."

Schluchzend sank Jonas ihm an die magere Schulter.

„Er führt nichts Böses im Schilde!" Obi warf uns flehende Blicke zu.

„Sie haben ja keine Ahnung!" Ich tappte mit dem Fuß.

„Jonas?" Beatrix Knüller rieb sich die kurzsichtigen Augen und löste sich ein Stück aus dem Pulk. „Jonas? Bist du das?"

Jonas löste sich sanft von Obi und betrachtete Beatrix mit einem Ausdruck tiefer Verzweiflung.

„Was machst du hier?", rief sie schrill.

Er breitete entschuldigend die Arme aus.

„Hast du …? Torsten …?"

Es dauerte bedenklich lange, bis bei ihr der Groschen fiel. Im atemlosen Schweigen aller schaute sie ihn an. Ihre Miene ein Wechselspiel aus Ratlosigkeit, Begreifen und Schrecken. Nachdem der letzte Puzzlestein auf seinen Platz gefallen war, raste sie kreischend auf Jonas zu. Dabei schwangen ihre gigantischen Brüste von rechts nach links, bis sie ihn erreichte und mit ihm verschlungen umkippte. Sie kullerten über die moosüberzogene Wiese. Stöhnen, Schreien, Ächzen, und massenweise Ohs von den Zuschauern, bis Sebastian die Kontrahenten entwirrt hatte.

Die Jünger standen herum und diskutierten, wann und in welchem Maß Gewaltanwendung gerechtfertigt wäre. Silke weinte. Ich hielt Bea, die schnaufte, am Arm fest und überredete sie, sich neben mich aufs Gras zu setzen.

Sie weinte nun auch. „Nach all den Jahren", schluchzte sie. „Ich versteh es nicht."

Jonas blieb mit von sich gestreckten Armen liegen und starrte zum Himmel empor. Dann endlich rollte er herum, setzte sich auf und schien darauf zu warten, dass sich Beatrix beruhigte. Der Blick, mit dem er sie streifte, war weder feindselig noch wild, eher verlegen, als ob er sich darüber wunderte, zu was er sich hatte hinreißen lassen.

Ich hätte mich darüber wundern sollen, dass Silke abseits stehen blieb, statt ihre beste Freundin zu trösten, doch vermutlich war sie ausschließlich mit sich selbst befasst.

„Vielleicht erzählen Sie uns davon", bat Sebastian, der sich wie ein Freund neben Richter ins Gras setzte. „Welchen Plan Sie hatten, versteht sich von selbst, aber wie kam es, dass Sie ihn änderten?"

„Von Anfang an?"

„Wenn es geht?" Unnachahmlich war Sebastians Lächeln. Aufmunternd. Auffordernd. Sanft.

„Aber wann fängt etwas an?" Jonas klang nachdenklich. „Wann hat irgendwas seinen Anfang? Wissen Sie das?" Seine Schultern sanken herab.

Mittlerweile hatten sich die Seminarteilnehmer um die Feuerstelle versammelt. Wie gebannt starrten sie uns an, als wären wir Teil einer Theatertruppe. Eine junge Frau versuchte sogar, das Feuer wieder zu entfachen.

„Sie könnten damit anfangen, warum Sie über dreißig Jahre mit ihrem Rachefeldzug gewartet haben", drängte ich.

„Rache", brachte er weinerlich hervor. „Ich hatte bloß davon geträumt. Nichts, was verboten wäre. Dann traf ich Henning …"

„Er hat Sie manipuliert?" Ich verengte die Augen.

„Nelly", bat Sebastian mich um Zurückhaltung.

„Nicht … direkt", stotterte Jonas. „Ich meine, ich war nicht bereit, und das akzeptierte er. Bis zum Klassentreffen, bis …" Er seufzte. „Es ist Viktorias Schuld." Jetzt weinte er still.

Der Rucksack, den ich Dario überlassen hatte, lag vergessen auf der Lichtung. Ich klaubte ihn auf und suchte vergeblich nach einem Papiertaschentuch. „Es ist immer am leichtesten, anderen die Schuld zu geben", grollte ich dabei.

Wieder schrumpfte Jonas Richter ein Stück. Er kämpfte mit sich. Suchte nach dem Anfang seiner Geschichte, fand ihn und mit jedem Wort gewann seine Stimme an Festigkeit.

Jonas

Vergessen hatte ich Sandra nie. All die Jahre hatte ich gelebt, war Beziehungen eingegangen, die scheiterten. Nur selten klopfte der Gedanke an, dass der Grund meiner Beziehungsunfähigkeit in den Gefühlen für Sandra liegen könnte. Gefühle, die in den Untiefen meines Bewusstseins leise vor sich hin wummerten, wie ein Bass aus der Soundanlage fünf Türen weiter.

Die Einladung zum Klassentreffen? Zuerst hatte ich sie in den Müll geworfen. Später raus gefischt und am Tisch sitzend angestarrt. Ich hatte schließlich entschieden, hinzugehen, ohne zu wissen, was ich erwartete. Vielleicht hatte ich gehofft, Sandra würde gar nicht erst erscheinen. Sie dürfte keine guten Erinnerungen mit ihrer Zeit auf dieser Schule verknüpfen. Aber dann war sie da …

Ich stand draußen vor dem Lokal, schaute Viktoria dabei zu, wie sie aus dem Auto klettert, das sie hergebracht hatte. Das Gesicht des Fahrers sah ich nicht, vermutlich kannte ich ihn nicht einmal. Viktoria hatte nie Freunde in der Schule gehabt.

Aber auch keine Feinde.

Mit einer wischenden Handbewegung schickte ich die innere Stimme fort, die mir eine alte Litanei zu flüsterte: *Viktoria ist an allem schuld.*

Immer noch nahm ich ihr übel, dass sie Sandra nie geholfen hatte. Manchmal – das gestand ich mir aber selten ein –verbiss ich mich in den Gedanken, dass eine Bewegung Viktorias in die richtige Richtung mir einen Anstoß gegeben hätte, mit ihr vor zu stürmen, um den Quälgeistern Einhalt zu gebieten. Ich verachtete sie für ihre Feigheit. Unfähig zu begreifen, dass ich ihr meine Schuld auflud. Dass die Verachtung mir selbst galt.

Während Viktoria an mir vorbei in das Lokal hinein ging, starrte ich in den malvenfarbenen Himmel. *Die Sonne färbt seltsam. Ob das Lichterspiel auf ein drohendes Unwetter hindeutet?*

„Jonas?" Ihre Stimme schwang in weichem Singsang. Zuerst dachte ich, es ist Viktoria. Ich wandte mich um und sah direkt in Sandras Gesicht.

Wie früher.

Mit einem breiten Haarband hatte sie ihr umwerfend schönes Haar aus dem Gesicht gestreift. Das Gesicht offen, wie eine Einladung. Ich stand in der Hitze, die Haut klebrig von abgekühltem Schweiß und brachte nur ein schmales Lächeln zustande. „Hallo", sagte ich dünn. „Sandra."

Obwohl ihre Mundwinkel oben blieben, zog sie die Augenbrauen zusammen. „Du hast dich verändert, Jonas."

Unangenehm berührt trat ich von einem Fuß auf den anderen, quälte das schwache Lächeln weiter, indem ich es breiter machte. Mit einer Ahnung, dass es steif und unecht aussah, druckste ich rum. „Wie meinst du das?"

Nur flüchtig, dafür zart drückte sie mir den linken Bizeps, der das kurzärmelige Shirt spannte. „Du wirkst wie eine Sportskanone." Sie lachte. „Dir macht so schnell keiner mehr was vor."

Dann stieß sie die Tür auf, als wäre ich es nicht wert, sich weiter mit mir zu befassen, und verschwand im Inneren des Lokals. Raus kam die abgestandene Luft, die in engen Räumen mit vielen Menschen im Sommer entstand.

Ich kann nicht behaupten, den Abend genossen zu haben. Mit Sandra sprach ich kein weiteres Wort mehr. Hörte nur immer ihre Stimme, die in meinem vermaledeiten Schädel wisperte: *Dir macht keiner mehr was vor.*

Fest umklammerte ich das Glas mit dem schal werdende Kölsch, stand an einem Stehtisch, beobachtete meist nur die anderen. Versuchte, zu erkennen, wer es sein könnte, dachte nichts, wechselte Belanglosigkeiten mit denen, die sich kurz zu mir gesellten, pflückte aber unentwegt den Satz auseinander. *Dir macht keiner mehr was vor.*

An dem Wörtchen *mehr* stieß ich mich. In diesem kleinen Wort steckte ein Vorwurf. Als wäre es früher einfach gewesen, mir etwas vorzumachen. Langsam dämmerte es mir, dass Sandra immer gewusst hatte, was ich einst für sie empfunden hatte. Und dass sie meine Liebe nie erwidert hatte, weil ich es nicht wert war. Weil ich nicht für sie eingestanden war. Je länger ich darüber nachdachte, desto sicherer wurde ich, dass ihre Worte von vorhin keine Vorwürfe beinhalteten. Sondern Verachtung.

Als ich das warme Bier exte, stießen meine Zähne ans Glas. Ich knallte es auf den Tisch, ein Geräusch, das in der Musik und im Palaver unterging. Ich rieb mir mit dem Handrücken über den Mund und suchte nach Viktoria, bis ich sie durch die offenstehende Tür in der Außengastronomie unter einer Eiche auf einer Bank sitzen sah. Sie war allein. Und ich musste mit ihr reden.

Hinterher resümierte ich, dass es nichts gebracht hatte. Sie war arrogant wie immer gewesen und hatte Zeug gelabert, das nicht nur nicht in meinen Kopf wollte, sondern mir das Gefühl gegeben hatte, dass sie sich gründlich irrte, wenn sie das Konzept Schuld infrage stellte. Was sollte das heißen?

Wenn die Schuldigen bestraft würden, hielten wir uns am Ende für unschuldig?

Im Umkehrschluss hieße das doch, dass wir uns unserer Schuld bewusst würden, wenn sie davonkämen.

Das sagte ich doch!

Oder meinte sie das anders?

Ich erkannte nicht, wo ich versagt hatte, und fuhr heim, ohne mich zu verabschieden. Am Abend nach dem Klassentreffen hatten wir das Unwetter. Erinnern Sie sich?

Die Temperaturen fielen rapide von über dreißig auf fünfzehn Grad. Ich hockte zu Hause in einem Sessel und versuchte, mich in meinen eigenen Gefühlen zurechtzufinden. Draußen peitschte ein hartnäckiger Regen gegen die Fenster. Nass und finster war es, angetan, die Schwermut zu bestärken. Die Versuche, Viktoria zu verstehen, kreisten in meinem Kopf und stießen an Grenzen. Offenbar war ich zu dämlich, ihre Worte zu erfassen. Oder sie mal wieder zu hochnäsig. So, als wäre Verachtung das einzige Gefühl, zu dem sie sich aufraffen konnte, und die zu verbergen sie keinen Versuch mehr unternahm. Dämmerte es mir langsam? War es so, dass sie sich selbst die Schuld gab? Aber vor allem mir?

Oder verachtete sie mich explizit?

Ich erinnerte mich, dass sie früher nur enttäuscht von mir gewesen war. Womöglich verachtete sie mich jetzt dafür, dass ich später nichts unternommen hatte, um diese Arschgeigen zu strafen?

Das Gewitters schickte einen Donner, dass die Tassen im Schrank klirrten. Ich sprang vom Stuhl. Brüllte wie ein Tier. Erst nach einer Weile beruhigte ich mich, sank aufs Bett zurück, wischte mir den Schweiß von der Stirn und der Gedanke nahm Gestalt an.

Henning hat recht. Es ist nicht zu spät. Ich werde ihr beweisen, wer die wahren Schuldigen sind. Und aufzeigen, dass sie nicht davonkommen.

Die Vorschläge, die Henning gemacht hatte, sein Insistieren, hatte ich bis dahin in den Wind geschlagen. Zwar hatten sie mich gekitzelt. Sie hatten etwas wachgerufen, das nur als Idee in mir geschlafen hatte, doch meist schlief ich nach solchen Gesprächen zwar unruhig, erwachte aber jedes Mal mit der Überzeugung, dass es falsch wäre, ein Verbrechen zu begehen ... oder zwei oder drei, um ...

Nelly

„Um die Ordnung wiederherzustellen", schloss Jonas.

„Oh, Jonas!", heulte Beatrix. Von der Balgerei mitgenommen raufte sie sich die Haare, sodass sie aussahen wie mit der Spagettizange gekämmt. Mit Zischlauten brachte die Menge sie zum Schweigen.

Sebastian, noch immer die Höflichkeit in Person, bat: „Erzählen Sie uns von Hennings Motiven."

Der Geschichte ihres Kennenlernens lauschten die Zuhörer mit Ohs und Ahs. Mich machte sie nervös. Nicht, weil wir sie schon kannten – das Mobbing an Henning, die Episode auf dem Fjord – sondern auch, weil ich mit einem Überfall aus dem Hinterhalt rechnete. Immer wieder spähte ich über die Büsche und zwischen die Bäume an den Rändern der Lichtung. Dabei wäre mir fast entgangen, dass Silke Schwarz sich weiter von der Gruppe entfernte. Mit verengten Augen taxierte ich sie. Als sie meinen Blick auffing, blieb sie stehen.

„Keine Ahnung." Jonas machte eine Pause. „Ich habe ihn zuerst für eine Null gehalten. Nur ein Idiot fürchtet sich vor einer Wespe. Und das tat er. Machte so überzogen einen auf harten Hund, dass es schon lächerlich war, rollte sich aber im Zelt zusammen, wenn er eine Wespe an seinen Vorräten sah. Ich denke, dass ich mich überhaupt näher mit ihm befasst habe, weil er… nun, weil die anderen ihn gedemütigt haben."

„Das hat etwas in Ihnen getriggert", schlussfolgerte Sebastian.

Jonas nahm die Hände zu einer bestätigenden Geste auseinander. „Ich wollte denselben Fehler nicht zweimal begehen. Nachdem die anderen ihm ein Wespennest in den Schlafsack ..." Er schaute mich und Sebastian nacheinander an. „Wissen Sie, er schläft bäuchlings. Wochenlang konnte er nicht richtig sitzen. Ich stürmte die Büros der Vorgesetzten, um von den Vorfällen zu berichten, konnte aber keinen auftreiben, der sich auch nur eine Notiz machte. Da hab' ich mich selbst um ihn gekümmert. Vor der Sache am Fjord ..."

„Das mit dem Fjord wissen wir schon." Ich winkte ab und dachte: *Mach mal dalli.*

„Ach so, ja." Darüber schien er sich nicht mal zu wundern. „Wir waren lange allein. Ich war überzeugt, wir würden sterben, und da erzählte ich ihm von Sandra und der Schulzeit. Zuerst wirkte es, als würde er mir nicht zuhören. Das mit den Wespen war noch nicht lang genug her. Er rutschte auf der Bank im Boot hin und her, als wollte er Gymnastik machen. Erst als ich die Namen der Täter nannte ..."

„Täter!", gellte Silke höhnisch.

Eine Kakophonie Zischlaute war alles, was sie erntete.

Jonas ignorierte sie ohnehin. „... da horchte er auf."

„Hat er Ihnen gesagt, warum?", insistierte Sebastian.

„Er erzählte von der Adoption", bestätigte Jonas. „Und davon, dass er herausgefunden hat, wer seine leiblichen Eltern sind. Ich merkte erst hier auf der Insel, wie er mich bearbeitet hat. Immer endeten unsere Treffen mit neuen blutrünstigen Szenen. Bis zum Klassentreffen dachte ich nicht, dass ich mich jemals darauf einlassen würde, aber ..."

Mann, ging der mir auf die Nerven. Immer, wenn er über sich selbst redete, verfiel er ins Weinerliche. Dringend wollte ich fragen, wer die Überschneidung war. Wer von den vieren war Hennings Mutter oder sein Vater?

Doch Sebastian gab mir mit Zeichen zu verstehen, dass wir ihn weiterreden lassen sollten.

„Bis ich Viktoria traf, fielen seine Ideen trotzdem auf keinen fruchtbaren Boden", erzählte Jonas. „Die ersten Tage nach dem Klassentreffen, das etwa mit meiner Pensionierung zusammenfiel, lag ich herum und starrte die Decke an. Dann wurde ich wütend. Auf jeden, auf Viktoria, auf mich, auf die Welt. Als Henning plötzlich bei mir auf der Matte stand, war ich bereit." Er schniefte. „Wir schmiedeten Pläne und stellten einen Arbeitsplan auf. Wen wir wann töten würden. Und wie wir es tun wollten. Mit Torsten und Jürgen wollten wir anfangen. Bea und Silke … sie waren grausamer zu Sandra gewesen als die Jungs. Deshalb wollten wir sie leiden lassen."

„Junker ist auch nicht gerade bequem gestorben", warf ich ein.

Silke stöhnte empört. Noch entrüsteter reagierte Jonas. „Das war ich nicht! Henning hat Jürgen auf dem Gewissen!"

„War er vielleicht der Vater …", riet ich, aber sofort brüllte er mich an. „Nein! Nein! Silke ist Hennigs Mutter!"

Alle Köpfe schwangen zu Silke Schwarz, die eine Symbiose mit einer Tanne am Rande der Lichtung einging.

„Silke?", fragte Beatrix. „Du hast mir nie etwas erzählt. Warum …?"

Silkes Blick loderte. Darüber hätte ich gern nachgedacht, denn immerhin taxierte sie Bea, aber Jonas redete weiter.

„Wir waren sicher, dass die beiden nach den Morden an Torsten und Jürgen erkennen würden, worum es hier ging. Sie würden abhauen. Weil wir das einkalkuliert hatten, steckten wir das Ziel fest. Ich recherchierte Events hier in der Gegend, und wir beschlossen gemeinsam, sie hierher auf die Kanincheninsel zu locken. Es war erschreckend simpel. Das Hausboot war ohnehin hier, ich musste bloß für Obi werben. Um der Gefahr zu entgehen, dass sie mich erkannten, und weil ich früh herkommen wollte, um mit dem Gelände vertraut zu werden, steckte Henning die Prospekte in den Briefkasten. Um mich zu verfremden, besorgte ich mir die Perücke aus einem Spionagefachgeschäft. Wir hatten ja gerad erst das Klassentreffen gehabt, und sie könnten sich ja dran erinnern, wie ich nun aussah. Sie tanzten dann hier an. Allerdings hatte ich zu diesem Zeitpunkt die ersten Zweifel über die Richtigkeit meines Handelns. Obis Worte überzeugten mich. Ich hatte keinen Gegenstand dabei, den ich ins Feuer hätte stoßen können. Anfangs hätte ich liebend gern Bea und Silke verbrannt. Eine Zeitlang schichtete ich in Gedanken Scheiterhaufen auf. Doch dann forderte Obi mich auf, davon zu erzählen, was mich belastete. Obwohl ich zuerst herum eierte und die Ereignisse aus unserer Schulzeit verbrämte, wurde ich offener, je mehr ich redete. Es war wie eine Erleuchtung. Ich erzählte alles. Die Stille der anderen war atemlos. Wie Buddhas hockten sie im Schneidersitz auf ihren Yogamatten und hingen an meinen Lippen."

So hockten die hier schon wieder. Mir kam der Gedanke, dass dies nichts anderes als ein Meeting sensationsgeiler Mittelständler war. Das Event eine Legitimation des Klatsches. Ich bückte mich, um an einem Mückenstich an der Wade zu kratzen, als mein Blick wie nebenher auf Silke fiel. Aschfahl drückte sie sich mit der Schulter an den Baum, als würde sie umfallen, wenn er dort nicht stünde.

Jonas laberte weiter. „Zuerst redete mich in Rage, hetzte wie irre gegen Vicky. Alle starrten mich an ..."

Jonas

„… was ist das für eine Welt?", blaffte ich. „In der die Schuldigen davonkommen?!"

„Das ist nicht die Frage, mein Bruder", summte Obi gütig. „Die Frage ist …!"

„Wo meine Schuld ist?" Ich sprang auf die Füße, beugte mich schreiend zu ihm nach vorn. „Meine Schuld ist, dass ich sie nicht in Ordnung bringe, diese Welt! Dass ich nicht getan habe, was die Aufgabe …"

„Gottes gewesen wäre?" In Obis sonst sanftmütigem Gesicht lag eine Härte, die mich zwang, mich sofort wieder zu setzen. Verlegen zupfte ich Grashalme aus.

„Mein Bruder", summte er. „Du wanderst auf dem Pfad der Schuld und weigerst dich, einen anderen zu beschreiten."

Ich stellte das Grasrupfen ein und starrte ihn fragend an.

„Dabei ist da ein mit Ranken zugewucherter Weg, den du nicht siehst." Er breitete die Arme aus und lächelte. „Er führt zu der einzig wichtigen Frage, die nichts mit Schuld oder Unschuld zu tun hat."

Ich verstand nicht. Schüttelte begriffsstutzig den Kopf.

„Wo ist das Mädchen in all dem?", flüsterte er gütig, wie um mir zu helfen.

Eine Weile schaute ich ihn an. Begriff gar nichts. Dann aber sah ich Viktoria vor mir. *Das* hatte sie gemeint. DAS! Was sie mühsam versucht hatte, zu erklären, das, was ich Hohlkopf nicht begriffen hatte, war mit einem Mal so offensichtlich. Wie ein Werbeslogan leuchtete es mich an.

Wir hatten uns immer nur um uns selbst gedreht. Um unsere eigenen Ängste, als es geschah. Und um unsere Schuld oder Unschuld in all den Jahren danach.

Aber wo war Sandra in all dem?

„Es spielt keine Rolle?", wisperte ich trotzig.

„Nein, es spielt für dich nicht die geringste Rolle, Bruder. Aber das sollte es. Von Bedeutung ist allein, wie das Mädchen deswegen fühlt."

In diesem Augenblick spürte eine Leichtigkeit. War zum ersten Mal nicht niedergedrückt. Ich verstand. Endlich. Es war nicht meine Aufgabe, zu strafen. Es war meine Pflicht, Sandra glücklich zu sehen. Und wenn ich sie nicht glücklich machen durfte – das bildete ich mir gar nicht erst ein – dann musste ich verstohlene Wege finden, ihr Leben zu einem perfekten Leben zu machen."

Nelly

„Das ehrt Sie ungemein." Ich guckte mich um. Die Jünger hockten da wie bei der Premiere zum neuesten James Bond. „Aber abreisen und Henning Lehmann zur Ordnung pfeifen konnten sie nicht?"

Er schien das Gras vor sich zu analysieren. „Ich wusste nicht, wo er ist. Hier gibt es nicht immer Netz. Ich konnte ihn lange nicht erreichen."

„Sie hatten die vage Vorstellung davon, dass er in der Nähe war, hielten aber keinen Kontakt", konkretisierte Sebastian.

„Ja."

„Wo ist er denn jetzt?", wiederholte ich die einzige Frage, die aktuell wichtig war.

„Das finden wir raus." Sebastian stand auf und klopfte sich die Hose ab. „Nell, wir bringen Herrn Richter auf unsere Yacht. Die Kollegen dürften bald hier sein und …"

Beatrix heulte auf. „Bitte! Ich hab' das nicht gewollt! Ich wollte das nicht!"

„Es sagt ja keiner, dass Sie…", hörte ich Sebastian sagen.

Ich zog Jonas auf die Füße, war bereit, die Verrückten hier hinter uns zu lassen, doch Sebastian tätschelte ihr sacht den Rücken. Das schien sie zu ermutigen. Wütend drehte sie sich zu Silke um und rief: „Du hast ein Kind im Stich gelassen!"

„Na und?" Silke machte einen Schritt vorwärts. „Er hat mich ja sitzen gelassen mit dem Blag! Und dich geheiratet!"

Kollektiv atmete die Gemeinschaft ein. Ich blieb, Jonas Richter am Arm gepackt, ruckartig stehen. Die Zeit schien wie eingefroren, und darin stand Silke Schwarz neben der Feuerstelle und zeigte auf Beatrix wie auf eine Schuldige auf der Anklagebank.

„Ich!", brüllte sie. „Ich war immer diejenige, die wichtig war! Alles Spannende habe ich ausgeheckt! Wir wären sonst eingegangen vor Langeweile! Und was macht Torsten? Was war sein Dank? Er krallt sich diese Torte Beatrix!"

„Du lieber Himmel, Frau Schwarz." Sebastian breitete beschwichtigend die Arme aus.

„Du lieber Gott", zischte ich, wollte aber Jonas, der von der Konstellation längst wusste, immer noch zu unserer Yacht lotsen. Doch das Heulen ging weiter.

„Silke?", rief Beatrix entsetzt „Du bist doch meine Freundin. Du hast …"

„Ich war immer nur Torstens Freundin!", spie Silke aus.

„Was? Willst du sagen, dass er mich all die Jahre …?"

„Natürlich nicht!", erwiderte Silke wütend spuckend. „Danach war er treu wie ein verblödeter Dackel. Ich dachte, irgendwann muss er doch mal …"

„Was? Sehen, dass ich immer dicker werde?!"

„Bitte geben Sie Ruhe, meine Damen", versuchte es Sebastian, aber das Geschrei nahm ungeheuerliche Ausmaße an.

Ich schnalzte mit der Zunge, um den Gefangenen nach vorn zu lotsen. Beatrix stürzte auf Silke, sie gingen verkeilt zu Boden. Obi sprang herum wie ein Schiedsrichter. Sebastian zog an Beatrix Schultern, wodurch es ihm gelang, die beiden zu trennen.

„Ich bring' Kabelbinder mit!", versprach ich und schubste Jonas immer dringlicher voraus.

„Antonella!", rief Sebastian mir nach. „Warte!"

Es war leichtsinnig, Jonas' Arm loszulassen, als ich herum schwang. Aber er türmte nicht.

„Ich möchte nicht, dass du allein …", begann Sebastian, aber ich hackte mit der Handkante in die Luft, um ihm das

Wort abzuschneiden. Das klang mir nach der Art Bevormundung, mit der ich mich vonseiten meines großen Bruders herumschlagen durfte.

Wir fingen zu zanken an. Obi hatte die beiden anderen Streithähne getrennt und Silke robbte auf den Ellenbogen ein Stück rückwärts.

„Warte!", unterbrach ich Sebastians Sorge-Sermon.

Irritiert sah er mich an, folgte meinem Blick und landete bei der kleinen Gruppe, die Beatrix umringte, um sie zu trösten. „Silke ist weg", murmelte er.

„Henning", seufzte Jonas Richter. „Sie müssen ihn aufhalten."

Der Abend dämmerte schon.

Hektisch schubste ich Jonas in den Pulk zurück und nickte Obis Versicherungen, dass er geläutert wäre und sich der Justiz niemals wieder entziehen würde, ungeduldig ab. Sebastian und ich stürzten ins Unterholz. Dass er ständig eindringlich betonte, dass wir unbedingt zusammenbleiben sollten, versuchte ich, zu überhören.

„Sei still jetzt", zischte ich. „Die hören uns am Ende noch."

Tatsächlich gab er Ruhe. Eine Zeitlang war nichts zu vernehmen als die sich entfernende Kakophonie des Mitgefühls, das über Bea ausgegossen wurde, und das Knacken des Geästs unter unseren Füßen. Die Schmerzen in meinem Bein konnte ich ignorieren. Mir kam das Adrenalin schon zu den Ohren raus.

Als ich einen spitzen Schrei aus anderer Richtung vernahm, vergaß ich Sebastian und hielt inne. Lauschte. Da! Hinter dichten Brombeerbüschen hetzten Henning Wegener und Silke Schwarz davon. Hatte ich damit gerechnet, zu sehen, wie er Silke hinter sich her zog, wurde ich enttäuscht. Sie schien es selbst eilig zu haben.

Ich legte einen Zahn zu, zappelte mich durch die Brombeersträucher und schlingerte rückwärts in eine Senke voller leerer Bierflaschen. Fluchend zog ich mich an den überhängenden Ästen einer Weide aus dem scheppernden Müllberg, glaubte zuerst, die beiden verloren zu haben, doch dann sah ich sie storchengleich durchs Wasser staksen.

Ich warf den Kopf herum, suchte nach Sebastian, doch der war nicht zu sehen. Ihn zu rufen, hätte die Fliehenden auf mich aufmerksam gemacht, also hastete ich ihnen nach. Sie platschten auf ein Doppelkajak zu, das an einem überhängenden und ins Wasser ragenden Baumstamm festgemacht war. Henning quatschte auf Silke ein. Sie nickte immer wieder. Sie kraxelten ins Boot, und er fing zu paddeln an.

„Verdammt." Schnell watete ich am Ufer entlang, bis ich ein weiteres Kajak gefunden hatte. Mit dem Bug drehte ich es zum offenen Wasser, sprang hinein und paddelte ihnen nach.

Die beiden nahmen Kurs auf unsere Yacht, sicher ohne zu ahnen, dass es unsere war. Vielleicht erkannte es Henning Lehmann als das schnellste hier ankernde Gefährt und beschloss, damit zu türmen? Nebenher vernahm ich ein Brummen, das sich mit der Zeit als Motorengeräusch entpuppte. Endlich! Die Kollegen. Hoffentlich in einem Schnellboot.

Die Flüchtenden erreichten unsere Yacht. Henning griff nach der Leiter und klappte sie runter. Als er aufstand, wackelte das Kajak wie verrückt. Ich war bald gleichauf, hatte aber keinen Plan, was ich tun sollte. Ich konnte nur hoffen, dass Silke mir helfen würde, resignierte aber, als ich die Fetzen ihres Flehens verstand.

„… bitte nicht mit …"

„Silke!", versuchte ich es trotzdem. „Schlagen Sie ihn nieder!"

Allein im Kajak - Henning stand auf unserem Deck und versuchte, das Kajak anzubinden – starrte sie mich dumm an.

Das Brummen kam näher und legte sich wie ein gewaltiger Schatten über uns. Das Wasser wurde kabbeliger. Zwar wäre ich rasch bei der Yacht, aber Silkes Verhalten gab mir Rätsel auf. Die beiden stritten, und doch wirkte ihr Agieren einvernehmlich. Am Ende wäre Silke mir nicht nur keine Hilfe, sondern eine Gefahr.

Ich legte mein Paddel vorne auf dem Kajak ab, rieb mir das Bein, was überhaupt nichts brachte, und überlegte, was wir übersehen hatten, als ich im näher kommenden Boot die Wasserschutzpolizei erkannte.

„Gott sein Dank", wisperte ich.

Das Boot kam parallel zur Yacht bei, ging in den Leerlauf und das Motorengeräusch wurde leiser. Ich rechnete mit dem Auftauchen eines Uniformierten, wenn nicht das mit dem eines Kollegen aus dem Präsidium. Selbst Maurice wäre mir jetzt recht.

Leider trat eine Frau mit Megafon in Händen an die Reling. Als sie sich umdrehte, um mit jemandem an Deck zu sprechen, las ich die Aufschrift auf der Rückseite ihrer Thermoweste. Ordnungsamt. Den Anfang ihrer durchs Megafon geplärrten Rede verstand ich wegen einer Rückkopplung nicht. Dann hörte ich: „… eine Meldung über ein illegales Feuer eingegangen."

Silke Schwarz hielt sich an der Leiter fest. „Was?", rief sie.

„Feuer mit einer Größe von 1 x 1 Meter sind genehmigungsfrei! Darüber hinaus müssen Sie eine Genehmigung einholen! Liegt ein solches Papier vor?"

Silke glotzte zu den verkohlten Überresten von Trixi II. Henning stellte in diesem Augenblick fest, dass er unsere Yacht nicht ohne einen Schlüssel starten konnte. Dass der in der Küche auf dem Tisch lag, würde er hoffentlich nicht so schnell merken.

Silke starrte dermaßen gebannt zum Ufer, dass ich ihrem Blick folgte. Dort stand Sebastian neben Dario, der verzweifelt dreinsah. Es lag weit und breit kein Kajak mehr am Ufer. Sebastian schlüpfte aus den Schuhen und streifte sich die Socken ab.

„Nein!", schrie ich und gestikulierte zum Boot der Wasserschutzpolizei. Langsam paddelte ich näher an das große Boot heran und war rasch außerhalb des Gesichtsfeldes der Verbrecher.

Sonderlich geschickt war Silke im Kajak nicht. Sie eierte herum, bis sie umkippte und rausfiel. Dass Henning ihr hoch half, erzählte mir ihre Geschichte. Blitzschnell spulten sich die Bilder ab, die von Henning erzählten, der seine leibliche Mutter konfrontiert und die die Schuld an ihrer Panikreaktion nach der Geburt dem Kindsvater in die Schuhe geschoben hatte. Vermutlich hasste sie Torsten Knüller genügend, um ihm den Tod gewünscht zu haben. Oder Henning hatte ihr Angst gemacht, sodass sie ihr Heil in der Verbrüderung gesehen hatte. Was immer es gewesen war, wir würden es spätestens im Vernehmungsraum erfahren. Tatsachen waren: Silke hatte Beatrix betrogen. Sie hatte mit ihrem Sohn unter einer Decke gesteckt und wollte Beatrix tot sehen. Das bedeutete auch, dass Henning Jonas verarscht hatte – mein Mitleid hielt sich in Grenzen.

„… gilt auch in Naturparks!", plärrte die Ordnungsbeamtin. „Sowie für Uferschutzzonen, Naturschutzgebiete und Nationalparks!"

„Aber das Hausboot gehört mir gar nicht!" Statt seiner Mutter zu helfen, fuchtelte Henning mit den Händen zu den verkohlten Überresten des Hausbootes.

„Sind Sie mit einem Verwarngeld von 2500 € einverstanden?"

„Aber …!" Er wandte sich zu Silke. „Mama?"

Wütend stieß sie ihn an. „Du bist wirklich zu nichts zu gebrauchen, du …"

Verletzt wie er war, stieß er sie vor die Brust. Sie strauchelte, plumpste ins Wasser, doch statt auf die Yacht zurück zu klettern, versuchte sie, ihr im auffrischenden Wind davon rauschendes Kajak einzufangen, um erneut hinein zu klettern.

„Mama?", jaulte er und kraxelte die Klappleiter runter, um ihr im Niedrigwasser nachzulaufen. „Es tut mir leid!"

Das Ganze schien sich in Zeitlupe abzuspielen, die menschlichen Knie waren nicht für einen Sprint in oberschenkhohem Wasser gemacht. Es wäre doch gelacht, wenn wir die beiden inmitten ihres Familiendramas nicht verhaften könnten. Ich musste auf das Schnellboot und erreichte die der Yacht abgewandten Seite.

Ich sah hoch und entdeckte an der Reling Carola Dr. Adler. Neben ihr Maurice, der seine Pflicht vernachlässigte, indem er ihr zärtlich den Rücken streichelte. Das sah irre romantisch aus, die Sonne war im Begriff, unterzugehen, und tauchte das Wasser in ein rotgoldenes Licht.

Aber bitte nicht in der Dienstzeit. Und schon gar nicht in einer Situation, in der Gefahr in Verzug ist.

Ich griff nach meinem Paddel und rauschte in einem Bogen um das Heck des Polizeibootes. Unterhalb der beiden versuchte ich, auf mich aufmerksam zu machen. Neben mir platschte ein Schwall Erbrochenes in die Havel.

In letzter Sekunde wich ich aus und benetzte mich bei dem Manöver vom Kopf bis zur Hüfte mit Wasser. Obwohl Carola weiter würgte, und die beiden augenscheinlich nicht gekuschelt hatten, verschwand mein Ärger nicht.

„Maurice", zischte ich und paddelte, mit Sicherheitsabstand zu Carola, näher an den Bootsrumpf.

Verdutzt schaute er mich an. „Nelly?"

„Nein, der Heilige Geist! Mann, du weißt doch, warum wir hier sind!" Ich hielt ihm mein Paddel als verlängerten Arm hin. „Zwei Tatverdächtige versuchen, zu türmen, und du spielst hier den galanten Rettungssanitäter."

Über das Ruder hinweg guckte er auf die Versammlung am Ufer. Sebastian, umringt von Frauen ohne Oberbekleidung, neben ihm Dario, der mit meiner Hose schmuste, waren zweifellos ein interessanter Anblick.

„Maurice", herrschte ich. „Ich bedaure selbst, kein Handy zur Hand zu haben, um das Bild für die Ewigkeit zu bannen. Aber so lächerlich es anmutet, es hat einen Grund, dass er Chef ist und nicht du."

„Hrrmpf!" Caro erbrach sich schwallweise in die Havel.

Maurice nahm endlich die Hand von ihrem Rücken. „Was?"

„Maurice. Benutz mal das Ding zwischen deinen Ohren."

„Okay, warte. Ich helfe dir."

Aus einer Kiste neben dem Ruder holte er eine rote Strickleiter, befestigte sie und half mir hinauf.

„Können Sie sich ausweisen?", blökte die Ordnungsbeamtin in Hennings Richtung.

„Maurice, hilf mir", hauchte Carola.

„Geben Sie auf!", schrie ich zur Yacht.

„Ooohm!", machte es vom Ufer.

Sebastian winkte mir aufmunternd zu.

*

Wir nahmen sie alle an Bord. Sebastian, der mit einem Kajak übergesetzt war, und die flüchtigen Verbrecher, von denen sich Henning als bockig entpuppte. Während ihm die Handschellen angelegt wurden, schwankte er zwischen Weinerlichkeit und Wut. Mal heulte er, mal trat er nach uns, sodass Maurice ihn schließlich in einer Kajüte einsperrte, nicht ohne ihn mit Handschellen an ein Rohr zu fixieren. Silke hingegen maß uns mit dermaßen arrogantem Blick, dass er meine Idee, sie könnte sich aus Furcht dazu entschlossen haben, so zu tun, als wäre sie auf Hennings Seite, zunichtemachte.

Es war dunkel und windig, als wir in Plaue eintrudelten. Nur der kleine Hafen hinter der Brücke wurde von Straßenlaternen beleuchtet. Den ungeduldig am Hafengebäude wartenden Haufen Journalisten mit und ohne Kamerateam ignorierten wir, indem wir nicht von Bord gingen. Stattdessen saßen Sebastian und ich an einem Tisch gegenüber von Silke Schwarz, der wir zu entlocken gedachten, welche Rolle sie in diesem Fall spielte. Schwer war es nicht. Sie barst aus einer Mischung von Trotz und Stolz.

„Was uns interessiert", sagte Sebastian, der weit in den Stuhl zurückgelehnt saß und ein Papierchen zu einer Rolle drehte, ohne sie anzusehen. „Wann hat sich Henning bei Ihnen gemeldet?"

„Was?" Sie reckte die Nase, offenbar verwundert, dass wir so weit hinten anfingen. „Ach, vor 'nem Jahr oder so. Er stand vor der Haustür, als ich von der Kosmetikerin kam. Zuerst sah er wütend aus, aber als er mich ansah, wurde er sentimental. Sofort fragte er, wie es mir ginge und ob ich leiden würde."

„Leiden?" Sebastian hörte auf, das Papierchen zu rollen, und schaute verdutzt.

„Was haben Sie denn da machen lassen", fragte ich zu Sebastians Verwunderung. „Bei der Kosmetikerin?"

„Die Lippen, warum?" Silke zupfte an ihrem Ponyhaar.

„Dann wird er gedacht haben, dass sie einen Unfall hatten", erklärte ich, machte eine kreisende Fingerbewegung um meine Lippen und schaute Sebastian an. „Carlotta, die zweite Frau meines Vaters, sah danach immer aus, als wäre sie frontal von einem LKW erfasst worden. Besonders, wenn sie sich bei demselben Eingriff die Schlupflider hat liften lassen."

Sebastian unterdrückte ein Grinsen. „Frau Schwarz, hatten Sie den Eindruck, dass er ..."

„Er wollte wissen, warum ich ihn weggeworfen habe", schnappte sie wie ein Krokodil. „Ich erklärte ihm, wie verzweifelt ich gewesen war. Dass sein Vater nicht für mich da gewesen war, dass er sich von mir abgewandt und eine andere geheiratet hat. Dass er nicht einmal bereit war, zuzugeben, dass er der Kindsvater ist."

„Torsten Knüller", sagte Sebastian trocken.

„Das Schwein", spuckte Silke.

Ich war sicher, dass sie die perfekte Show hingelegt hatte. Frauen wie sie konnten so etwas, und nicht nur einfältige Männer fielen darauf rein. Es reichte aus, wenn man diese Männer in einem schwachen Moment erwischte. Der Moment, in dem sich Henning entschlossen hatte, seine Mutter zu konfrontieren, dürfte ein schwacher Moment gewesen sein.

„Wann hat er Ihnen von Jonas erzählt und davon, dass er ihn kannte?", fragte ich.

„In derselben Nacht." Sie streckte die magere Brust vor. „Wir haben uns wiedergefunden, und die ganze Nacht zusammengesessen."

Und dabei zweifellos über die Knüllers hergezogen, dachte ich. „Hatte er anfangs den Plan, Sie umzubringen?"

„Mich?" Mit dem dürren Finger zeigte sie sich auf die Brust. „Mich hat er nie umbringen wollen."

Doch. Ganz bestimmt, dachte ich. Aber ich wollte nicht darauf eingehen. Wenn wir ihn verhörten, würden wir es früh genug erfahren, und es war ein eher unwichtiges Detail, das höchstens beim Gerichtsverfahren eine Rolle spielen würde.

„Jürgen Junker", sagte Sebastian, der aufstand und das Papierchen in den Mülleimer neben einer fest an die Wand montierten Kommode warf. „War der auch …?"

„Der war gar nicht wichtig." Sie winkte ab. „Den musste mein Sohn wegen Jonas killen. Der durfte ja nicht merken, um was es wirklich ging."

„Darum, dass Sie Beatrix und Torsten Knüller für Ihre verletzte Eitelkeit mit dem Leben bezahlen lassen wollten", giftete ich.

Sie versuchte, aufzuspringen, riss dabei aber den Tisch mit um, strauchelte und fiel auf die Knie. Das Haar hing ihr ins Gesicht. Auf die Fäuste gestützt grollte sie und ließ sich nur widerwillig von Sebastian aufhelfen, derweil ich den Tisch wieder hinstellte. Ich war froh, dass keine Getränke darauf gestanden hatten.

Wir unterbrachen die Vernehmung, sperrten Silke in die Kabine und gingen an Deck, wo Maurice und Carola auf einer Kiste mit nautischem Werkzeug kauerten. Den Arm hatte er lose um sie gelegt, sie ihren Kopf an seine Brust. In knappen Worten berichteten wir den beiden, was wir erfahren hatten, doch Caro war nicht imstande, darauf zu reagieren. In ihrem grünlichen Gesicht quollen ihr die

Augen über. Maurice nickte und sah zum Ufer. „Die Presse", brummte er.

„Rede du mit ihnen", sagte Sebastian.

„Klar." Maurice schaute Caro an. „Kommst du mit?"

„Ja", hauchte sie schwach. „Ich muss mich aber erst noch frischmachen."

Als sie außer Hörweite waren, stieß ich Sebastian in die Seite. „Bist du verrückt? Er labert schlimmstes Behördendeutsch, wenn er offizielle Statements abgibt. Alles im Passiv, im Konjunktiv und meistens falsch."

Mit zwei Fingern rieb er sich die Nasenwurzel. „Du hattest ihn doch damals vorgeschlagen, bei Aktenzeichen XY den Fall mit den verschwundenen …"

„Ja!", unterbrach ich ihn. „Aber doch nur, weil er mir da gerade den Laufpass gegeben hatte. Ich wusste, dass er sich blamiert."

Sebastian feixte. „Ich sehe, du bist brandgefährlich. Er hat seine Sache aber gut gemacht."

„In Sachen Eloquenz war es eine Katastrophe."

Er nahm mich beim Arm, um mich zur Reling zu lotsen. „Schon, aber nicht schlechter als die Katastrophen der anderen Kollegen, die in der Sendung waren."

*

Im Blitzlichtgewitter der Reporter stieß ein uniformierter Kollege Henning, der sich weiterhin widersetzte, zu einem Streifenwagen und stopfte ihn hinein. Silke Schwarz stolzierte wie ein Pfau den Bootssteg hinab, als hätte sie eine echte Leistung vollbracht. Jonas Richter leistete keinerlei Widerstand. Glücklicherweise hatte er es drangegeben, sich für die Flucht seines einstigen Kameraden zu entschuldigen. Viel gelernt hatte er bei den

Brüdern und Schwestern der Achtsamkeit aber auch nicht. Einen Großteil der Verantwortung an den beiden Morden schob er auf Henning. Bedröppelt und von zwei Kollegen bewacht stand er in Handschellen im Schatten eines dunkelblauen Kleinlasters auf dem Parkplatz.

Sebastian zündete sich eben eine Zigarette an, als ein dunkler Kombi angebraust und neben uns zum Stehen kam. Heraus stieg Cornelius und reckte sich, bevor er die Beifahrertür galant öffnete. Ich musste Jonas nur ansehen, um zu wissen, wer ausstieg. Sandra Klarins wirkte weder verzagt noch unsicher. Sie streifte sich das offene Haar hinter beide Ohren und sah sich kurz um, bis sie Jonas entdeckte und elegant auf ihn zu schritt. Uns schenkte sie einen fragenden Blick, auf den Sebastian einladend gestikulierte.

„Nur zu." Er wandte sich an die Kollegen. „Lasst den beiden einen Moment."

Sie murrten ein wenig, rückten aber ein Stück ab. Zu uns gesellte sich Cornelius. Er lehnte sich an den Wagen, bei dem wir warteten, und schnorrte sich stumm eine Zigarette. Mit der Hand schützte er die Flamme gegen den Wind.

„Wie geht es Katharina?", fragte ich ehrlich interessiert.

„Gut so weit." Er blies den Rauch aus. „Hat nicht viel Blut verloren bei dem Schuss in den Fuß."

Ich nickte. Obwohl ich es nicht darauf anlegte, zuzuhören, drangen Satzfetzen von Sandra und Jonas zu uns.

„… ein Akt totaler Sinnlosigkeit …"

Dann wieder nur ein Murmeln.

Sebastian trat die Kippe aus. Voraus löste sich die Gruppe Reporter in Wohlgefallen auf. Autos wurden gestartet. Maurice legte zärtlich eine Hand auf Caros

Rücken und lotste sie, nach einem suchenden Rundumblick, zu uns hin.

„… doch möchte ich dir danken."

War das Sandras Stimme gewesen? Hatte sie das gesagt?

Ich taxierte die beiden. Mir entging nicht, dass er sich wand.

„Es tut gut, zu wissen, dass sie nicht davongekommen sind", schob sie nach.

„Nein, Sandra, das ist falsch", eierte der Geläuterte herum. „Ich weiß jetzt, dass …"

Sie drehte sich weg und ließ ihn stehen. Sebastian nickte den Uniformierten zu, die sich daraufhin in Bewegung setzten, um Jonas Richter in eine Streifenwagen zu verfrachten.

Zu Cornelius sagte Frau Klarins: „Vielen Dank, Herr Fayen. Es bedeutet mir viel, dass Sie mich hergebracht haben." Offen schaute sie von einem zum anderen. Dann klemmte sie sich ihre Handtasche unter den Arm. „Ich gehe etwas am Wasser spazieren", flötete sie vergnügt. „Geben Sie mir Bescheid, wenn es losgeht."

Cornelius, der schon in einem Gemurmel mit Maurice steckte, nickte.

„Also!" Ich ballte die Fäuste, aber Sebastian schob mich ein Stück zu den Kais hinunter.

„Alles ist gut, Nelly."

„Nein!" Ich schüttelte seinen Arm ab. „Hast du sie nicht gehört?"

„Habe ich."

„Das ist doch …"

„Nell." Er nahm mich bei den Unterarmen und sah mir ins Gesicht. „Ist es nicht natürlich, so zu fühlen? Es wäre eine Zumutung für sie, wenn einer ihrer früheren Peiniger berühmt und erfolgreich andauernd im Fernsehen wäre."

„Ich verstehe nicht." Ich blinzelte.

„Die Befriedigung, die sie fühlt, mag nicht im Sinne ihrer Religion oder auch nur im Sinne des Humanismus sein, und doch ist sie menschlich."

Meine Schultern sackten herab.

„Erwarte nicht, dass sie eine leblose Heilige wäre."

Ich nickte.

„Letztlich ist es, wie mit dem, was dein Bruder Davide vor fünfzehn Jahren mit dem homophoben Idioten gemacht hat, der seinen Freund …"

„Es reicht!"

Schief grinsend hielt er inne.

„Es ist genug, Sebastian. Du musst mir nicht aufs Brot schmieren, was Davide getan hat. Oder Lorenzo. Oder sonst wer aus meiner Familie. Ich habe es verstanden."

Er legte einen Arm um mich. „Dann ist es ja gut."

Arm in Arm schlenderten wir am Wasser entlang.

Nachwort der Autorin

Dieses ist Antonella Braccos zweiter Fall. Der erste Fall wäre zu erwerben bei: Salsa-Verlag Göttingen und trägt den Titel „Antonella Bracco ermittelt". Dieser erste Fall ist persönlicher, denn wie es sich aus den Andeutungen in diesem Buch heraus lesen lässt, war Antonellas halbe Familie darin verstrickt.

Auch dieser zweite Fall hätte beinahe ein Zuhause in einem anderen Verlag gefunden, doch nach einigen organisatorischen Missverständnissen hatte ich das Manuskriptangebot zurückgezogen und mich entschieden, die Sache allein in die Hand zu nehmen, wohlwissend, dass im Selfpublishing veröffentlichte Bücher weniger Aufmerksamkeit und somit weniger Leser generieren.

Antonellas Fälle, dieser zweite, sowie ein dritter, ein vierter und ein Buch, in dem alles erzählt wird, was ihrem Bruder Lorenzo und seinen beiden Freunden widerfahren war, als sie jung gewesen waren, liegen schon viel zu lange auf Eis. Sie langweilen sich auf meiner Festplatte zu Tode, fangen schon damit an, ihre Bücher zu verlassen, in andere einzudringen, nur um sich zu duellieren, wo es um die Frage geht, wer von ihnen zuerst in die Welt darf. Beschwichtigen kann ich sie nicht mal damit, dass sie eine Serie sind und die Reihenfolge somit vorgegeben ist.

Ich entlasse sie in die Freiheit des Marktes, wo sie gegen Konkurrenz in Legion bestehen müssen. Sie schaffen das. Wenn sie gefunden werden.

Trotzdem habe ich nicht alles allein gemacht. Daher danke ich zuallererst Stephie, die die Urfassung als Sommerlektüre am Strand von San Felice Circeo gelesen und anregende Tipps gegeben hatte.

Ich danke Lilian, die es immer schafft, Zeitfenster für den Feinschliff meiner Bücher zu finden, und für das Cover danke ich Enrico.

Das Buch beschäftigt sich mit der Frage nach Schuld, und somit auch der wichtigsten Frage in diesem Zusammenhang: Wo beginnt Schuld und wo hört sie auf.

Das Setting in einer Schule zu positionieren, fällt mir, als Blaupause Viktoria Seligs, nicht schwer. Manche Ereignisse, die vielleicht schon vergessen sind oder in der Rumpelkammer diverser Herzen mit sich herumtragen werden, lassen einen nicht los, wenn Schuld eine Geisteshaltung ist. Oder die Einstellung zu ihr von Albert Camus Geschichte „Der Fall" geprägt ist.

Um die Reaktionen von Menschen, die einst Mobbingopfer gewesen waren, gut darstellen zu können, befragte ich Betroffene, deren diesbezügliche Erfahrungen bereits sehr lange zurücklagen.

Wie empfindet ihr heute darüber?

Die Antworten waren so unterschiedlich, wie es Menschen nun mal sind. Die einen sprachen von Wut, andere betonten, wie egal es ihnen heute wäre. Ich habe versucht, Sandra eine Einstellung dazu zu geben, die irgendwo in der Mitte dieser Antworten zu verorten ist, und ich danke denjenigen, die mir, unter Wahrung ihrer Anonymität, dabei geholfen haben.

Wem gilt es noch zu danken?

Tom auf jeden Fall, der sich einige Passagen vorlesen ließ. Meiner Mutter, die jedes Buch schon in Episoden kennt, bevor es fertig ist. Den Lesern auf Belletristika und hier ganz besonders Beverly, die meinte, es wäre ein wichtiges Buch. Aber auch Susanne, Sabine und ja, witzigerweise auch Björn, der den Anstoß gab, die Veröffentlichung der zutiefst gelangweilten Bücher selbst in die Hand zu nehmen, ohne dass er es explizit geäußert hätte.

Nicht wenig gilt es meiner Heimatstadt zu danken. Auch wenn Antonellas Reise immer mal woanders hingeht, werde ich Köln immer lieben, denn die römische DNA ist dort tief verwurzelt.

Und deshalb danke ich auch Sara für die wunderbare Formulierung dieser gefühlten und beobachteten Tatsache.

Weitere Bücher der Autorin:

„Die Abrechnung" – BoD

Als Psychiaterin und aus leidvoller Erfahrung weiß Dr. Carola Adler, dass das Leben nicht berechenbar ist, aber eine Leiche im Garten kommt selbst für sie überraschend. Carola und ihre Mitbewohnerin Linda ahnen, dass der Tote und alles, was auf dessen Auffinden folgt, ihr Leben durcheinander wirbeln wird. Zuerst stehen sie dem Trubel gelassen gegenüber. Doch nach und nach offenbart sich, dass in den Mord immer mehr Personen aus Carolas Vergangenheit verstrickt sind. Als Hagen, ihre einstige große Liebe aus Studentenzeiten auftaucht, ist es mit ihrer Fassung dahin.

„Antonella Bracco ermittelt" Salsa-Verlag Göttingen

Nach einem Dienstunfall fristet Kommissarin Antonella Bracco ihr Dasein in den Tiefen der zivilen Verwaltung. In ihren eintönigen Alltag kommt jedoch unerwarteter

Schwung, als nicht nur die Tochter ihres Chefs entführt wird, sondern auch noch das Auto ihres Bruders an ihr vorbeirauscht – ohne ihren Bruder darin. Was bitte macht der Maserati eines Florentiner Privatbankbesitzers in Köln? Hängen die beiden Ereignisse zusammen? Oder ist die ganze Familie Bracco in Schwierigkeiten? Etwa auch Antonellas Zwillingsbruder Davide? Wie gut, dass ein anderer Maserati-Besitzer helfen kann: Hauptkommissar Sebastian Avrenberg schreitet zur Tat, kann aber auch nicht verhindern, dass Antonella auf eigene Faust ermittelt. Allein schon, weil ihr Herz in Sebastians Nähe ungefragt in einen anderen Rhythmus wechselt. Und schon geht sie los, die wilde Jagd nach einem alten Geheimnis, einem neuen Skandal und einem Römertopf. Diane Amber schickt mit Antonella Bracco eine Ermittlerin ins Rennen, die ebenso klug wie tollpatschig, ebenso schön wie natürlich und ebenso zerbrechlich wie hart sein kann. Mit ihrem Charme, ihrer Tendenz in absurde Situationen zu stolpern und ihrer direkten Art trägt sie die Krimihandlung von typischen Kölner Orten bis ins sonnige Italien. Wegen ihrer gehörigen Portion Selbstironie lacht man allerdings nie über Antonella, genannt Nelly, sondern immer mit ihr und während man die Familie Bracco näher kennenlernt, entfaltet sich die Krimihandlung in hoher Geschwindigkeit bis zu ihrem überraschenden Ende.

„Pasqua & Diamante" BoD – eine queere Crime- Satire mit Antonella, Lorenz und Tiziano in einer Nebenrolle.

"Ach." Sie griff nach einem Strohhut von den Ausmaßen einer fliegenden Untertasse und setzte ihn sich auf. Ihr Gesicht lag jetzt im Schatten." Sie sind ein Paar?"

Ich vergaß zu atmen. Marco lächelte schmal.

"Wir sind Partner. Machen Sie daraus, was sie wollen."

Orlando Pasqua, frisch versetzt aus dem Norden Italiens in den heißen Süden, ermittelt gemeinsam mit Marco Diamante im Fall einer Entführung. Weil er vergeblich versucht, nicht zu viel an Marco zu denken, bringt ihn die Bemerkung der vorzüglich konservierten Dame der besseren Gesellschaft aus der Fassung. Hat sie keine anderen Sorgen? Ihre Tochter wurde entführt! Doch niemand scheint sich um das Wohl des Mädchens zu sorgen. Befragungen arten in Diskussionen über das Essen aus, die Ambulanz verfährt sich, Hinweise von Fake-Wahrsagerinnen stiften Verwirrung - unter gleißender Sonne, zwischen glänzenden Leibern stolpert Orlando neben Marco von einer skurrilen Situation in den nächsten Fettnapf. Lange getrieben von der Frage, ob im Süden alle verrückt oder selbst in kriminelle Machenschaften verstrickt sind, will Orlando das Verbrechen unbedingt aufklären. Bis ein unverschämt gutaussehender Geschäftsmann neben Marco auftaucht, der alles, was Orlando über Marco zu wissen glaubt, infrage stellt. Wer ist dieser Lorenzo und was hat er mit all dem zu tun? Vordergründig eine Satire, hintergründig eine Geschichte von Verrat, Liebe, Enttäuschung und Hoffnung.

„Die Feinde des Guiscard" Acabus-Verlag

Mord aus Leidenschaft oder politisches Attentat? Salerno 1080: Anna, die Tochter des Leibarztes der Herzogin, hält es für ein Rendezvous. Die Falle kostet sie ihr Leben. Normannenherzog Robert Guiscard beauftragt den besitzlosen Ritter Jocelin, den Mord aufzuklären. In dessen Schlepptau Principessa Liliana, in die er hoffnungslos verliebt ist. Die vermeintliche Tat aus Eifersucht entpuppt sich rasch als ein Intrigenspiel alter Feinde und Gegner der Normannenherrschaft und reicht sogar bis zur Kurie. Eine turbulente Jagd nach der Wahrheit und gegen die Zeit durch das kulturell bunte Salerno.

Die Autorin

Nachdem sie ihr Dasein in den Untiefen der tristen Verwaltungsarbeit drangeben musste, weil sie die Folgen eines Unfalls dazu zwangen, hat sich Diane Amber dem Schreiben zugewandt. Ganz ohne Humor geht das nicht, doch in jeder noch so tragischen Geschichte findet sich immer ein Kern Menschenliebe, Tragik und Hoffnung. Sie lebt mit ihrem Mann und drei Katzen am Niederrhein zwischen Köln und Düsseldorf, und wenn sie nicht schreibt, oder Eindrücke auffängt, die sie zum Schreiben anregen, treibt sie viel Sport an der Natur oder reist nach Italien.